ELLA DANZ
Nebelschleier

AUF HEIMATURLAUB Leblos liegt Bernhard Steinlein in der Felsengrotte im Park des romantischen Schlösschens Rosenau. Ermordet und unter seinem Rollstuhl begraben.

Der Lübecker Kommissar und Feinschmecker Georg Angermüller hatte sich eigentlich auf ein paar entspannte Tage in seiner oberfränkischen Heimat gefreut. Doch nun wird er durch drei alte Jugendfreundinnen – die Töchter des Mordopfers – unfreiwillig in den Fall hineingezogen. Gleich die erste heiße Spur schmeckt dem gaumenverwöhnten Angermüller gar nicht: Der alte Steinlein war der größte Grundbesitzer im Umkreis und wollte seine Felder angeblich einem Saatgutkonzern für Gentechnikversuche verkaufen …

Ella Danz lebt und arbeitet seit ihrem Publizistikstudium in Berlin. Geboren und aufgewachsen ist sie im oberfränkischen Coburg, wo sie den Wert unverfälschter, wohlschmeckender Lebensmittel und ihrer handwerklichen Zubereitung schätzen lernte. Deshalb wird in ihren Romanen ausgiebig gekocht und gegessen und eine spannende Handlung mit kulinarischen Genüssen zu köstlichen Krimis verbunden. »Nebelschleier« ist der dritte Fall für den Lübecker Kommissar und Genussmenschen Georg Angermüller.

Bisherige Veröffentlichungen im Gmeiner-Verlag:
Geschmacksverwirrung (2012)
Ballaststoff (2011)
Schatz, schmeckt's dir nicht? (2010)
Rosenwahn (2010)
Kochwut (2009)
Steilufer (2007)
Osterfeuer (2006)

ELLA DANZ

Nebelschleier

Angermüllers dritter Fall

GMEINER

Original

Personen und Handlung sind frei erfunden.
Ähnlichkeiten mit lebenden oder toten Personen
sind rein zufällig und nicht beabsichtigt.

Besuchen Sie uns im Internet:
www.gmeiner-verlag.de

© 2008 – Gmeiner-Verlag GmbH
Im Ehnried 5, 88605 Meßkirch
Telefon 07575/2095-0
info@gmeiner-verlag.de
Alle Rechte vorbehalten
7. Auflage 2013

Lektorat: Claudia Senghaas, Kirchardt
Umschlaggestaltung: U.O.R.G. Lutz Eberle, Stuttgart
unter Verwendung eines Fotos von amphibius / photocase.com
Druck: GGP Media GmbH, Pößneck
Printed in Germany
ISBN 978-3-89977-754-3

Für meinen Vater und meinen Bruder – zwei sehr liebenswerte Oberfranken!

Dank an W. – für alles.

»Wäre ich nicht, was ich bin,
hätte ich hier mein
wirkliches Zuhause«
Queen Victoria über Schloss Rosenau, 1845

DER STURZ

Er hatte nicht damit gerechnet, in seinem Leben – oder dem, was ihm davon geblieben war – noch einmal Derartiges erfahren zu dürfen. Ein Engel war durch seine Tür geschwebt: langes Blondhaar, ein freundliches Lächeln. Es handelte sich um einen sehr weiblichen Engel, ganz in Weiß, in kurzem Rock und eng sitzender Bluse und jung, so betörend jung. Mit geübten Händen erledigte sie ihren Job und er genoss jede ihrer Berührungen, versuchte, mehr davon zu bekommen und den Moment ihres Weggangs hinauszuzögern. Verdammt noch mal! Er war noch nicht tot! Natürlich entging der jungen Frau nicht ihre Wirkung auf ihn, und als er mit seiner Linken ihre Hand, die sich gerade mit seiner Unterhose abmühte, ungeschickt festzuhalten und gegen seinen Unterleib zu pressen versuchte, wehrte sie ihn sanft ab und drohte scherzhaft mit dem Finger.

»Na, na, na! In deinem Alter! Schämst du dich denn gar nicht?«

Sie sprach mit irgendeinem osteuropäischen Akzent und lachte dabei.

»Meinst du denn, dafür werd ich auch bezahlt?«

Die war richtig! Nicht so eine empfindliche Kuh wie die Letzte, die sofort anfing zu schreien – als ob vor ihm noch jemand Angst haben müsste! Die hier musste unbedingt wiederkommen. Er wollte ihr das sagen, doch er brachte nur ein unverständliches Gurgeln zustande. Wie hatte sie nur vor Paolas strengen Augen bestehen können, die sonst Bewerberinnen nach Alter und Hässlichkeit auszusuchen schien? Hoffentlich bezahlte Paola sie gut genug, damit sie auch wieder kam. Schließlich hatte er Geld, viel Geld sogar.

Und bald würde er noch viel mehr haben. Das wollte er diesem klasse Mädel sofort klarmachen, dass er auch großzügig sein könnte, wenn sie sich gut verstanden. Er schnaufte hörbar und begann, mit zwei Fingern seiner Linken Buchstaben in die Tastatur zu tippen, ohne Berücksichtigung von Groß- und Kleinschreibung.

GELD IST KEIN PROBLEM

Sie las.

»Das ist gut.«

Sie lächelte und strich ihm mit den Fingern über eine Wange.

»Geld kann man doch immer brauchen, oder? Und wenn du welches hast, werden wir uns umso besser verstehen. Aber jetzt frühstücken wir erst mal, alter Mann!«

Doch er drückte noch einmal seine Finger auf die Tastatur.

NAME?

»Ich heiße Irina. Wie findest du das?«

Seine Augen gerieten heftig in Bewegung und er brachte eine Art Stöhnen heraus.

»Schön, dass dir mein Name gefällt! Und jetzt wird gegessen!«

Sie setzte sich auf einen Stuhl neben ihn und schob ihm Weißbrotstückchen mit Butter und Marmelade in den Mund. Eigentlich hatte er gar keinen Hunger und dieses labberige Weißbrot war eh nicht sein Geschmack, aber ihre Finger an seinem Mund – er versuchte, sie mit den Lippen zu berühren, und sah sie dabei herausfordernd an. Sie verstand sofort, worum es ihm ging, machte ein Spiel daraus und ließ ihn mit der Zunge die Marmelade, die an ihren Fingern geblieben war, ablecken. Einmal gelang es ihm sogar, ihren kleinen, süßen Daumen mit den Zähnen zu schnappen …

Das war seine erste Begegnung mit Irina gewesen. Wenn man es ihm auch nicht ansah – er lächelte versonnen, zumindest fühlte es sich für ihn so an. Über dem Itztal lag noch der Frühnebel, als er in Richtung Schlosspark rollte. Frauen – er hatte nie Mangel daran, als er noch gesund war, im Gegenteil! Jetzt hatte er Irina. Er malte sich die Zukunft mit ihr aus. So ein junges Ding noch, aber ein ganzes Weib! Er spürte die Erregung, die allein der Gedanke an sie hervorrief. In den paar Wochen, die er sie jetzt kannte, schien ein Teil seiner alten Energie zurückgekehrt. Natürlich, seinen starken Willen hatte er nie verloren, aber wozu hätte er ihn einsetzen sollen? Dieser verdammte Körper war für ihn wie ein Gefängnis. Wenn Irina das hielt, was sie nach den ersten Begegnungen versprach … Er wollte sie ganztägig einstellen – egal, was es kostete. Ohne Paola zu fragen. Schließlich war er noch völlig klar im Kopf und konnte diese Entscheidung allein treffen. Heute Nachmittag hatte er den Termin mit dem Anwalt wegen des erweiterten Kaufvertrages für die Grundstücke, der ihm jetzt noch mehr Geld einbringen sollte. Bei der Gelegenheit würde er ihn gleich bitten, einen entsprechenden Vertrag für Irina aufzusetzen. Auch über sein Testament würde er noch einmal nachdenken, das hatte er Irina versprochen, aber das hatte Zeit. Jetzt nicht an so etwas denken, jetzt wollte er erst einmal leben!

Das ganze Geld war sein Geld und die Grundstücke und die Häuser – er war ein reicher Mann und in Zukunft würde er auch wieder so leben und weder Paola noch die ganze andere undankbare Brut würden ihm da hineinreden! Nicht Paola, die ihm ständig Vorschriften machte unter dem Vorwand, es gut zu meinen, und die nur an das Hotel dachte und ständig neue Pläne hatte, die Geld kosteten. Nicht ihre ältere Schwester, die mit ihrem Kinesensohn plötzlich wieder hier aufgetaucht war und die es ohnehin nur auf das Erbe abgesehen hatte, was ihm sofort klar wurde. Deshalb hatte er sie gleich hochkant wieder hinausgeworfen. Und Rosi würde ihm schon gar nicht hineinreden, die war ja sowieso für ihn gestorben, seit sie diesen Biobauern geheiratet hatte. Der erst! Der würde sich auch noch wundern! Bei dem Gedanken daran rieb er sich innerlich die Hände.

Die Straße war feucht vom Tau der Nacht. Die Sonne schaffte es noch nicht, den dichten Hochnebel zu durchdringen, der im Oktober hier häufig herrschte, und so war es noch ziemlich kalt um diese frühe Stunde. Irina hatte heute ihren freien Tag und irgend so eine unfreundliche Alte hatte sie vertreten. Das würde bald ein Ende haben! Er fuhr mit seinem Elektrorollstuhl mitten auf der Straße und wich nicht aus, als er hinter sich den Motor eines Wagens hörte. Diesen Rollstuhl, der ihm wenigstens ein bisschen Unabhängigkeit verschaffte, selbst den hatte er sich hart erkämpfen müssen. Paola hatte im Bunde mit den Ärzten und sonstigen Leuten, die es angeblich gut mit ihm meinten, bis zum letzten Moment zu verhindern versucht, dass er sich damit allein draußen bewegte. Ein kurzes Hupen und der Wagen zog links ganz knapp an ihm vorbei. Erschrocken blieb er stehen, wollte dem Fahrer mit der geballten Faust drohen und ihm ›Sauhund‹ nachrufen, doch weder das eine noch das andere gelang, es kam nur ein heiserer, gutturaler Laut heraus. Der Wagen war längst hinter der nächsten Kurve verschwunden, er stand immer noch in der Mitte der Straße und in der Stille vermeinte er jetzt leise Schritte zu hören. Er lauschte. Nein, da war nichts, wohl nur sein Herz, das der Schreck schneller hatte pumpen lassen. Er war wieder allein. Niemand ging hier um diese Uhrzeit spazieren.

Auf dem Hügel hinter dem Dorf begann unmerklich der englische Landschaftsgarten, den einer der Coburger Herzöge vor 200 Jahren um die Rosenau hatte anlegen lassen. Es gab keine Mauer, keinen Zaun. Ahorn, Eichen und Linden säumten die Straße, zwar gelb gefärbt schon, aber immer noch mit dichtem Blattwerk. Der kräftige Herbstwind ließ in diesem Jahr auf sich warten. Er richtete seinen Blick nach rechts, wo in einiger Entfernung ein größerer Teich lag, der sich stolz Schwanensee nannte. Auch hier ein Nebelschleier über dem Wasser. Bald würde er mit Irina seine Ausfahrten machen, er würde ein Auto anschaffen, das seinen Rollstuhl aufnehmen konnte, sie würden Ausflüge unternehmen, vielleicht sogar verreisen, wenn sie das wollte. Mangels Sonne zeigte die Sonnenuhr zur Linken keine Stunde an. Er hatte in den letzten Jahren Geduld gelernt, aber heute fiel ihm das Warten schwer, und er wünschte, es wäre bald Nachmittag.

Neben ihm tauchte das hölzerne Geländer auf, das gerade erst im Sommer mit großem Aufwand oberhalb der Felsengrotte errichtet worden war, um die Besucher vor einem Sturz in den Abgrund zu bewahren. Da war wieder eine Menge Geld rausgeschmissen worden! Alles immer nur vom Besten und Feinsten – hätte er es gekonnt, er hätte verständnislos seinen Kopf geschüttelt. Erst recht als er jetzt entdeckte, dass an einer Stelle jemand die Absperrung mit roher Gewalt zerstört hatte! Er lenkte seinen Rollstuhl näher heran, um die zersplitterten Holzbalken aus der Nähe zu betrachten. Das musste ganz frisch sein, denn als er vorgestern hier entlanggekommen war, war ihm nichts dergleichen aufgefallen und die Bruchstellen waren noch ganz hell. Der kleine Wasserfall plätscherte über die bemoosten Felsen hinunter und zog sich als Bach durch den Grund der künstlich angelegten Grotte.

Er hatte genug gesehen und wollte mit dem Rollstuhl zurücksetzen, um seinen Weg zum Schloss wieder aufzunehmen, als er einen Widerstand spürte. Es dauerte einen Augenblick, bis er begriff, dass da jemand hinter seinem Rollstuhl stand, der ihn daran hinderte loszufahren. Er stieß ein wütendes Grunzen aus und wollte sich instinktiv umdrehen, doch seit Jahren schon gehorchte ihm bis auf seine linke Hand sein Körper nicht mehr. Dann fühlte er ein paar Hände, die sich auf seine Schultern legten. Einen Moment lagen sie nur ruhig da. Er spürte den Atem des Menschen, zu dem sie gehörten, in seinem Nacken und in diesem Augenblick wandelte sich seine Wut in nackte Angst. Auch jetzt gelang es ihm natürlich nicht zu schreien, nur ein leises Röcheln entrang sich seiner Kehle. Die Hände rutschten näher an seinen Hals. Das Röcheln verebbte.

Als sich die Sonne durch den Hochnebel gearbeitet hatte und ihre Strahlen durch das leuchtende Herbstlaub fielen, lag am Grund der romantischen Felsengrotte im Park zu Schloss Rosenau der Steinleins Bernhard, der gerade noch von der schönen Irina geträumt hatte, begraben unter seinem Rollstuhl.

1

Angermüller schreckte hoch. Was war das für ein Geräusch? Wie spät war es überhaupt? Er angelte seine Armbanduhr vom Nachttisch. Sieben Uhr. Das Geräusch, das ihn geweckt hatte, stammte von einem Traktor. Es entfernte sich schon wieder, wurde leiser und kurz darauf war es nicht mehr zu hören. Zufrieden sank er zurück auf das Kissen und drehte sich in seinem Bett noch einmal um. Er hatte Urlaub, und niemand schrieb ihm vor, wann er aufzustehen hatte.

Sanft war er wieder eingedämmert, da drang plötzlich aufdringliches Türenschlagen und Geschirrklappern an sein Ohr, jemand sorgte im Haus für unüberhörbare Betriebsamkeit. Wie konnte er das nur vergessen? Noch nie hatte seine Mutter etwas für Langschläfer übriggehabt. Mittlerweile war es fast acht und in ihren Augen die letzte Möglichkeit für einen anständigen Menschen, seine Schlafstatt zu verlassen. Mit einem Seufzer schlug er die Bettdecke zurück, trat ans Fenster und öffnete es weit.

Kalte Luft strömte herein, von weit her hörte man ein Hämmern, kein Vogelsang, kein Sonnenlicht, der Himmel von einem undurchdringlichen Grau und über dem Tal ein Nebelschleier. Dahinter zeichnete sich schwach über den Bäumen die Silhouette der Rosenau ab. Enttäuscht von diesem unerfreulichen Anblick, stieg Angermüller aus der Dachkammer, die einmal sein Jugendzimmer gewesen war, die Treppe hinunter.

Je weiter er gestern von Lübeck nach Süden gelangte, desto besser hatte sich das Wetter gestaltet. Als er nach viermaligem Umsteigen endlich in dem Bummelzug saß, der mit metallischem Scheppern und dramatischem Bremsen durch die sanften Hügel in Richtung Coburg ruckelte, dehnte sich der Himmel in makellosem Blau. Nächster Halt Seehof – Angermüller wusste gar nicht mehr, dass ein Ort dieses Namens hier existierte. Die ungewohnte Annäherung an seine Heimat genoss er wie ein fremder Besucher. Es war schon sehr lange her, dass er allein und mit der Bahn nach Oberfranken gereist war.

In den letzten Jahren, mit Astrid und den Kindern, hatten sie immer das Auto benutzt. Auch diesmal waren ein paar gemeinsame Tage anlässlich des 70. Geburtstages seiner Mutter geplant gewesen. Aber Judith, die wildere Hälfte der 13-jährigen Zwillinge, musste vorgestern unbedingt in die höchsten Äste des Birnbaumes klettern, um die Früchte ganz oben abzuernten. Dabei war sie abgestürzt und hatte sich den Fuß gebrochen. Da es ein komplizierter Bruch war, sollte sie einige Tage im Krankenhaus bleiben, und die Reise war für sie gestrichen. Astrid wollte das Kind natürlich nicht allein lassen, und Julia sah ihre Chance gekommen, die Herbstferien mit ihrer Freundin im Wochenendhaus von deren Eltern auf Fehmarn verbringen zu können. Zwar hatte Astrid versprochen, vielleicht doch noch mit Julia nachzukommen, aber so richtig glaubte Angermüller nicht daran.

Schade, sie hätten ein paar erholsame Ferientage gut brauchen können. Es gab so einiges, worüber er sich mit Astrid einmal in Ruhe austauschen wollte. Natürlich redeten sie über vieles miteinander, doch in der Routine des Alltags ging manches unter, und das wiederum führte zu Missverständnissen, die sich dann zu echten Problemen auswachsen konnten. Gerade in den letzten Monaten hatte er diesbezüglich so einige Erfahrungen gemacht.

Auch wenn sie es nie so gesagt hätte, Georg Angermüller wusste, dass seine Frau nicht böse war, die Reise nach Niederengbach ausfallen zu lassen. Ihre gemeinsamen Besuche dort waren in letzter Zeit immer seltener geworden – zu viel Arbeit, sonstige Verpflichtungen, einfach zu wenig Zeit – Gründe gab es viele. Astrid bewunderte die Schönheit der Landschaft, die zahlreichen Schlösser und Burgen, die Städtchen voll von Zeugnissen aus der Vergangenheit und sie hatte auch die malerischen Dörfer mit ihren gemütlichen Gasthöfen schätzen gelernt – sie mochte seine fränkische Heimat. Doch als richtigen Urlaub wertete sie die Zeit dort nie. Sie fand die Besuche bei seiner Familie immer sehr anstrengend, die gut gemeinte Gastfreundschaft engte sie ein und im Haus seiner Mutter fühlte sie sich schon gar nicht heimisch.

»Georg? Wo bleibstn? Es is scho spät! Des Frühstück steht fei scho lang aufm Disch!«

Seine Schwester und seine Mutter sprachen im Gegensatz zu Angermüller ihren gewohnten Dialekt. Die auffälligsten Eigenheiten waren, dass P und T hier wie B und D gesprochen wurden, das A stets dunkel klang und scheinbar unnötige Vokale häufig einfach wegfielen. Angermüller hatte zwar vieles davon bereits abgelegt, doch gerade im Norden wurde er an seiner immer noch weichen Aussprache oft als Franke erkannt.

»Ich komm gleich, Mamma! Ich geh nur noch schnell duschen!«

In der Küche seiner Mutter hatte sich seit seinem Weggang aus Niederengbach fast nichts verändert. In der einen Ecke der Herd und die Spüle, daneben eine Anrichte mit Arbeitsplatte, gegenüber der Kühlschrank, der Küchenschrank mit Aufsatz und danach die Eckbank mit ihren bunten Sitzkissen und der Tisch mit dem unvermeidlichen Wachstuch. Darüber an der Wand irgendein bebilderter Kalender, das Weihnachtsgeschenk aus der Apotheke, und daneben das Foto von seinen Schwestern, der Mutter mit dem kleinen Georg

auf dem Arm neben dem früh verstorbenen Vater. Da eine
Gardine vor dem einzigen Fenster das ohnehin spärliche
Tageslicht noch weiter reduzierte, war es unter der niedri-
gen Decke ziemlich dunkel.

»Einen wunderschönen guten Morgen, ihr zwei!«,
schmetterte Georg in den düsteren Raum. Marga lächelte
ihm von der Eckbank entgegen und grüßte fröhlich zurück.
Seine älteste Schwester, die nie zu Hause ausgezogen war
und im nächsten Jahr 50 wurde, hatte sich für die Zeit seines
Besuches freigenommen. Mutters Geburtstag am Wochenende, die geplante Feier aus diesem Anlass und seine Anwesenheit waren für sie ganz besondere Ereignisse. Seine Mutter brummte ein »Morchn«, drehte ihm den Rücken zu und
werkelte weiter energisch an der Kaffeemaschine. Er setzte
sich auf den Platz auf der Eckbank, den er schon in seiner
Kindheit immer eingenommen hatte.

»So. Des wird ja ach Zeit!«

Die Mutter stellte die orangefarbene Isolierkanne auf den
Tisch, die unübersehbare Spuren ihrer langjährigen Dienste
trug und auch Georg wohlvertraut war. Ihm fiel ein, dass
sie ihr vor Jahren so eine schicke, silberne geschenkt hatten, da Astrid das orangefarbene Ungetüm nicht nur häss-
lich, sondern auch ziemlich unappetitlich gefunden hatte.
Offensichtlich war das neue Modell noch nicht in den täg-
lichen Gebrauch gelangt.

Ein Korb frischer Brötchen stand bereit, von Marga in
aller Frühe besorgt, und daneben lag ein Stück kräftiges
Bauernbrot, wie man es nur hier zu backen wusste. Die
von seiner Mutter selbst eingekochten Marmeladen waren
da, ein paar Scheiben saftiger Kochschinken, herzhafte
Bauernleberwurst, geräucherte Rote und der Coburger
Butterkäse, den Georg so liebte. Seine Mutter schlurfte
immer noch geschäftig in der Küche hin und her. Seit
ihrem leichten Schlaganfall vor ein paar Monaten zog sie

kaum merklich das linke Bein etwas nach und auch die linke Hand hatte nicht mehr die Kraft und Beweglichkeit wie früher.

»So. Hier is noch e bissle Klickerleskäs mit Schnittlauch ausm Garten.«

Endlich setzte sie sich auch zu ihnen und stellte den Schnittlauchquark auf den Tisch. Georg, der wusste, dass dieses üppige Frühstück ihm zu Ehren angerichtet worden war, belohnte die Mühe und langte mit großem Appetit zu.

»Das ist ja wirklich ein Genuss, dieses fränkische Landbrot und der Käse!«

»Könnst des ja öfter ham, wenn de öfters komme dätst.«

Georg nickte stumm und forschte nach, welche Gewürze dieses kräftige Roggenbrot wohl so schmackhaft machten. Er kam auf Kümmel und Anis, aber da musste auch noch ein drittes Aroma sein. Koriander, dachte er dann, wahrscheinlich war es Koriander.

Am Vortag hatte ihn Marga am Nachmittag mit ihrem Wagen vom Bahnhof in Oeslau abgeholt, was einer großen Ehre gleichkam. Seine Schwester fuhr nicht gern Auto, nur wenn es unbedingt sein musste, und die weiteste Strecke, die sie je zurückgelegt hatte, war ein Ausflug nach Bamberg, der schon sehr lange zurücklag. Von dieser aufregenden Fahrt berichtete sie heute noch atemlos. Der Golf, den sie seit 20 Jahren besaß, sah immer noch so makellos aus wie an seinem ersten Tag. Auch wenn sie das Auto kaum benutzte und es meist im Schuppen stand, sie wusch es jede Woche. Marga war schon immer eine besondere Person gewesen und lebte in einer ganz eigenen Welt, die streng geordnet war, damit sie die Übersicht behielt. Nur so fühlte sie sich sicher. Warum das so war, hatte Angermüller nie herausgefunden. Aber sie meisterte ihren Alltag und schien auf ihre Art glücklich und zufrieden zu sein.

Das Erste, was Marga ihrem Bruder in ihrer ernsthaften Art sagte, war, wie schade sie es fand, dass ihre Schwägerin nicht mitgekommen war, vor allem, weil sie noch etwas zum Anziehen für die Geburtstagsfeier am Sonntag benötigte. Astrid war schon mehrmals mit ihr nach Coburg gefahren und hatte ihr beim Kauf neuer Garderobe beratend zur Seite gestanden. Marga hatte weder ein Händchen noch einen Nerv für den Kleiderkauf und vertraute Astrid blind.

Als sie auf den Hof fuhren, wartete die Mutter schon im Eingang unter der hölzernen Veranda, um die sich ein immer noch blühender Rosenstrauch rankte. Ein Gefühl der Rührung überkam Georg Angermüller beim Anblick seiner Mutter: Kleiner als in seiner Erinnerung und rundlich wie eh und je, in eine ihrer unvermeidlichen Kittelschürzen gekleidet, stand sie da. Ihre Schultern waren leicht nach vorn gebeugt und das weiße Haar praktisch kurz geschnitten. Er hatte sie ein ganzes Jahr lang nicht gesehen und sie war in diesem Zeitraum merklich gealtert. Schnell stieg er aus dem Wagen, um sie zu begrüßen.

»Na endlich! Warum hat des denn so lang gedauert? Ich wart ja schon e halbe Ewigkeit …«

Sie streckte ihm ihre Hand zur Begrüßung hin, die sich genau wie früher anfühlte, hart und rau.

»Hallo, Mamma! Ich freu mich so, dich zu sehen!«

Georg ließ ihre Hand los und umarmte sie fest. Nur kurz ließ sie ihn gewähren, er konnte ihr gerade noch einen Kuss auf die Wange drücken, dann schob sie ihn energisch beiseite.

»Nu komm rein! Du wirscht en Hunger ham – ich hab an Käskuchen gebacken.«

»Mensch, Mamma! Wunderbar!«

Er lief zu Marga, die mit seinem Koffer über den Hof kam, und nahm ihn ihr ab.

»Hier sieht's aus wie immer! Schön!«

»Du bist fei gut!«, protestierte seine Schwester. »Haste net gsehn, dass des Dach vom Schuppn neu gmacht worden is? Und die Dür hab ich selber gstrichn!«

An der linken Seite des gepflasterten Hofes befand sich das Wohnhaus, dessen erster Stock bis unters Dach mit blauen und weißen Schieferschindeln verkleidet war, gegenüber der Schuppen, an dessen einer Wand sich Feuerholz stapelte, die andere dicht bewachsen mit Knöterich. Vorm Haus, zwischen Veranda und Küchenfenster, stand immer noch die alte Holzbank, auf der Mutter und Schwester an warmen Abenden zu sitzen pflegten. An der Rückseite des Hauses, wo sich ein weitläufiger Obst- und Gemüsegarten erstreckte, gab es einen viel schöneren Platz mit Blick in die Felder und Wiesen des Itztales bis zu dem Wäldchen, über dem sich das Schloss Rosenau erhob, doch die beiden Frauen zogen den Blick auf die Dorfstraße vor, wo hin und wieder einmal jemand vorbeikam und sich ein Schwätzchen ergab.

Während des Kaffeetrinkens erzählte Georg von den jüngsten Heldentaten seiner Zwillingstöchter, entschuldigte noch einmal Astrids Fernbleiben und erwähnte ihr vages Versprechen, nachzukommen, wenn irgend möglich. Natürlich war der Käsekuchen seiner Mutter die reine Sünde: ein großes Rad aus lockerem Hefeboden, darauf süßer Quark mit reichlich Rahm, Zimt und aromatischen Rosinen und nach dem Backen großzügig mit gebräunter Butter bepinselt – köstlich! Allerdings wären zwei Stück davon auch genug gewesen. Anschließend verteilte er seine Mitbringsel, eine große Packung echtes Lübecker Marzipan für die Mutter und eine Schneekugel mit dem Holstentor für Marga – sie sammelte Schneekugeln mit Leidenschaft.

Als die Mutter sich wieder in die Küche zurückzog und jegliche Hilfe beim Abwasch ablehnte, machte sich Georg mit Marga zu einem Spaziergang durch die Wiesen auf. Das ruhige, warme Wetter der vergangenen Wochen ließ diesen Oktobertag noch wie Spätsommer erscheinen, wenn sich auch mehr und mehr orangegelbe Flammen in das Grün der Laubbäume mischten. Obwohl die Sonne schon recht tief stand, wärmte sie mit unverminderter Kraft. Plötzlich fand er es gar nicht mehr so schlecht, allein hierher gekommen zu sein – das Wetter war wie gemacht für ein paar wunderbar entspannte Ferientage. Lange Spaziergänge durch den Park, ein Bummel durch Coburgs schöne Altstadt, Bratwurst essen auf dem Markt, den Schlossplatz bewundern, erleichtert seine alte Lehranstalt am Salvatorfriedhof von außen betrachten und dann ein Latte macchiato in der Eisdiele. Außerdem hatte er endlich einmal Zeit, alte Freunde zu treffen, was er seit Jahren mit Rücksicht auf Astrid und die Kinder und deren Bedürfnisse nicht mehr geschafft hatte. Die Einzigen, zu denen der Kontakt nie abgerissen war, waren Johannes und seine Frau Rosi, deren Bauernhof am anderen Ende des Dorfes lag. Jedenfalls würde er die unverhoffte Zeit für sich allein gut zu nutzen wissen.

Trotz des genossenen Käsekuchens verspürte er schon wieder Appetit, als ihm beim Nachhausekommen der Duft eines kräftigen Bratens in die Nase stieg. Georg steckte seinen Kopf in die Küchentür.

»Mmh, was machst du denn da Schönes, Mamma?«

»Riechst es denn net? Klöß und Sauerbroutn!«

Das klang unwirsch. Georg aber verstand den Aufwand ihm zu Ehren mitten in der Woche schon richtig. Er nahm es als ein Zeichen mütterlicher Zuwendung. Seine Mutter konnte noch nie besonders gut ihre Zuneigung ausdrücken und schien alles an Gefühl und Liebe beim Kochen zu verbrauchen. So war sie schon immer gewesen. Da Coburger

20

Klöße für ihn mittlerweile etwas ganz Besonderes waren, ließ er sich gern damit verwöhnen. Als er noch in Niederengbach lebte, war im Haus seiner Mutter ein Sonntag ohne Klöße nicht denkbar – wie auch in fast allen anderen Haushalten im Dorf. Klöße gehörten zu einem Sonntag einfach dazu. Aber wenn ihn jetzt in Lübeck danach gelüstete, blieb ihm nichts anderes übrig, als sie selbst zu machen.

»Kommst grad recht. Der Deich muss jetzt gebrüht werden.«

Das war jener spannende und seltene Moment, in dem gewöhnlich auch der Mann im Haus einmal in der Woche in der Küche in Aktion trat. Der kochend heiße Kartoffelbrei musste mit viel Fingerspitzengefühl auf die geriebenen rohen und mit Stärke gemischten Kartoffeln gegossen werden und schnellstens mit kräftigen, aber gleichmäßigen Schlägen zu einem homogenen Teig verarbeitet werden. Da Angermüller meist wenig Zeit hatte, bereitete er zu Hause eine Variante, die seine Mutter abfällig »Faule-Weiber-Klöß« nannte und die im Gegensatz zum Original statt mit rohen Kartoffeln mit Kartoffelmehl zubereitet wurde.

Auf dem Herd brodelte schon ein großer Topf mit Wasser, in Butter geröstete Weißbrotbröckchen standen bereit und daneben ein Topf mit kaltem Wasser. Seine Mutter tauchte die Hände hinein, nahm eine Portion des heißen Teiges, drückte ein paar Bröckchen in die Mitte, formte schnell eine apfelgroße Kugel und ließ sie ins heiße Wasser gleiten.

Zum Abendessen wechselte man ins Wohnzimmer. Angermüller bekam eine riesige Scheibe von dem appetitlich duftenden Sauerbraten auf den Teller gelegt und daneben einen Kloß. Wie es sich gehörte, riss er den lockeren, hellen Teig mit Messer und Gabel auseinander und gab dann reichlich von der hellbraunen Soße darüber. Gleich nach dem ersten Bissen versank er in hingebungsvolle Andacht. Die Klöße luftig und leicht, der Braten zart und aromatisch, der ausgewogene Geschmack der Soße einfach unbeschreiblich! Welch eine perfekte Kombination! Und im Norden aßen sie Salzkartoffeln zum Braten ... Seine Mutter hatte sogar für jeden noch einen Salatteller mit gekochten Möhren, Gurke und grünem Salat bereitet. Es war ein echtes Sonntagsessen und Angermüller genoss es von der ersten bis zur letzten Gabel. Auch Marga und seiner Mutter schien es zu schmecken, denn auch sie sagten nicht viel.

Kaum hatten sie ihr köstliches Abendessen beendet und den Tisch abgeräumt, wurde der Fernseher angestellt. Der Ton war ziemlich laut gedreht, denn seine Mutter hörte nicht mehr so gut, was sie allerdings vehement abstritt. An eine ernsthafte Unterhaltung war bei diesem Nebengeräusch nicht zu denken. Da Angermüller aus Erfahrung wusste, dass seine Mutter sehr empfindlich reagierte, wenn er gleich am ersten Abend ausging, fügte er sich und blieb bei den beiden Frauen sitzen. Er trank sein Bier, das im Dorf gebraut wurde und das für ihn immer noch das beste war, das man finden konnte, und sah sich einen schlechten Krimi an. Gegen halb zehn, als man sich der Aufklärung des Falles näherte, war seine Mutter mit leisem Scharchen auf dem Sofa eingeschlafen. Gerade sah man die beiden Kommissare die elegante Ehefrau eines reichen Reeders in einer Villa in Blankenese befragen.

»Bist du ach schon emal bei em Mord in so einer Villa gwesn?«

»Kann schon sein.«

Georg Angermüller sprach nicht gern über seine Arbeit. Seit 15 Jahren war er bei der Bezirkskriminalinspektion Lübeck tätig, mittlerweile als Kriminalhauptkommissar, und er wusste, dass die meisten Leute dachten, sein Job sei so überschaubar, unterhaltsam und sauber wie bei diesen Fernsehkommissaren. Dass man aber oft auch am Rand der Gesellschaft ermittelte, wo die Verwahrlosung und Hoffnungslosigkeit hautnah zu spüren war, die hilflose Gewalt, mit der ein Mensch daraus auszubrechen versuchte, und dass Gut und Böse sich im Lauf der Zeit zu sehr relativen Werten wandelten, das sahen die Leute nicht. Und nur er und seine Kollegen wussten, wie schwer diese Erfahrungen zu verdauen waren. Die anderen fanden es einfach nur spannend, wenn sie erfuhren, dass er bei der Kripo war. So auch seine Schwester.

»Ich stell mir des ja aufregend vor, immer so mit Mördern und Verbrechern.«

»Es gibt Schöneres, kann ich dir sagen!«

»Ja, schon. Aber des is wenigstens net langweilig. In unserm Kaff hier bassiert ja nie was!«

Als seine Mutter sich um zehn ins Bett zurückgezogen hatte, war er mit seiner Schwester noch einmal durch das Dorf spaziert. Sie begegneten keinem Menschen, nur ein einziges Auto fuhr an ihnen vorbei. Es war jetzt richtig kalt und in der Luft lag Holzfeuergeruch. Kurz hatte er daran gedacht, noch bei Johannes und Rosi vorbeizuschauen, als sie an dem Bauernhof mit dem großen Bioland-Schild vorbeigekommen waren, aber hier wie in den meisten anderen Häusern war es schon dunkel. Nur aus dem schicken Landhotel, das früher einmal ein einfacher Braugasthof gewesen war, fiel ein heller, warmer Lichtschein auf die Straße. Erst als sie sich daraus entfernt hatten, konnten sie wieder den Nachthimmel sehen, der sternenklar war.

»Morchn wird's wieder schö!«, versprach Marga.

Georg Angermüller nahm sich eines der knusprigen Brötchen und bestrich es mit Butter.

»Was ist denn mit dem Wetter los? Ich dachte, heute wird's wieder gut, Marga?«

»Des wird scho! Die letzten Dage hammer oft Hoch-

nebel ghabt am Morgen, wirst scho sehn, spätestens gegen
halb elf, elf kommt die Sonn durch.«

Marga behielt recht. Als sie ihr ausgedehntes Frühstück
beendet hatten, der Tisch abgedeckt und das Geschirr abge-
waschen war, was Georg gegen den Protest seiner Mutter mit
seiner Schwester erledigt hatte, klarte es auf. Georg nahm
sich die Coburger Zeitung, die, solange er denken konnte,
hier im Haus gelesen wurde, und setzte sich auf die Bank,
die hinterm Haus in dem großen Garten stand. Um ihn
herum blühten die Dahlien in kräftigen Farben. Er vergaß
zu lesen und versank in den Anblick der sanften grünen
Hänge unter dem blassblauen Himmel, zwischen denen
sich die Itz schlängelte, nur zu erkennen an den Bäumen,
die ihre Ufer säumten. Er war völlig entspannt. Nichts war
zu hören außer Vogelzwitschern, Insektengesumm und ab
und zu ein ärgerliches Murmeln seiner Mutter, die im Garten das heruntergefallene Obst aufsammelte. Die Äpfel und
die Birnen packte sie in einen großen Weidenkorb. Als er
sah, dass sie den Korb allein schleppen wollte, sprang er
auf, ihr zu helfen.

»Ist viel dran an den Bäumen, was?«

»Da is so viel dran dies Jahr, des könne mir ja gar net
alles verbrauchn.«

Es klang fast ein wenig vorwurfsvoll. Er nahm ihr den
Korb ab.

»Wo soll der hin?«

»Stell ihn emal vorn ans Hoftor. Vielleicht nimmt ja wer
was mit davo.«

»Das schöne Obst! Da freut sich doch bestimmt jemand
drüber!«

»Von wechn! Die Leut kaufen ihr Zeuch heut doch lieber alle im Supermarkt. Dei Schwester Lisbeth will ja ach
nix davo. Des is dene alles zu viel Arwed!«

Seine Schwester Lisbeth hatte in die Stadt geheiratet und

ihre dörfliche Herkunft abgestreift wie eine alte Haut – dazu gehörten auch ihre Mutter und ihre Schwester. Lisbeths Mann war Abteilungsleiter bei einer großen Versicherung, und sie hatte dort als Sachbearbeiterin gearbeitet, bis sie schwanger wurde. Sie lebte mit Mann, zwei Kindern und Hund in einem großen Haus im Süden von Coburg und war immer sehr beschäftigt mit sportlichen und gesellschaftlichen Aktivitäten. Ihr Kontakt nach Niederengbach beschränkte sich auf unumgängliche Pflichttermine und auch Georg telefonierte mit ihr höchstens an Geburtstagen und zu Weihnachten.

»Vielleicht kümmt ja der Dürk wieder vorbei – der nimmt des Obst immer gern!«

Georg wusste sofort, dass die einzige ausländische Familie gemeint war, die sich im Dorf niedergelassen hatte und die mit ihren vielen Kindern und fremdartigen Gewohnheiten ein unerschöpfliches Gesprächsthema für seine Mutter war. Er stellte den Korb neben einem der Pfosten an der Straße ab, die wie ausgestorben dalag. Eine Katze schlüpfte gegenüber durch den Gartenzaun, es roch nach Mist und Silofutter, genau wie früher. Er wollte gerade zu seinem lauschigen Plätzchen im Garten zurückkehren, da störte ein wohlbekanntes Geräusch die Idylle. Seine Schwester kam aus dem Haus gerannt und auch die Mutter lief zum Hoftor, so schnell es ihr mit ihrer eingeschränkten Beweglichkeit möglich war.

»Da wird doch nix bassiert sein!«, rief Marga atemlos und sah der blau blinkenden Karawane aus Zivilautos und Polizeiwagen nach, die mit hoher Geschwindigkeit an ihnen vorbeirauschte und dann hinter der nächsten Kurve schon wieder verschwunden war. Nur das Martinshorn war noch zu hören. Die beiden Frauen standen erwartungsvoll in der Hofeinfahrt, als ob diesem Spuk noch etwas folgen müsste.

»Vielleicht is ja beim Steinlein sein Hotel was bassiert.«

»Oder beim Schloss.«

»Ja, vielleicht.«

Unentschlossen drehten sie die Köpfe nach links und rechts. Georg wollte sich jetzt endlich der Lektüre des Coburger Blattes widmen und ging in Richtung Garten.

»Komm, mir gucken emal, was da los is!«

Die alte Frau schien auf Margas Aufforderung nur gewartet zu haben und setzte sich in Kittelschürze und Gartenschuhen sogleich in Bewegung.

»Schorsch, komm doch aa mit! Da is bstimmt was bassiert!«

»Ach nee, Marga! Ich hab Urlaub, ich muss mir das jetzt nicht antun!«

»Komm doch e bissle mit spaziern, Georg!«

Wenn seine Mutter sich zu dieser Aufforderung durchrang, konnte er ihr das natürlich nicht abschlagen, und so folgte er den beiden auf die Dorfstraße, die plötzlich richtig belebt wirkte. Autos fuhren an ihnen vorbei und auch zu Fuß waren ein paar Leute unterwegs, hauptsächlich ältere Männer und Frauen. Marga beschleunigte ihren Schritt. Georg blieb bei seiner Mutter, die nicht so gut zu Fuß war.

»Grüß dich, Frau Angermüller! Is dei Sohn endlich da? Des is ach emal schön, gell?«

Fast jeder, der sie überholte, gab einen ähnlichen Kommentar ab und seine Mutter bestätigte immer mit einem hoheitsvollen Nicken. Das ganze Dorf schien über seinen Besuch informiert zu sein.

Sie erreichten den Schlosspark. In Höhe der Sonnenuhr hatten die Schaulustigen vorschriftswidrig ihre Wagen geparkt, und ein uniformierter Polizist versuchte, sie von dort zu verscheuchen. Schon von Weitem sah Angermüller die rot-weißen Absperrbänder die Straße versperren.

»Mamma, da vorn kommen wir nicht weiter, glaub ich. Da ist gesperrt.«

26

»Des wär ja blöd!«

Marga, die vorausgelaufen war, kam ihnen entgegen.

»Hier geht's net weiter! Aber des muss in der Grotten sein. Mir versuchens ma den klein Weg da nunter.«

Als sie sich auf dem Fußweg, der unten im Tal lief, der Felsengrotte näherten, die zu Beginn des 19. Jahrhunderts einer der Herzöge zur Vervollkommnung seines romantischen Landschaftsparks hatte anlegen lassen, erwies sich Margas Vermutung als richtig. Ein Grüppchen Schaulustiger, von ein paar Uniformierten hinter der Absperrung im Zaum gehalten, reckte da schon die Hälse, um einen Blick zu erhaschen. Am Grund der Grotte, in die über bemooste Felsen ein bescheiden kleiner Wasserfall plätscherte, um sich dort zu einem Bächlein zu sammeln, bewegten sich mehrere Personen in weißen Anzügen vorsichtig hin und her.

»Morchn, Erwin! Was is denn bassiert?«, fragte Angermüllers Mutter atemlos den Mann neben sich, als sie die Stelle erreicht hatten.

»Morchn, Traudl! Da is einer abgstürzt.« Er machte eine dramatische Pause und deutete an der Felswand nach oben. »Des Gelänner da om is ja völlig kabutt!«

»Aber des ham die doch grad erscht neu gmacht!«

»Von allein is des net zerbrochn, deswechen is ja wohl auch die Kripo da! Was da wohl passiert sein mag?«

Der aufgeregte Eifer des Sprechers war nicht zu überhören und vor Wichtigkeit traten ihm die Augen aus den Höhlen. Jetzt starrte er Angermüller mit unverhohlener Neugierde, aber wohlwollend an, seine Sprache wurde weich und schmeichelnd.

»Des is wohl dei Sohn?«

»Ja freilich!«

Der Blick seiner Mutter, der in diesem Moment auf Angermüller fiel, konnte nur gleichzeitig stolz und zärtlich genannt werden. Der alte Mann streckte ihm eine schwielige Hand hin.

»Kennste mich noch? Früher habt ihr immer bei uns aufm Hof gspielt, obwohl des eichentlich verboten war, ihr Lausbubn!«

Das musste der alte Motschmann sein, dem einer der größten Höfe im Dorf gehörte und vor dem er als Kind mächtig Respekt hatte, weil der sich immer unglaublich aufspulte und rumbrüllte, wenn er jemanden auf seinem Gelände entdeckte.

»Sie sind der Herr Motschmann, oder?«

»Reschpekt! Des hätt ich fei net gedacht, dass du mich alten Krauter noch erkennst!«, er senkte vertrauensvoll seine Stimme. »Gell, du bist e Kommissar? Dann is des da ja was Interessants für dich«, er deutete in Richtung Grotte. »Ob den wohl einer da nuntergstoßen hat?«

»Das werden die Kollegen hier schon herausfinden.«

»Kannst dene ja e paar Tipps geben!«, kicherte der alte Motschmann.

»Ich bin hier im Urlaub, Herr Motschmann, und ich bin froh, dass mich das hier mal nichts angeht.«

Inzwischen war die Zuschauergruppe auf etwa 20 Leute angewachsen, viele, die aus dem Dorf gekommen waren, und auch ein paar Touristen waren darunter. Angermüller hielt sich hinter all den anderen, die er mit seinen fast zwei Metern ohnehin überragte. Außerdem kannte er solche Art Szenerie zur Genüge und riss sich nicht darum, grässliche Details zu erfahren. Es war eh nicht viel zu erkennen, da im Hintergrund der Grotte alles mit weißen Planen abgedeckt war. Ein ziemlich dicker Mann in Zivil, dessen Kopf zwischen seinen Schultern zu verschwinden schien, stand in der Mitte des Geschehens. Eine Lesebrille baumelte an seinem linken Ohr und am rechten telefonierte er mit dem Handy. Zwischendurch gab er den Leuten um sich herum seine Anwei-

28

sungen, ab und an warf er einen Blick in Richtung der Schaulustigen. Plötzlich ging ein Raunen durch die Umstehenden.
Die Plane war angehoben worden und ganz deutlich war
jetzt ein Rollstuhl zu erkennen. Drei Beamte kamen herzu
und schleppten das offensichtlich schwere Gefährt zu einem
auf dem Weg bereitstehenden Transporter.

»Haste des gsehn?«, flüsterte der alte Motschmann beeindruckt. »Des is doch der Rollstuhl vom Steinleins Bernhard!«

»Ja, des isser!«, bestätigte Angermüllers Mutter ebenfalls flüsternd. »Was da wohl gschehn is? Georg, siehst du
denn a nix?«

»Nein, tut mir leid, aber das ist alles gut abgedeckt.«

Marga, die ein paar Meter weiter weg stand, streckte sich
auf die Zehen, wie überhaupt jedermann versuchte, einen
Blick auf den geheimnisvollen Fund zu ergattern. Was fanden die Menschen daran nur so interessant? Wäre er auch so
voller Sensationslust und Neugier gewesen, wenn er nicht
seinen Beruf gehabt hätte, fragte sich Angermüller? Wahrscheinlich musste man verstehen, dass hier in Niederengbach
das Leben wirklich ziemlich ereignislos war und auch so ein
Unglück eine willkommene Abwechslung darstellte.

Ganz in Gedanken hatte er seinen Blick auf dem Dicken
ruhen lassen, der immer noch seine Lesebrille lässig mit
einem Bügel am Ohr baumeln ließ, als er plötzlich den Eindruck hatte, dass dieser angestrengt zurückschaute. Nun
setzte er sich in Bewegung, und zwar genau in seine Richtung, ja, er kam direkt auf ihn zu.

»Grüß Gott! Können Sie sich ausweisen?«

»Wie bitte?«, fragte Angermüller irritiert und angelte
in seiner Gesäßtasche nach dem Portemonnaie mit seinen
Papieren. Deutlich erkannte er unter dem ziemlich engen
Jackett des Mannes die Beule, die seine Dienstwaffe unter
der linken Schulter in den Stoff drückte. Neugierige Blicke

hefteten sich auf Angermüller, und seine Mutter sagte aufgebracht: »Mei Sohn is bei der Polizei, was wolln Sie denn von dem?«

Kommentarlos fasste ihn der Dicke, der bestimmt einen Kopf kleiner war als Angermüller, am Arm.

»Kommen Sie bitte mal mit!«

Was waren das denn für Bräuche? Angermüller wurde sauer. Wo war er hier eigentlich? Waren das die Methoden der bayerischen Kollegen? Er wollte sich gerade gegen diese Art der Behandlung aufs Schärfste verwahren, da sprach ihn der andere an.

»Mensch, Schorsch? Kennst mich nimmer?«

Irritiert sah Angermüller sein Gegenüber an: ein gebräuntes Gesicht, in dem die hellen, kleinen Augen, die von dicken Brauen überspannt wurden, fast zwischen den fleischigen, roten Wangen verschwanden, das weißgraue Haar dicht und lockig – irgendwie kam der Mann ihm schon bekannt vor.

»Ich bin der Rolf – Bohnsack, Rolf. Ich hab mich schon e bissle verändert, geb ich zu«, er deutete hilflos an seinem mächtigen Umfang herunter. »Aber du hast auch emal anders ausgschaut!«

Er ließ ein sonores Lachen hören und tippte Angermüller gegen den sich leicht wölbenden Bauch.

»Rolf Bohnsack, ja klar! Du warst an unserer Schule. Zwei Klassen über mir, oder?«

»Na siehste, geht doch! Was treibt dich denn hierher?«

»Ich mach ein paar Tage Urlaub hier in Niederengbach. Und als meine Mutter und meine Schwester eure Kolonne sahen, wollten sie unbedingt gucken, was hier los ist, und ich musste mitkommen. Bist du hier der Leitende?«

»Genau, Kollege! Du bist in Lübeck, gell?«

Angermüller schaute Bohnsack erstaunt an.

»Da wunderst dich, was ich alles weiß, gell?«

Bohnsack schnaufte hörbar, fast nach jedem Satz, als ob

ihm wegen seines Umfanges ein tiefes Durchatmen nicht möglich war.

»Die ganzen ehemaligen Schulkameraden, die hiergeblieben sind – wir treffen uns halt öfter mal, und dann plaudert man so: Weißt du eigentlich, was der und der macht, und dann hat man ja so seine Recherchemöglichkeiten, du verstehst?«

Er schnaufte wieder und verzog den breiten Mund zu einem wissenden Lächeln.

»Ist denn schon klar, was sich hier zugetragen hat?«

»Das ist natürlich noch absolut interne Verschlusssache, aber dir als Kollegen …«, Bohnsack warf Georg einen abschätzenden Blick zu. »Also, der alte Mann da …«, er deutete in Richtung der weißen Abdeckplanen im Hintergrund der Grotte, »der ist mit seinem Rollstuhl von da oben über die Felsen hier heruntergestürzt. Ein paar Arbeiter von der Schloss- und Gartenverwaltung haben ihn vorhin gefunden, da war er schon tot. Wir müssen jetzt rausfinden, ob Unfall oder Selbstmord oder – na du weißt schon. Es gibt da einige Anzeichen.«

Bohnsack deutete vage in Richtung Kehle.

»Und die muss euer Rechtsmediziner erst mal überprüfen. Ja, klar!«, nickte Angermüller.

»Leider haben wir vor Ort keinen eigenen, da kommt einer von außerhalb. Der Tote wird jetzt erst mal auf den Glockenberg geschafft.«

»Glockenberg? War da nicht der Coburger Friedhof?«

»Der ist immer noch da und da gibt's für solche Fälle einen kleinen Sektionsraum.«

»Entschuldigung, wenn ich störe!«

Eine Frau mit kurzen, dunklen Haaren kam auf die beiden Männer zu.

»Rolf! Die vom Bestattungsunternehmen sind da, wegen des Abtransports. Kannst du bitte noch mal kommen?«

»Klar, Sabine, wenn du mich so nett bittest«, grinste Bohnsack. »Das ist die Frau Kommissar Zapf, sehr tüchtig, das Mädle! Hier Sabine, das ist der Angermüller Schorsch, ein alter Schulkollege von mir.«

Sabine Zapf nickte Georg freundlich zu.

»Na, habt ihr auch so nette Kolleginnen?«, wollte Bohnsack wissen. »Der Schorsch ist nämlich ein Kollege, droben in Lübeck bei der Kripo.«

Angermüller, dem Bohnsacks Sprüche peinlich waren, zuckte nur verlegen mit der Schulter.

»Ach übrigens, der Tote ist ein gewisser Bernhard Steinlein aus Niederengbach. Du kommst doch auch daher – hast du den gekannt?«

»Das weiß im Dorf jeder, dass dem die Brauerei und der Gasthof gehören, aber kennen … zumal ich ja schon ein paar Jährchen von hier weg bin …«

»Na gut Schorsch, das wissen wir auch alles schon. Dann wollen wir dich in deinem Urlaub nicht länger stören. Wenn's dich interessiert, kannst uns ja mal in der Neustadter Straße besuchen. Die Sabine kocht uns bestimmt gern einen Kaffee, gell Sabine?«

Sabine Zapf verdrehte nur genervt die Augen.

»Und wenn wir mit dem Fall nicht weiterkommen, dann kannst du uns ja als Sonderermittler unterstützen.«

Bohnsack lachte gönnerhaft und schlug Angermüller auf die Schulter.

»Mach's gut, du Nordlicht!«

Da Mutter und Schwester nicht vom Ort des Geschehens wegzulotsen waren, drehte Angermüller allein eine Runde durch den weitläufigen Schlosspark. Außer an Sonn- und Feiertagen oder wenn vielleicht Busse mit Touristen haltmachten, lag eine angenehm entspannte Ruhe über Park und Schloss, nur ganz vereinzelt sah man Spaziergänger über die

32

Wege promenieren oder auf den Hügel zum Schloss steigen. Georg suchte all die besonderen Plätze auf, die ihm in Kindheit und Jugend so vertraut gewesen waren. Er ging hinauf zum Schloss, das nach einer aufwendigen Renovierung in neuem Glanz erstrahlte, spähte durch die Fenster in den Marmorsaal und schwor sich, bei nächster Gelegenheit mal wieder an einer Führung durch das Gebäude teilzunehmen. Von der hübschen Terrasse aus, auf der noch die Rosen blühten und ein zierlicher Brunnen plätscherte, eröffnete sich ihm ein weiter Rundblick auf das sonnenbeschienene Itztal.

Dann spazierte er hinüber zum Schwanensee, der eigentlich nur ein etwas größerer Teich war, auf dem aber immerhin stolz ein schwarzes Schwanenpaar dahinglitt, und ließ sich im Schatten auf einer der verwitterten Steinbänke nieder. Dieses ganze Gelände bis hinüber zur Turniersäule, an der sich die Sonnenuhr befand, hatte ihnen als Revier für ihre Räuber-Schander- oder Ritter-Spiele gedient. Später war die alte Bank der Treffpunkt für so manches heimliche Rendezvous gewesen. Er war 13 oder 14 damals und zum ersten Mal verliebt. Angermüller seufzte und fühlte sich plötzlich ziemlich alt. Julia und Judith durchlitten jetzt wahrscheinlich ähnliche Wonnen und Seelenqualen wie er damals.

Bei diesem Gedanken fiel ihm ein, dass er ja noch einmal zu Hause anrufen wollte, denn er hatte am Vorabend nur dem Anrufbeantworter erzählen können, dass er gut angekommen war. Leider hatte er sein Handy im Zimmer liegen lassen. Auf der Straße belebte es sich. Er sah, dass die ersten Polizeiautos den Park verließen, und erhob sich.

Langsam schlenderte die Gruppe der Leute aus dem Dorf wieder Richtung Heimat und natürlich wurde das Geschehen in der Felsengrotte eifrig kommentiert.

»Mich würd's fei net wundern, wenn da jemand nachgholfen hätt beim alten Steinlein«, sagte jemand.

»Da gibt's einige, die mit dem noch e Rechnung offen ham«, stimmte Erwin Motschmann zu. »Ich mein, ich bin mit dem immer prima auskomma, aber zum Beispiel der Hofmanns Walter, dem hat er ja praktisch die Existenz zerstört!«

»Des stimmt! Der is wegen dem Steinlein pleitegegangen, musst sei Gastwirtschaft aufgeben, hat des Haus verlorn und hat nur noch des Notwendigste zum Leben!«

»Der hätt des doch gar net machen könne, jemand umbringe. Des is doch e kranker, alter Mann!«, widersprach Angermüllers Mutter. »Und dass du mit dem Steinlein gut gekonnt hast, is ja a net wahr! Ihr habt doch sogar prozessiert wecha dem Waldstück da!«

»Ach Quatsch! Was erzählstn du da!«

Motschmann warf einen Seitenblick auf Angermüller.

»Mir ham des vor Gericht geklärt und dann war's gut.«

»Ja, aber er hat recht gekriegt und du bist ihm noch vorm Gerichtssaal an die Gurchel gange!«

Seine Mutter war so leicht nicht ruhigzustellen.

»Des is doch e Ewigkeit her!«

»Na und?«

»Vielleicht isses ja auch wecha derer Gentechnik«, mischte sich eine andere Frau ein, die Georg als die Nachbarin von gegenüber erkannte. »Ich hab ghört, der wollt alle seine Grundstücke an irgend so eine Firma verkaufen, die dann da Versuche drauf macht, und eigentlich sind mir ja alle da dagegen.«

»Wieso alle? Da gibt's ein paar Leut, die dene ihr Land gern verkaufen würden«, widersprach Motschmann.

»Du wohl auch?«

»Ja, warum denn net?«

»Weil des gfährlich is für uns alle!«

»Mir is des doch wurscht!«

Der alte Motschmann wurde immer lauter.

»Was die da machen mit derer Gentechnik, da weiß niemand, wie sich des emal auswirkt!«, warnte die Nachbarin.

»Na und, dann guck ich mir schon längst die Kartoffeln von unten an.«

»Du bist halt scho lang kei Bauer mehr und Kinder haste a net. Des find ich fei schlimm, dass du so redst.«

»Die Else hat recht! Schlimm ist des!«, pflichtete Angermüllers Mutter der Nachbarin bei. Erwin Motschmann hatte schon vor 20 Jahren die Landwirtschaft aufgegeben und als Vertreter für eine Landmaschinenfirma eine Menge Geld verdient. Auf seinem großen Gehöft lebte er mittlerweile allein, seit seine Frau vor ein paar Jahren gestorben war. Und er besaß immer noch reichlich Land. Er warf den beiden alten Frauen einen wütenden Blick zu.

»Ihr alten Waschweiber! Ihr habt doch ka Ahnung von derer Gentechnik!«, er machte eine heftige Wegwerfbewegung mit dem Arm. »Ach, lasst mich doch in Ruh mit euerm blöden Gekäu!«

Und damit rannte er davon. Die beiden alten Frauen schüttelten mit den Köpfen und verbreiteten sich noch eine Weile über das aufbrausende Naturell des Mannes.

»Haste scho ghört, dass der Schwarzens Jung wieder ausm Gfängnis raus is?«, fragte dann die Nachbarin.

»Naa! Is des wahr?«

Angermüllers Mutter blieb vor Staunen stehen und stemmte ihre Arme auf die Hüften, während die Nachbarin heftig nickte.

»Des würd mich fei net wundern, wenn der den Bernhard nei der Grottn gschubst hätt! Es wurd ja immer gsacht, dass er wecha dem überhaupt erscht neis Gfängnis komme is!«, ereiferte sie sich. »Wie spät isn des?«, wollte die Mutter plötzlich wissen. »Was? Scho kurz nach zwölf! Ach Gott, ach Gott, ich hab ja noch gar nix zu Mittag vorbereitet!«

»Das ist doch nicht so schlimm!«, beruhigte sie ihr Sohn. »Wir haben ja ausgiebig gefrühstückt, da langt auch ein Stück Kuchen und ein Kaffee.«

»Oder soll ich e paar Detsch machen? Des geht schnell.«

»Ach, Detsch!? Da hätt ich nix dagegen!«

Kindheitstraum, Wohlfühlessen, Köstlichkeit!

»Na gut, dann mach ma Detsch. Ich hab grad vor e paar Wochn frische Hölberla eigmacht!«

Die Aussicht auf diesen lange vermissten Genuss, Kartoffelpuffer mit Preiselbeeren, ließ Angermüller fast das unangenehme Gefühl vergessen, das ihn beschlichen hatte, als er hörte, dass der gewaltsam zu Tode Gekommene der alte Steinlein war.

2

Rosi, in Jeans und T-Shirt gekleidet, wie meist bei der Arbeit, hockte vor einem Beet und erntete eine bunte Mischung Küchenkräuter. Es war gleich Mittagszeit, und die Sonne brannte heiß, viel zu heiß für den Oktober. Sie strich eine Strähne aus dem Gesicht, die sich aus dem dicken Knoten gelöst hatte, zu dem sie das braune Haar praktischerweise aufgebunden hatte. Heute Abend musste der Garten auf jeden Fall noch einmal richtig gewässert werden.

Der Gemüsegarten und vor allem seine Produkte waren Rosis ganzer Stolz. Sie zog Pastinaken, Mangold, Bohnen, Salat und noch einiges andere mehr – fast alles, was sie zum Leben auf dem Hof brauchte. Es gab einen Kräutergarten und in einem Gewächshaus gediehen auch Tomaten und Auberginen. Jetzt war die Zeit der Kürbisse und die Hokkaidos prangten draußen in den Beeten in sattem Orange. Was sie nicht für den Eigenbedarf benötigten, verkaufte Rosi in ihrem Laden.

Die Besucherglocke schlug laut und vernehmlich an. Eigentlich war der Hofladen um diese Zeit geschlossen, doch die Städter, die bei ihr einkauften, gewöhnt an durchgehend geöffnete Läden, stets zeitlich unter Druck und mit dem Bewusstsein ausgestattet, als Kunde König zu sein, kannten da kein Pardon und klingelten einfach an der Haustür. Sie wechselte von den Gummistiefeln in ihre bequemen offenen Latschen und eilte zu sehen, welchen unaufschiebbaren Kundenwunsch sie diesmal erfüllen sollte.

Dass der Dicke in dem viel zu engen Anzug und die sportlich gekleidete jüngere Frau neben ihm, nicht zu ihrer üblichen Klientel gehörten, sah Rosi ihnen sofort an.

»Grüß Gott! Kann ich Ihnen helfen?«

»Guten Tag! Wir würden gern die Frau Sturm sprechen.«

Die Frau sprach, der Mann machte ein ernstes Gesicht, atmete schwer und beobachtete Rosi mit Augen, die tief zwischen seinen feisten Wangen lagen.

»Das bin ich. Worum geht's denn?«

»Frau Sturm, wir sind von der Kripo Coburg.«

Sie zeigten ihre Dienstausweise und stellten sich vor.

»Wir haben eine traurige Nachricht.«

Rosi merkte, wie alles Blut in ihre Mitte strömte.

»Ist was passiert?«, fragte sie mit rauer Stimme.

»Dürfen wir reinkommen?«

Rosi spürte eine unerträgliche Anspannung und ließ die Beamten wortlos eintreten. Schnell ging sie durch den Flur in die geräumige Küche voraus, wo ein junges Mädchen am Herd stand, das mit großen Töpfen hantierte, und ein junger Mann dabei war, mit einer Vielzahl Teller gerade den Tisch zu decken. Sie schickte die beiden jungen Leute hinaus.

»Also, sagen Sie schon! Was ist passiert?«

»Frau Sturm, wie gesagt, eine traurige Nachricht: Ihr Vater – er hatte einen schweren Unfall – es tut mir leid«, sagte der Mann, der sich als Kriminalhauptkommissar Bohnsack vorgestellt hatte.

»Er hatte einen Unfall? Was ist denn passiert?«

»Ihr Herr Vater ist heute Morgen mit seinem Rollstuhl an der Felsengrotte im Schlosspark abgestürzt.«

»Oh Gott! Wie geht es ihm? Ist er im Krankenhaus? Weshalb kommen Sie von der Kripo hierher?«

Bohnsack räusperte sich.

»Wie gesagt, es tut mir leid. Er ist tot, und es gibt deutliche Hinweise, dass es kein Unfall gewesen ist.«

»Oh nein«, Rosi machte einen Schritt zum Tisch und

sackte auf einen der Stühle. Unter ihrer Sonnenbräune war sie blass geworden und Tränen traten ihr in die Augen.

»Können wir etwas für Sie tun, Frau Sturm?«, fragte mitfühlend die Beamtin und fasste Rosi sanft an der Schulter. Rosi schüttelte hilflos den Kopf.

»Ich weiß nicht, ich glaube nicht. Ich bin ganz durcheinander. Mein Mann kommt bestimmt gleich. Und die anderen kommen auch alle zum Mittagessen.«

»Wir müssten Ihnen auch noch ein paar Fragen stellen, aber wir kommen lieber später noch einmal wieder, ja?«, fragte die Kollegin des Dicken.

»Das wäre wahrscheinlich besser. Sagen Sie, weiß meine Schwester schon Bescheid?«

»Die Paola Steinlein meinen Sie?«, Bohnsack verneinte. »Im Gasthof waren wir zuerst, haben sie aber nicht angetroffen, und von dort hat man uns zu Ihnen geschickt. Gut, wir verabschieden uns dann mal. Frau Zapf, gibst du der Frau Sturm mal unsere Nummern, falls sie uns erreichen will.«

Sabine Zapf zog eine Karte aus ihrer Jackentasche und legte sie auf den Tisch.

»Dann wollen wir mal. Wiedersehen, Frau Sturm!«

Rosi brachte die Beamten zur Tür. Eine Frage brannte ihr noch auf den Nägeln:

»Haben Sie schon einen Verdacht, wer …?«

»Wir ermitteln, Frau Sturm, und wir sind ganz am Anfang. Wir informieren Sie, sobald wir Genaueres wissen. Und wir melden uns dann später noch einmal bei Ihnen.«

Langsam ging Rosi zurück in die Küche. Hell strahlte die Sonne durch die Fenster. Über dem Tisch summten ein paar Fliegen, die trotz des bunten Vorhangs aus Glasperlenschnüren vor der Tür zum Blumengarten ihren Weg herein gefunden hatten. Wirre Gedanken schossen ihr durch den Kopf. Seit sie gehört hatte, dass ihr Vater wahrscheinlich umgebracht worden war, hatte sich ihrer eine unglaubliche Angst bemächtigt. Wo Johannes nur so lange blieb?

»Mahlzeit!«, Florian stürmte herein. »Hab ich einen Hunger! Gibt's noch nix?«

Rosi fuhr aus ihren Grübeleien hoch.

»Doch, doch Florian, gleich! Holst du bitte die Hanna und den Tobias herein, die haben Küchendienst. Sie sind hinterm Haus. Ich muss die Kräuter noch fertig machen …«

Sie ging zur Spüle, wusch die Mischung aus Schnittlauch, Dill, Boretsch und Ysop und wiegte sie auf dem großen Holzbrett zu einem aromatisch duftenden, grünen Gemisch. Mit ihren Gedanken war sie nicht dabei.

»Mamma! Warum sagst du denn nichts? Was wollte die Kripo vorhin hier?«

Florian stand wieder im Raum. Wahrscheinlich hatten ihm Hanna und Tobias vom Besuch der Beamten erzählt. Florian war ihr Ältester, sie hatten gerade seinen 21. Geburtstag gefeiert. Er hatte fast seine ganzen Semesterferien hier verbracht und musste nun am Wochenende wieder zum Studium nach München. Florian wollte Tierarzt werden, und für ihn war klar, dass ein echter Tierarzt nur auf dem Lande praktizieren konnte – er hatte keine Lust auf Wellensittiche, Meerschweinchen und hysterische Großstadtkatzen. Auf dem Hof seiner Eltern fühlte er sich so richtig wohl, und außerdem waren hier immer eine Menge junger Leute, Praktikanten, die einen sozialen Dienst leisteten oder später Agrarwissenschaften studieren wollten und für Unterkunft, Verpflegung und ein Taschengeld auf dem Hof arbeiteten, und so war hier immer was los und die Arbeit machte umso mehr Spaß.

»Ach, Flori! Der Opa ist gestorben.«

»Echt? Das tut mir leid für dich, Mamma!«

Er ging zu ihr und nahm sie in die Arme. Er überragte seine Mutter um mehr als Haupteslänge.

»Aber der Opa war doch sowieso ziemlich krank, oder?«

Es wunderte Rosi nicht, dass der Junge nicht besonders betroffen war – er hatte seinen Großvater so gut wie nicht gekannt. Nie hatte er mit ihm gesprochen, ihn höchstens hin und wieder aus der Ferne gesehen, wenn er mit seinem Rollstuhl durchs Dorf rollte.

»Und wieso kommt deswegen eigentlich gleich die Polizei hierher?«

»Er ist mit dem Rollstuhl in die Felsengrotte gestürzt«, Rosi zögerte. »Es scheint Hinweise zu geben, dass es kein Unfall war.«

»Boah! Mord?«

Florian ließ sie los und riss die großen, braunen Augen noch weiter auf, und Hanna und Tobias, die nach ihm hereingekommen waren, machten große Ohren.

»So, ihr macht jetzt schnell das Mittagessen fertig! Hanna, du rührst die Kräuter, den Knoblauch, die Zwiebeln, die anderen Gewürze und die Sahne in den Quark, und ihr Jungs deckt den Tisch fertig und schält die Kartoffeln. Ich bin gleich wieder da!«

Rosi lief hinaus, um zu sehen, ob Johannes zurück war. Schon seit dem frühen Morgen war er draußen, um das Grünfutter für das Milchvieh einzubringen. Nach einem verregneten September herrschten jetzt endlich die richtigen Erntebedingungen. Der Geländewagen schoss auf den Hof, dass es staubte. Johannes, in einem ausgeblichenen grünen Overall, sprang aus der Beifahrertür. Er hatte Linus, einem der Praktikanten, das Steuer überlassen, und der gab in seinem jugendlichen Überschwang öfter mal mehr Gas, als er sollte. Johannes versetzte ihm einen Klaps auf den Hinterkopf, Linus grinste und rannte davon.

»Machst du heute mein persönliches Begrüßungskomitee, mein Schatz? Das find ich ja nett.«

Johannes umarmte seine Frau und drückte ihr einen Kuss auf den Scheitel. Auch er war mindestens einen Kopf größer als sie.

»Du weißt's noch nicht?«, fragte Rosi, als er sie wieder losgelassen hatte. Sie sah Johannes ernst an, der fragend mit den Schultern zuckte.

»Was denn?«

»Der Papa ist tot!«

»Woher soll ich's wissen? Ich war den ganzen Vormittag auf dem Feld!«

Rosi schloss die Augen, doch es nutzte nichts, die Tränen liefen einfach so unter ihren Lidern hervor.

»Du Arme! Das ist bestimmt nicht leicht für dich. Komm her!«

Johannes schloss sie wieder in seine Arme, legte sein Kinn auf ihren Kopf und sah in die Ferne. So standen sie eine ganze Weile.

»Aber du erwartest jetzt nicht, dass ich trauere, oder?«, murmelte Johannes in ihr Haar, und als Rosi nicht antwortete: »Jetzt kann der alte Mistkerl wenigstens kein Unheil mehr anrichten.«

Sie schob ihn von sich weg und wischte sich die Tränen aus dem Gesicht.

»Du brauchst mir nicht zu sagen, was du von ihm hältst. Keinem musst du das sagen. Jeder im Dorf weiß, dass ihr nie Freunde wart.«

»Aber Rosi! Ich wollte dir doch nicht wehtun! Es ist nur – soll ich lügen, weil der Alte jetzt gestorben ist?«

»Er ist nicht gestorben! Er ist ermordet worden!«

»Ach.«

»Ja! Er ist ermordet worden und die Kripo war hier und die kommen auch noch mal wieder!«

Rosi schrie fast diesen letzten Satz. Johannes sah sie aufmerksam an. Er erkannte seine sonst so ruhige, gelassene

Frau nicht wieder und suchte nach einer Erklärung für ihre plötzliche Hysterie. Dann begriff er langsam.

»Das ist ja hoffentlich nicht dein Ernst, Rosi!«

Aber sie antwortete darauf nicht mehr und lief ins Haus.

»Ooh! War das gut!«, Georg Angermüller strich sich über den gewölbten Bauch. »Jetzt brauch ich aber mal ein bissle frische Luft.«

Er zwängte sich aus der Eckbank und fing seine Mutter ab, die sich schon wieder emsig zwischen Spüle und Tisch hin und her bewegte.

»Vielen Dank, Mamma! Das waren die besten Detsch, die ich seit Jahren gegessen hab!«

»Des warn halt ganz normale Kartoffeldetsch, wie immer«, sagte seine Mutter ungerührt und wehrte sich gegen seine Versuche, ihr einen Kuss auf die Wange zu drücken. »Da sind ja noch zwei übrig, die schmecken ach kalt.«

Sie ließ die letzten beiden Kellen des dünnflüssigen Teiges in das heiße Schmalz fließen, dass es knisterte, und wendete sie, als sie eine goldbraune Farbe angenommen hatten und am Rand knusprig aussahen.

Angermüller nahm sich die Zeitung, die er immer noch nicht zu Ende gelesen hatte, und ging hinters Haus zur Gartenbank. Die helle Sonne tat gut nach der dunklen Küche seiner Mutter und die Luft war auch besser hier draußen. In seinen Kleidern hing der Rauch vom Schweineschmalz. Georg rollte die Ärmel seines Hemdes hoch und beschloss, erst einmal bei Astrid in Lübeck anzurufen.

»Ach, hallo Georg! Du bist also gut angekommen. Das hattest du ja gestern schon auf den AB gesprochen – gibt's sonst noch was? Ich bin etwas in Eile.«

»Ach so. Na ja, es ist wunderschön hier, tolles Wet-

43

ter, gerade gab's Detsch, die mögen die Kinder ja auch so gern – schade, dass ihr nicht hier seid! Wie geht's Judith?«

»Die ist schon wieder obenauf, du kennst sie ja! Wir wollen gerade zu ihr ins Krankenhaus. Entschuldige, aber Martin wartet draußen mit dem Wagen, wir müssen los!«

»Wieso? Ist was mit dem Volvo?«

»Nein, alles in Ordnung! Martins Urlaub ist geplatzt, und er kam vorhin hierher, weil er was mit mir besprechen will. Aber jetzt will er erst einmal mitkommen ins Krankenhaus und wir fahren mit seinem Wagen.«

»Weißt du schon, ob ihr noch nach Niederengbach nachkommen könnt?«

»Nein, das kann ich noch nicht sagen. Lass uns später noch mal drüber sprechen, ja?«

»Na gut. Gruß und Kuss an die Kinder und gute Besserung für Judith!«

»Danke! Grüß auch schön! Tschüss!«

»Ach ja, grüß auch den Martin!«

»Mach ich! Danke! Tschüss!«

Nachdenklich legte Georg Angermüller sein Handy zur Seite. Martin. Er hatte ihn schon ewig nicht mehr gesehen, höchstens mal gesprochen, wenn er auf Astrids Arbeitsstelle anrief. Sein Urlaub war geplatzt. Was das wohl bedeuten mochte? Eigentlich sollte das doch so eine Art zweite Hochzeitsreise mit seiner Frau werden, nachdem die beiden nach einer mehrmonatigen Trennung wieder zusammengekommen waren – Angermüller verdrängte, was an verwirrenden Gedanken durch sein Hirn waberte, und schüttelte den Kopf über sich selbst.

Unkonzentriert las er in dem Coburger Blatt – bis er auf einen Artikel über Gentechnik stieß. Der aktuelle Aufhänger war eine Demo in Unterfranken, bei der Gegner und Befürworter gewaltsam aneinandergeraten waren. Dazu befragt, forderte ein bäuerlicher Verbandsfunktionär, dass man die Chancen dieser Forschung nicht einfach beiseiteschieben solle, denn schließlich müsse auch der deutsche Bauer im internationalen Wettbewerb bestehen. Er plädierte für ein friedliches Nebeneinander von Pflanzen mit und ohne Gentechnik. Ein Biobauer lehnte dieses Ansinnen als blauäugig ab, denn der Wind, der die Saat weitertrage, mache keinen Unterschied, was auf welchem Feld angebaut würde, und ein besorgter Imker fragte nach dem Zusammenhang zwischen dem seit einiger Zeit grassierenden Bienensterben und genmanipulierten Pflanzen.

Am Ende des Artikels erwähnte der Schreiber noch, dass hier im Landkreis die Gegner der Pflanzengentechnik in der Überzahl seien. Aus dem, was Angermüller am Morgen gehört hatte, war aber klar, dass es zumindest in Niederengbach scheinbar eine Minderheit gab, die sich einen Vorteil von der neuen Technologie versprach. Bestimmt würde ihm Johannes mehr zu diesem Thema erzählen können.

Er sah auf die Uhr. Eigentlich war jetzt eine gute Zeit, mal auf dem Sturms-Hof vorbeizuschauen. Doch auch wenn er den alten Steinlein kaum gekannt hatte – sein Tod und die Umstände, unter denen er ums Leben gekommen war, drückten auch auf Angermüllers Gemüt. Er verließ seinen gemütlichen Platz auf der Gartenbank. Er war sich nicht mehr sicher, ob ein Besuch bei Johannes und Rosi jetzt eine gute Idee war – wer weiß, wie dort die Stimmung war. Langsam ging er zum Hoftor und schlenderte schließlich unschlüssig die Dorfstraße entlang.

»Na, Schorsch! Ach emal wieder in der alten Heimat?«

»Grüß dich, Dieter!«

»Wie geht's da denn, du altes Nordlicht?«

»Mir geht's gut, danke – ich hab ja Urlaub! Und selbst?«

Dieter war Bauer und hatte als ältester Sohn den Hof seiner Eltern übernommen. Er war in etwa so alt wie Georg, doch viel hatten sie nie miteinander zu tun gehabt. Aber natürlich kannte man sich und wechselte ein paar Worte miteinander – so war das eben in einem Dorf wie Niederengbach, das gerade mal etwas über 200 Seelen hatte.

»Es geht, es geht. Es muss ja, gell!«, er lachte behäbig. »Sache mal, haste scho ghört, was bei uns passiert is? Den Steinleins Bernhard hat einer …«, und er machte eine eindeutige Handbewegung. Angermüller nickte.

»Und du, als alter Kriminaler? Was sachstn da dazu?«

»Ich hab Urlaub, Dieter! Ich bin froh, dass ich nix damit zu tun hab!«

»Weißt du eigentlich, dass der alte Steinlein und der Sturms Johannes …«

Dieter ließ seine beiden Zeigefinger vor Angermüllers Gesicht aufeinander losgehen. Er sah sich um und senkte die Stimme: »Der und sei Schwiegersohn, die warn spinnefeind miteinander. Von dem ganzen Biozeuch hat der Bernhard doch gar nix ghalten!«

Wie pflegte Johannes den Dieter früher immer zu nennen? Richtig, einen alten Laberarsch.

»Und du, hast du mit dem alten Steinlein keinen Streit gehabt? Der hat sich doch mit jedem angelegt!«, meinte Angermüller leicht gereizt.

»Also, da kann ich fei nix sagen! Ich bin immer gut mit dem Bernhard auskomme!«

»Dieter, ich muss dann wieder! Wir sehn uns bestimmt noch mal.«

»Ade!«

»Ade!«

Georg erinnerte sich genau, dass Dieter und seine Familie gar nicht gut auf den Steinleins Bernhard zu sprechen waren, der dank seiner Beziehungen im Landratsamt dafür gesorgt hatte, dass die Umgehungsstraße deren Felder durchschnitt und seine verschonte. Und Fehden dieser Art tilgte in Niederengbach nicht einfach die Zeit.

Zu seiner Linken sah Georg das Haus der Familie Schwarz liegen. Sie waren nach dem Krieg aus Danzig hierhergekommen und hatten sich mit Fleiß und Sparsamkeit eine bescheidene Existenz aufgebaut. Von dem alten Ehepaar gab es nur noch Frau Schwarz und viele im Dorf sprachen nach wie vor von ihr und der Familie als von den Flüchtlingen. So auch Angermüllers Mutter. Gottlieb, den Sohn der Schwarzens, hatte die Nachbarin heute sogleich als Verdächtigen für den Mord am Steinleins Bernhard ins Gespräch gebracht. Er war aus der ordentlichen Art geschlagen, hatte der Familie von jeher Kummer gemacht und ein Gutteil seiner fast 60 Lebensjahre im Gefängnis zugebracht. So einem trauten die Dörfler natürlich manches zu – aber einen Mord? Es wäre schon interessant zu wissen, was dran war, dass maßgeblich der alte Steinlein dem Gottlieb zu seinem letzten Knastaufenthalt verholfen hatte. Frau Schwarz wohnte immer noch in dem Haus, bei ihrer Tochter und deren Familie, und wahrscheinlich war sie es, die Georg jetzt hinter der Gardine verschwinden sah, als er in Richtung Fenster blickte.

Die Nächste, der er in die Arme lief, war Martha Rauschert. An ihr schien die Zeit vorübergegangen – schon vor 20 Jahren hatte sie so klein und verhutzelt ausgesehen wie heute, hatte sich auf ihren Stock gestützt und die Welt durch eine dicke Brille betrachtet. Trotz einer erheblichen Augenschwäche war ihr noch nie etwas entgangen und ihr Klatschmaul war im Dorf regelrecht gefürchtet. Seine Mutter machte immer einen großen Bogen um die Rauschert'n, die alte Käugoschn, wie sie sie nannte. Auch ihn hatte sie sogleich im Visier.

»Du bist doch der Schorsch Angermüller, gell! Na, sag emal: Bist du noch in Lübeck?«

»Tag, Frau Rauschert! Ja, ich bin noch in Lübeck.«

»Und, wie isn des da droben? Bist wohl ach schon e richtiges Nordlicht?«, kicherte sie.

»Ich fühle mich in Lübeck sehr wohl.«

Da werde ich auch nicht dauernd von jemandem angequatscht, hätte er beinahe noch hinzugefügt.

»Haste scho ghört Schorsch, vom Steinlein sein Unglück?«

Georg nickte stumm und Martha Rauschert wackelte empört mit dem Kopf.

»Nä, was heutzutag alles passiert. Sogar in unserm klein Niederengbach is ma seines Lebens nimmer sicher! Die Welt wird immer verrückter«, jammerte sie.

»Du, horch emal!«, die alte Frau dämpfte ihre Lautstärke, sodass sich Georg zu ihr hinabbeugen musste. »Der alte Steinlein: Seit e paar Wochen hat der fei so a jungs Ding ghabt! Des war bstimmt sei Freundin!«

Angermüller, der eigentlich gar nicht über das Thema Steinlein hatte reden wollen, konnte nicht umhin, erstaunt zu sagen: »Ich denk, der saß im Rollstuhl und war völlig gelähmt. Und ging der nicht auf die 80?«

»Na und? Der war dreimal verheirat, der alte Steinlein! Und der hats trotzdem immer noch mit andere Weiber ghabt! Und ob alles gelähmt war, weiß ma ja a net …«

Sie grinste so listig, dass Georg fast errötete.

»Jedenfalls«, fuhr sie eifrig und mit leiser Stimme fort, »des Mädle hat en Freund, der hat se nämlich immer abgholt mit so em lauten Auto, ich glaub, des is e Russ, und wenn der nu eifersüchtig war?« Triumphierend hob Martha Rauschert den Kopf und sagte laut und voller Überzeugung: »Möglich wär des fei!«

Georg hatte keine Lust, diese abenteuerliche Theorie zu kommentieren.

»Na ja, nix für ungut, Schorsch! Du bist ja e Kommissar, du machst des scho!«

Und damit schlich sie, schwer auf ihren Stock gestützt, weiter durchs Dorf.

Der Hof von Johannes und Rosi war nicht der größte, aber bestimmt der schönste im Dorf. Das war nicht immer so. Wie so viele Bauern hatten auch Johannes' Eltern in den 50er, 60er Jahren die Gebäude mit Eternitplatten verkleiden lassen – wie die meisten anderen im Glauben, das sei modern, praktisch und gut – und damit das Dorf zu einer ziemlich gesichtslosen, sterilen Ansiedlung gemacht. Als Johannes und Rosi anfingen, den Hof zu bewirtschaften, holten sie nach und nach die Schönheit des mehr als 100 Jahre alten Anwesens zurück. Sie legten das Fachwerk frei, restaurierten die alte Veranda, die im ersten Stock einen Wintergarten trug, rissen den schadhaften Beton im Hof ab und ersetzten ihn durch alte Pflastersteine. Mittlerweile war der Sturms-Hof auf biologische Milchviehwirtschaft spezialisiert. Hinter dem alten Hofensemble lagen die neuen, für artgerechte Tierhaltung ausgelegten Stallungen und es gab eine hochmoderne Tandemmelkanlage. Der größte Teil der Milch wurde in einem großen regionalen Werk zu Biokäse verarbeitet. Aber unter Rosis Obhut stellten sie auch auf dem Hof einen ganz speziellen Weichkäse aus Rohmilch her, den sie in verschiedenen Varianten natur, mit Schnittlauch oder Pfeffer exklusiv in dem kleinen Hofladen und auf ihrem Marktstand in Coburg vertrieben.

Neben dem Hinweis auf die Bioland-Produkte und den Hofladen gab es noch ein neues Schild, das ihm gestern Abend gar nicht aufgefallen war. Es wies auf ein Café hin, das an Wochenenden und Feiertagen geöffnet war. Angermüller musste unwillkürlich lächeln. Hatte Rosi sich doch durchgesetzt! Immer hatte sie davon geträumt, auf dem Hof einen Raum einzurichten, den man als Café und Veranstaltungsraum nutzen konnte, wo man hausgemachte Spezialitäten anbot und kleine Konzerte, Lesungen, Ausstellungen und Ähnliches stattfinden sollten. Johannes fand die Idee zwar gut, glaubte aber zum einen, dass es sich nicht rechnen würde, und zum anderen, dass Rosi mit ihren vielfältigen Aufgaben auf dem Hof schon genug um die Ohren hatte. Immerhin hatte sie noch zwei Kinder im Haus, den 17-jährigen Moritz und die 15-jährige Lena, und mit den Praktikanten und anderen Helfern hatte sie bisweilen mehr als zwölf Personen zu versorgen. Dazu kam ihre Verantwortung für die Käserei, den Hofladen und den Gemüsegarten – sie konnte sich wahrlich nicht über Langeweile beklagen.

Georg betrat den großen Hof, der hufeisenförmig von Gebäuden eingerahmt wurde. Er würde schon mitbekommen, wenn er an diesem Tag bei den Freunden nicht willkommen war, und sich dann eben einfach wieder verabschieden. Wie immer klingelte er nicht an der Haustür, sondern ging rechts außen am Wohnhaus vorbei und durch den Blumengarten zum Hintereingang, der direkt in die Küche führte. Schon als Kind hatte er zu seinem Freund Johannes immer diesen Weg genommen, denn meist saß der am Nachmittag in der Küche und machte Hausaufgaben oder seine Mutter war da und wusste, wo Johannes zu finden war.

Durch den Glasperlenvorhang, der vor der geöffneten Tür hing, hörte er die Stimmen von Johannes und Rosi, ziemlich laut und erregt. Sie verstummten sofort, als er den Vorhang zur Seite schob und eintrat.

»Grüßt euch, ihr zwei! Ich bin's mal wieder.«

Georg trat auf Rosi zu und umarmte sie.

»Mein Beileid, Rosi!«

Rosi nickte nur stumm und erwiderte seine Umarmung.

»Entschuldige, Schorsch! Ich hab noch was zu erledigen«, sagte sie dann und verließ schnell die Küche.

»Dir auch Beileid, Johannes!«

Er gab seinem Freund die Hand.

»Ist schon gut … Schön, dass du dich auch einmal wieder hier blicken lässt, Schorsch, du …!«

Johannes haute ihm leicht mit der Faust gegen den linken Oberarm.

»Jetzt sag aber nicht ›du altes Nordlicht‹ zu mir … das muss ich mir heut schon den ganzen Tag anhören!«

»Ja, bist du denn keins? Du redest doch schon genau so vornehm daher wie die da droben!«

»Ach ja?«, Georg Angermüller sah seinen Freund misstrauisch an. »In Lübeck, da heißt es immer: So wie Sie sprechen – Sie sind wohl nicht von hier?«

»Ja freilich! In Zeiten der Globalisierung wird die kulturelle Identität immer wichtiger! Da zählt jeder Kilometer zwischen Franken und Schleswig-Holstein!«, meinte Johannes gewichtig und versuchte, ein ernstes Gesicht zu machen. Dann musste er doch lachen und tippte seinem Freund ans Kinn.

»Und deinen Rauschebart hast du auch nicht mehr! Sauber! Man muss was für sich tun, wenn man die 40 überschritten hat, gell?«

In der heißen Zeit dieses Sommers hatte Georg sich seines Vollbartes entledigt und dachte selbst schon gar nicht mehr an sein verändertes Äußeres. Seine Mutter hatte nichts dazu gesagt, es hätte ihn auch gewundert, aber Marga hatte ihn sofort darauf angesprochen und fand, er sah mit seinem Dreitagebart und den dunklen Locken aus wie ein italienischer Tenor.

»Komm, setz dich! Magst du vielleicht auch einen Kaffee?«

»Wenn du mich so fragst: gern! Aber ich komm ja vielleicht ungelegen – nachdem, was heut passiert ist … Du musst mir das einfach sagen, dann schau ich ein ander Mal vorbei.«

51

Johannes holte eine Tasse aus dem Schrank. Er war genau so groß wie Georg, aber sehr hager und von der vielen Arbeit im Freien tief gebräunt. Mit dem zum Zopf gebundenen langen Haar hatte er etwas von einem Indianer, nur dass er weißblond und nicht schwarzhaarig war.

»Das ist schon in Ordnung, Schorsch!«

»Aber die Rosi scheint's ja ganz schön mitzunehmen.«

»Er war halt ihr Vater. Und die Vorstellung, dass ihn einer umgebracht hat …«, Johannes zuckte mit den Schultern.

»Ja, das ist bestimmt schlimm für sie«, stimmte Georg zu.

»Am schlimmsten ist für sie wahrscheinlich, dass ich keinen Grund zur Trauer seh und das auch sage.«

Georg schaute ihn fragend an.

»Der Alte wollte ja nie, dass Rosi und ich zusammenkommen.«

»Wie hatte das eigentlich angefangen, die Probleme zwischen euren Familien?«

Johannes lachte abfällig.

»Eine völlig abwegige Geschichte! Der Ärger begann zwischen meinem und Rosis Großvater. Es ging um irgendein Stück Land, das jeder der beiden für sich beanspruchte, und daraus wurde ein richtiger Krieg. Mal starb bei dem eine Kuh, mal drehte der dem das Wasser ab, mal brannte eine Scheune, mal gab es einen Jagdunfall, und jedes Mal nahm man natürlich an, dass es jemand von ›denen‹ gewesen war. Ich glaube, irgendwann wusste keiner mehr, warum man sich gegenseitig das Leben schwer machte. Doch mein Vater und Rosis Vater machten mit dem Blödsinn weiter. Es war schon fast wie Vendetta!«

»Verrückt!«

»Ja wirklich! Jedenfalls hat der Bernhard seit dem Tag, an dem wir geheiratet haben, von sich aus jeden Kontakt abgebrochen. Die Rosi war zum Feind übergelaufen und damit für ihn gestorben. Mir war das wurscht, mir konnte der gestohlen bleiben! Aber die Rosi hat's immer wieder versucht, hat ihm jeden neuen Enkel vorgestellt – er hat die Kinder nicht einmal angeguckt! Als er vor ein paar Jahren den schweren Schlaganfall hatte, ist sie jeden Tag zu ihm ins Krankenhaus gefahren – bis er ihr durch eine Krankenschwester hat sagen lassen, dass sie bleiben soll, wo der Pfeffer wächst.« Johannes hob ratlos seine Schultern, »Was ist so einer für ein Mensch? Der hat immer nur auf seinem Geld gehockt und jeden, der seinen Töchtern zu nahe kam, für einen Erbschleicher gehalten. Er ist Rosis Vater, und dass es ihr trotz allem nahe geht, kann ich verstehen. Aber ich? Ich hab keinen Grund zu trauern.«

»Besonders freundlich hab ich den alten Steinlein auch nicht in Erinnerung.«

»Ja, Mensch! Weißt du noch, was für einen Ärger der gemacht hat, als du mit der Paola gegangen bist?«

»Ach Johannes, das ist so lange her!«

»Trotzdem! Ich glaube, du warst 17 damals, und ihr wart ein richtig gutes Paar! Wer weiß, vielleicht wärst du sogar hiergeblieben, wenn's nicht auseinander gegangen wär…«

»Ich bin aber ganz glücklich, so wie sich alles gewendet hat!«

Johannes achtete gar nicht auf den Einwand seines Freundes.

»Was dem alten Steinlein gehört, das gibt der einfach nicht her, und dazu zählen auch seine Töchter! Wenn ich damals nicht so hartnäckig und furchtlos gewesen wäre, es hätte nie geklappt mit der Rosi und mir! Der Paola hat er auch später noch jeden Mann vergrault. Was glaubst du, warum die Bea damals einfach so abgehauen ist?«

»Und was ist zwischen Rosi und dir los?«

»Na, du alter Schnüffler? Vor dir kann man nichts verbergen, was?«

»Entschuldige, ich wollte dir nicht zu nahe treten.«

»Ach, Blödsinn! Das kannst du doch gar nicht, Schorsch, altes Haus!«, lachte Johannes, dann wurde er wieder ernst. »Na ja, wie schon gesagt, sie verübelt mir halt, dass ich über meinen Schwiegervater sag, was ich denk. Vielleicht hat sie auch Angst vor dem Getratsche im Dorf«, Johannes schüttelte seinen Kopf. »Der Alte war wirklich ein Schwein. Er hat ja auch später immer wieder versucht, uns Steine in den Weg zu legen. Er schien uns jeden Erfolg mit dem Biohof zu neiden, und wo er konnte, hat er uns Schwierigkeiten gemacht, auch wenn er selbst nichts davon hatte.«

Georg nickte.

»Ich hab gehört, dass dein Schwiegervater irgendwelches Land verkaufen wollte, an einen großen Konzern, der dort Versuche mit grüner Gentechnik machen will.«

»Davon hab ich auch gehört, ja. Eine echte Sauerei! Erstaunt mich bei dem Mann gar nicht. Der denkt – oder dachte – nur an sich und sein Geld. Aber da gibt's noch so ein paar Leut im Dorf, die halten sich aus allem raus, sagen nix bei den Versammlungen und versuchen, heimlich, still und leise ihre Gschäftle zu machen – verantwortungslose Geschäfte mit einem gefährlichen Etwas, dessen Auswirkungen auf Pflanzen, Tiere und Menschen überhaupt noch nicht erforscht sind!«

»Die Mehrheit im Dorf – ist die denn gegen die Gentechnik auf den Feldern?«

»Auf jeden Fall! Aber bei manchen ist es auch nur eine Frage des Preises. Zum Glück müssen die Flächen bekannt gemacht werden, die für gentechnische Versuche freigegeben werden – noch jedenfalls.«

»Wieso? Soll sich das ändern?«

»Na ja, die Akzeptanz von genveränderten Produkten in der Bevölkerung ist ja gleich null, wie du weißt, und es gibt da bestimmte Leute im Ministerium, die meinen, solange man die Versuchsflächen bekannt machen muss und es Proteste gibt, käme man ja nie auf einen grünen Zweig mit der Gentechnik.«

»Also ist das Thema noch lange nicht ausgestanden?«

»Im Gegenteil, das geht erst noch richtig los! Aber wir sind bereit!«, Johannes sah auf die Uhr und erhob sich. »Schorsch, ich muss wieder! Der Linus fährt mir sonst mit dem Traktor das ganze Feld kaputt. Trinken wir heut Abend einen zusammen? Ich hab einen wunderbaren Franken von einem Biowinzer aus Nordheim im Keller!«

»Na freilich!«

Auch Georg stand auf.

»Vielleicht kannst du ja noch ein bisschen bleiben und mit der Rosi sprechen – ich glaub, das tät' ihr ganz gut.«

»Das hatte ich sowieso vor.«

Johannes lächelte.

»Dank dir – bis heut Abend!«

Georg fand Rosi im Blumengarten. Sie war dabei, Blumenzwiebeln in einem Beet einzugraben.

»Na Rosi, bereitest du schon das nächste Frühjahr vor?«

»Ja, der Garten kann mal wieder eine Auffrischung mit Tulpen und Narzissen gebrauchen.« Sie richtete sich auf, »Du weißt doch: A crowd of golden daffodils …«

»Natürlich! Der alte Poppeye!«

Rosi und Georg besuchten dasselbe Gymnasium in Coburg. Rosi war zwar jünger und deshalb zwei Klassen unter Georg, doch an Englischlehrer Bopp und seiner Liebe zur Poesie kam kein Schüler vorbei. Da der Mann einen nicht zu überhörenden Sprachfehler hatte, war es eine ziemlich verhängnisvolle Liebe und eine unerschöpfliche Quelle für gemeine Schülerspäße.

»Wir waren schon ziemlich blöd damals! Dieses Gedicht von Wordsworth ist eigentlich wunderschön!«

»Ja, das stimmt. Du hattest ja schon damals eine Neigung zu den schönen Künsten. Und jetzt machst du Kultur auf dem Bauernhof?«

»Mein Café meinst du?«, sie lächelte verlegen. »Ja, schon. Das ist immer ein wunderbares Erlebnis für die Leute, die hierherkommen, und für uns selbst. Es macht zwar auch Arbeit, aber vor allem viel Freude. Komm, ich zeig dir mal den Raum.«

Sie durchquerten den Garten und kamen zu dem ans Wohnhaus anschließende Stallgebäude. Es war ebenerdig aus Ziegelsteinen gemauert, früher waren hier Schweine und auch Schafe untergebracht. Rosi drehte den Schlüssel, klappte den schweren, alten Eisenriegel hoch und öffnete die große Holztür. Es klang schon ein wenig stolz, als sie sagte: »Hier bitte – das ist mein Reich.«

Der lang gestreckte Raum war weiß gekalkt. Die Holzbalken, die früher die Boxen der Tiere begrenzten, standen noch an den Seiten, der Fußboden war mit rötlichen Tonfliesen ausgelegt. Die Fenster waren verhältnismäßig klein und hoch angebracht, wie in einem Stallgebäude üblich, sodass sie nicht besonders viel Licht hereinließen. Doch man hatte die eine Stirnwand fast gänzlich durch Glas ersetzt, im unteren Bereich als Tür, und gab so den Blick frei auf die angrenzenden Wiesen bis hin zum Hügel von Oberengbach. Ein paar Hühner pickten draußen im Gras herum.

»Das ist ja schön geworden!«

Georg Angermüller nickte anerkennend. Runde Tische mit Stühlen standen bereit, ein paar Sitzecken mit antikem Bauernmobiliar luden zum Verweilen ein, alte Krüge und Schüsseln standen auf Holzbrettern an der Wand, es gab Fotografien, die das Dorf und seine Bewohner vor fast 100 Jahren zeigten, und allerlei landwirtschaftliche Gerätschaften aus früheren Zeiten. Auch ein kleiner Tresen war vorhanden, hinter dem in einem Regal Gläser, Tassen und ein paar Flaschen standen.

»Wenn wir Veranstaltung haben oder am Wochenende, wenn offen ist, dann stehen natürlich überall Blumen auf den Tischen und am Abend auch Kerzen. Und die große Glastür können wir aufschieben und bei schönem Wetter stellen wir auch Tische und Stühle draußen auf die Wiese.«

»Und sogar einen Flügel hast du jetzt!«

Georg deutete auf das schwarze Instrument, das am anderen Ende des Raumes stand.

»Stell dir vor! Unsere alte Musiklehrerin, die Frau Ehrbar – ich hab die ab und zu mal besucht. Letztes Jahr ist sie mit fast 80 ins Altenheim gezogen, und da hat sie mir einfach so ihren Flügel geschenkt, weil sie ihn nicht mitnehmen konnte.«

»Spielst du denn auch wieder?«

Ein Musikstudium, das war Rosis Ziel damals. Konzertpianistin, nein, so kühn waren ihre Träume nicht, aber Musiklehrerin, das hätte sie sich zugetraut. Für ihren Vater war allein der Gedanke schon so abwegig, dass er nicht einmal mit ihr darüber reden wollte. Rosi war seiner Meinung nach ohnehin lange genug zur Schule gegangen. Gemeinsam mit ihrer Schwester Paola sollte sie ihn bei der Arbeit in Gasthof und Brauerei unterstützen. Irgendwann, wenn er sich zurückgezogen hatte, würden die beiden allein die Geschäfte führen. Aber dann kam alles ganz anders. Kurz nach ihrem 18. Geburtstag und dem Abitur wurde Rosi schwanger. Ein uneheliches Kind, das hätte der alte Steinlein sogar noch akzeptiert, doch dass Johannes der Vater war und sie ihn auch noch heiratete, das verzieh er ihr nie.

»Ich hab wieder angefangen. So viel Zeit zum Üben hab ich ja nicht, aber es ist schön.«

Liebevoll strich Rosi über den glänzenden Lack des Instruments, dann hielt sie inne.

57

»Schorsch, ich hab eine Bitte an dich.«

»Was kann ich für dich tun?«

Rosi zögerte einen Moment, dann sah sie ihn an.

»Kannst du herausfinden, wer es war?«

Georg Angermüller schluckte. Mit allem hatte er gerechnet, aber nicht mit dieser Bitte. Die übliche Antwort, dass er hier im Urlaub sei, konnte er nicht anbringen. Nicht bei ihr.

»Ehem, Rosi«, er räusperte sich. »Ich verstehe natürlich, dass diese Frage für dich sehr wichtig ist …«

»Dass mein Vater kein guter Mensch war, weiß ich auch. Trotzdem. Es ist für mich sehr wichtig. Wie soll ich sagen?«, sie stockte einen Moment. »Ich möchte Gewissheit haben.«

Leise begann sie zu weinen. Er strich ihr beruhigend mit der Hand über den Rücken.

»Ich würde dir ja gern helfen, aber ich glaube, du machst dir da auch Illusionen, Rosi. Selbst wenn du dann wüsstest, wer's war – das ändert nichts, der Schmerz bleibt derselbe und außerdem …«

»Aber ich weiß genau, dass das bei mir viel ändern könnte!«, sagte sie mit großer Eindringlichkeit. »Glaub mir, Schorsch! Ich weiß das!«

Rosi wischte sich die Tränen aus dem Gesicht und sah ihn fragend und sehr ernst an.

Er hob bedauernd die Schultern.

»Außerdem sind mir hier die Hände gebunden. Selbst wenn ich wollte, ich darf hier gar nicht ermitteln als Beamter eines anderen Bundeslandes, und ich bin mir sicher, die Coburger Kollegen tun, was sie können, um den Fall schnell aufzuklären.«

»Hör dich doch einfach ein bisschen um – diskret –, so wie diese Privatdetektive im Film«, Rosi lächelte schwach. »Kannst du das für mich tun, Schorsch?«

58

Angermüller seufzte.

»Also gut, ich werd's mal versuchen. Aber versprich dir bitte nicht zu viel davon!«

»Danke!«

Rosi gab ihm einen Kuss auf die Wange. Dann schlug die Klingel an. Rosi bat ihn, die Tür vom Hofcafé abzuschließen, und ging schnell hinaus, um zu sehen, wer gekommen war. Angermüller warf noch einen Blick in den angrenzenden Raum, der früher als Futterlager diente und in dem jetzt eine kleine Küche untergebracht war. Er spürte, dass er einen Fehler gemacht hatte. Als jemand, der seine Versprechen ernst nahm, war er jetzt in der Pflicht, der Freundin zu helfen, und ahnte schon die Verantwortung, die er sich damit aufgeladen hatte. In diese unerfreulichen Überlegungen versunken, umrundete er das Wohnhaus und betrat die Küche durch den Hintereingang.

»Angermüller! Was machst'n du hier?«

Rolf Bohnsack konnte seine Verblüffung nicht verbergen. Sein Schnaufen klang plötzlich noch lauter. Sabine Zapf saß neben Rosi und Bohnsack am Tisch und grüßte ihn mit einem freundlichen Nicken. Auch Georg hatte nicht damit gerechnet, jetzt und hier auf die Coburger Beamten zu treffen.

»Nichts weiter«, sagte er ein bisschen unsicher, eingedenk des Gesprächs, das er gerade mit Rosi geführt hatte. »Ich bin mit Frau Sturm und ihrem Mann befreundet und habe sie gerade besucht.«

»Das hast du uns heute Vormittag ja gar nicht erzählt«, stellte Bohnsack kritisch fest.

»Ich dachte, ehrlich gesagt, nicht, dass das wichtig ist.«

»Na ja«, der Coburger Kommissar lachte, sein Doppelkinn vibrierte. Das Lachen klang nicht fröhlich.

»Das musst du schon uns überlassen, Angermüller, was wir für wichtig halten.«

Georg antwortete nicht auf diese Feststellung und sah sein Gegenüber an, ohne eine Miene zu verziehen. Kleines Arschloch, dachte er. Es war eher selten, dass er sich das erlaubte.

»Gut Angermüller. Kannst du uns dann mal allein lassen, bittschön! Wir sind in einer Vernehmung.«

»Vernehmung? Wieso Vernehmung?«, fragte Rosi irritiert und schaute Hilfe suchend zu Georg.

»Das hat nichts zu bedeuten, Rosi«, beruhigte Angermüller die Freundin schnell. »Du bist halt auch eine Zeugin, weil du dem Toten sehr nahestandest und vielleicht wichtige Hinweise geben kannst.«

»Danke für die Erklärung, Kollege! Können wir dann mal?«

»Kann der Schorsch denn nicht hierbleiben?«, unterbrach Rosi den Kommissar.

»Nein, kann er nicht«, sagte Bohnsack noch einmal bestimmt, und es sollte wohl witzig klingen, als er hinzufügte: »Und wenn wir deine Hilfe brauchen, Angermüller, melden wir uns.«

»Ade Rosi, wir sehen uns später!«

»Komm doch zum Abendessen, Schorsch! Ich mach Zwiebelkuchen!«

»Mach ich, danke Rosi!«

3

Über den zartblauen Himmel hatte sich ein feiner Schleier gelegt, durch den eine milde Nachmittagssonne schien, und es war angenehm warm. In einem tiefen Rot prangten die Blätter des wilden Weines auf den weiß gekalkten Mauern der alten Stallungen, hinter denen eine Wiese lag, die den Kühen als Auslauf diente. Die Tiere standen alle in einer Ecke und gingen gleichmütig ihrer Bestimmung nach. Während sie unablässig mit den Kiefern mahlten, schienen sie Angermüller aufmerksam zu mustern, als er den Weg entlang am Elektrozaun in Richtung Schlosspark nahm. Doch Angermüller verschwendete für seine Umgebung keinen Blick.

Im Kollegenkreis war er bekannt für seine ruhige und überlegte Art. Wer ihm erstmals begegnete, unterschätzte ihn meist, wenn er ebenso geduldig wie beharrlich, durch Beobachten, Kombinieren und Interpretieren den Problemen auf den Leib rückte. Es gab jedoch Dinge, die selbst Angermüller in kürzester Zeit in Rage brachten, und gerade eben war das wieder einmal geschehen. Er brauchte jetzt Bewegung, um seiner Erregung Herr zu werden. Lange schon war er keinem so arroganten Affen wie diesem Coburger Kollegen begegnet. Der hatte ihn behandelt wie einen dummen Jungen, wie irgendeinen lästigen Schlaumeier, der sich unbefugt in die Polizeiarbeit mischen wollte. Dabei hatte er das nie vorgehabt – jedenfalls nicht bis zu dem Augenblick, da Rosi ihn so inständig um Hilfe gebeten hatte ... Es war ihm vorher prächtig gelungen, sich nicht mit dem Fall Steinlein zu beschäftigen, seinen Kopf von allen Gedanken daran frei zu halten. Und jetzt? Was hatte er sich da wieder aufgehalst, verdammt! Warum war er nicht hart bei einem Nein geblieben? Am meisten ärgerte er sich über sich selbst und kickte wütend mit dem Fuß einen Stein weg, der vor ihm auf dem Trampelpfad lag.

»Excuse us!«

Überrascht hob Angermüller den Kopf. Vor ihm stand freundlich lächelnd ein älteres Paar.

»Do you speak English? «

»Yes«, antwortete Angermüller etwas zögerlich und versuchte, vom Wüten in seinem Kopf auf die Fremdsprache umzustellen.

»Would you mind helping us, Sir?«

Der alte Herr mit dem ziemlich wirren Haar, in einem etwas zu locker sitzenden, hellen Anzug, auf der Nase eine altmodische Brille, hielt Angermüller eine Landkarte entgegen.

»How do we get to the castle from here?«

»That is easy.«

So einfach war die Erklärung auf Englisch für den Weg zum Schloss dann doch nicht.

»Just come with me«, bot Angermüller schließlich den beiden an. Es konnte ja nicht schaden, wenn er noch einmal einen Blick in die Felsengrotte warf, wo er ohnehin schon den Weg in ihre Richtung eingeschlagen hatte.

»Oh, that is very kind of you, thank you so much!«

Die Herrschaften waren auf angenehme Art gesprächig. Sie kamen aus England und wollten die Rosenau sehen, die von Queen Victoria so geschätzte Sommerfrische – Vicky's most beloved summer residence – wie sie es ausdrückten. Die Dame in ihrem hellblauen Kostüm mit dem honigblond gefärbten Haar erzählte freimütig, dass sie beide in diesem Frühjahr 80 geworden waren, was ihrer Unternehmungslust aber keinen Abbruch zu tun schien. Sie waren viel auf Reisen in Europa – »on the continent« sagte sie dazu –, wenn auch bedauerlicherweise zum ersten Mal nicht mit dem eigenen Wagen – ihrem »good, old Jag« –, sondern mit dem Bus in einer Reisegruppe unterwegs. Jetzt hatten sie sich davongestohlen, um allein und in aller Ruhe dem Schloss einen Besuch abstatten zu können. Sie schloss ihre Sätze meist mit einem »Isn't it, honey?« und bekam von ihrem Gatten regelmäßig die Antwort »That's right, dear!«. Auch Angermüller steuerte etwas zur Unterhaltung bei und erzählte die Geschichte seines Urgroßvaters, der zumindest einmal die Kutsche der Queen bei einem ihrer Besuche auf der Rosenau gelenkt haben soll.

»Oh really, is that true?«

Die charmanten englischen Senioren waren davon zutiefst beeindruckt. Dann waren sie an der Felsengrotte angelangt.

»What a romantic place!«

Da der Weg zum Schloss nicht mehr zu verfehlen war, verabschiedete sich Angermüller. Seine Weggefährten reichten ihm die Hand und bedankten sich formvollendet.

»Well, that was a very pleasant company! Thank you very much!«

Arm in Arm und gut gelaunt spazierten die beiden weiter in Richtung Schlosshügel und ließen Angermüller in besserer Stimmung zurück, als sie ihn vorgefunden hatten.

Die Felsengrotte lag verlassen da. Ein kleines Stück rotweißes Absperrband, das wohl die Kollegen beim Räumen des Schauplatzes übersehen hatten, hing einsam an einem Strauch und erinnerte an die Vorgänge dieses Morgens. Er ging tiefer in die Grotte hinein und begutachtete routinemäßig die Fundstelle, ohne große Hoffnung, hier noch prägnante Hinweise finden zu können. Ein paar weiße Kratzer im Fels und abgeknickte Zweige dort wachsender Büsche kennzeichneten die Absturzstelle. Die Abdrücke des Rollstuhls und des Opfers sowie die zahlreichen Fußspuren der

63

Männer und Frauen von der Spurensicherung im sandigen Untergrund des kleinen Gewässers hatte der bescheidene Wasserfall, der das Bachbett unablässig füllte, schon fast wieder glatt gewaschen.

Angermüller kletterte den steilen Hang neben der Grotte hoch. Dort, wo das hölzerne Geländer zerstört und der Rollstuhl mitsamt seinem Insassen in die Tiefe gestürzt war, stand jetzt eine rot-weiß schraffierte Barriere mit drei Warnleuchten. Die Entfernung von der Straße bis dahin betrug nur ein paar Meter. Was war hier am Morgen geschehen? Hatte der Täter erst die störenden Holzbalken gewaltsam zerbrochen und so einen Weg zum Abgrund geschaffen, um dann hier auf Steinlein zu warten? Unwahrscheinlich. Dagegen sprachen auch die gesprühten Tags, die die Balken und umstehenden Bäume in Neonfarben zierten. Wahrscheinlich hatte sich der Täter einfach zunutze gemacht, dass das Geländer durch jugendlichen Vandalismus zerstört worden war.

Bohnsack hatte gesagt, es gebe einige Anzeichen, dass dem Opfer bereits vor dem Sturz Gewalt zugefügt worden sei, und an seine Kehle gedeutet. Das sollte ja wohl heißen, dass keine eindeutig sichtbaren Verletzungen wie Schuss- oder Stichwunden vorlagen. Angermüller tippte auf Würgemale. Da hatte also jemand hinter dem alten Mann gestanden – vorausgesetzt, der Angriff war hier erfolgt – und hatte ihn gewürgt, bis er kein Lebenszeichen mehr von sich gab. Seine Mutter hatte ihm erzählt, dass der Steinleins Bernhard fast vollständig gelähmt war, nicht sprechen und bis auf eine Hand nichts mehr bewegen konnte. Das hieß auch, dass ihn jemand gegen seinen Willen einfach hierher schieben konnte. Weder konnte der alte Mann um Hilfe schreien, noch sehen, wer sich da hinter ihm zu schaffen machte. Besonders viel Kraft brauchte man nicht aufwenden. Es gab keine Gefahr, dass sich das

Opfer wehren würde. Der Mörder brauchte nur den Willen zu töten und fest zudrücken – das musste er können.

Als Paola von ihrer Tour zu Gemüsebauern in der Bamberger Gegend nach Hause gekommen war, hatte man ihr die Nachricht vom Tod ihres Vaters überbracht. Ihre Mitarbeiter hatten sich sehr bemüht, ihr schonend beizubringen, was an diesem Morgen geschehen war. Sie hatten sie in einen Sessel gesetzt, ihr einen Tee gebracht und versucht, sie zu beruhigen und zu trösten, so gut es ging.

Auf der Rückfahrt durch das sonnenbeschienene Tal der Itz, durch das sich der Fluss in malerischen Mäandern zog und wo an den Hügeln kleine, hübsche Dörfer lagen, da hatte sie sich noch so gut gefühlt, so voller Energie und trotzdem so leicht. Sie hatte an das Hotel gedacht, an das Restaurant, an den Erfolg, zu dem ihre Bemühungen endlich geführt hatten, und dass sie stolz darauf sein konnte, denn es war ihr Erfolg ganz allein. Gegen alle Widerstände, auch oder gerade die ihres Vaters, war sie ihren Ideen treu geblieben und hatte sie in Taten umgesetzt. Und sie hatte noch viele Pläne!

Oft hatte sie sich vorgestellt, wie es wohl sein würde, wenn ihr Vater einmal nicht mehr wäre, wie es ihr damit ginge und was sich ändern würde. Jetzt, da es geschehen war, musste sie feststellen, es war härter, als sie je gedacht hatte. So viele Dinge erinnerten an ihn. Mit seinem Rollstuhl war er immer irgendwo auf dem Gelände anzutreffen gewesen, und auch jetzt hätte es sie wider besseres Wissen nicht gewundert, wenn er gleich um die nächste Ecke gebogen wäre. Sie fror, trotz der recht warmen Temperaturen. Sie fühlte sich plötzlich allein, so allein wie nie in ihrem Leben. Sie brauchte jemanden, dem sie vertraute, mit dem sie reden konnte, der sie verstand. Sie fürchtete, sonst die nächsten Tage nicht durchstehen zu können.

Wenn er erst einmal unter der Erde war, würde es vielleicht einfacher.

»Ach Papa …«, seufzte sie in einer Mischung aus Trotz und Verzweiflung, und mit einem Mal wusste sie, wer ihr jetzt eine echte Hilfe sein konnte. Als sie vorhin mit dem Wagen an Rosis Bauernhof vorbeigekommen war, hatte sie ihn aus der Ferne gesehen, und für einen Moment hatte sie sich um 20 Jahre zurückversetzt gefühlt. Was für ein Zufall, dass er gerade an diesem Tag wieder in ihrem Leben auftauchte! Sie tupfte sich entschlossen die Tränen aus dem Gesicht und stand auf.

»Ich bin in ein paar Minuten wieder da!«, sagte sie zu der Mitarbeiterin an der Rezeption und verließ das Hotel.

Für den Rückweg zum Dorf nahm Angermüller die Straße. Bisher war er in Niederengbach auf niemanden gestoßen, der dem Steinleins Bernhard eine Träne nachweinte – bis auf Rosi vielleicht, die durch seinen plötzlichen und dazu noch gewaltsamen Tod völlig aus der Fassung geraten war, obwohl auch sie nicht viel Gutes von ihrem Vater erfahren hatte. Aber vielleicht war dieser überwältigende Kummer normal, wenn ein Elternteil starb, und die schlechten Erinnerungen verblassten in diesem Augenblick. Er hatte die Erfahrung nicht, denn beim Tod seines eigenen Vaters war Angermüller noch ein Kind und viel zu jung, um überhaupt zu begreifen, was geschehen war.

Tief in seine Gedanken versunken setzte Georg Angermüller Schritt vor Schritt. Bis auf vereinzeltes Vogelzwitschern war es ruhig im Park. Ein ganz sanfter Wind brachte ab und zu ein Ahornblatt zu Fall, das dann lautlos auf die Straße schwebte. Etwas entfernt zu seiner Linken schimmerte der Schwanensee und in seiner ruhigen Wasserfläche spiegelte sich das Grün der Bäume mit üppigen Tupfern von herbstlichem Gelb und Orange.

»Mensch Schorsch! Hab ich dich endlich gefunden!«

»Marga! Was ist denn los?«

»Hach, ich bin ganz aus der Puste! Erst mal wollt die Mamma wissen, ob du heut zum Abendessen da bist.«

»Warum hast du mich denn nicht übers Handy angerufen?«

»Ich wusst nimmer, wo ich mir dei Nummer aufgschrieben hab, und vorhin war die Paola bei uns. Der geht's gar net gut wecha der Gschicht mit ihrem Vater.«

Angermüller horchte auf.

»Die Paola? Was wollte sie denn?«

»Die hat wohl irgendwie mitgekriegt, dass du in Niederengbach bist, und ich soll dich von ihr grüßen, und sie fänd's schön, wenn du bald emal bei ihr vorbeischaust.«

»Ach ja?«

Schon Ewigkeiten war es her, dass er Paola allein getroffen hatte. Wie hatte Johannes vorhin gesagt: Ihr wart ein richtig gutes Paar. Paola war seine erste feste Freundin gewesen. Damals gingen sie noch zur Schule, und als sich ihre Zukunftspläne langsam konkretisierten, ging ihre Beziehung auseinander – nicht zuletzt, weil für Paolas Vater feststand, dass sie in Niederengbach und dem Familienbetrieb zu bleiben hatte. Abgesehen davon, dass er ihn wahrscheinlich ohnehin nie als Schwiegersohn akzeptiert hätte. Ihm fiel ein, dass auch seine Mutter damals Vorbehalte gegen ›die Italienerin‹ durchblicken ließ. Bei Georgs seltenen Besuchen in den letzten Jahren in Niederengbach hatte er Paola höchstens aus der Ferne gesehen oder war ihr als Gast zusammen mit seiner Familie in ihrem Restaurant begegnet, wo man ein paar Nettigkeiten tauschte. Und jetzt, da das mit ihrem Vater passiert war, wollte sie ihn gern sehen. Natürlich würde er ihrer Bitte Folge leisten.

»Was is denn nu? Biste heut Abend zum Essen daheim?

Die Mamma würd Ripple mit Kraut machen«, drängelte Marga.

»Ich glaub nicht.«

»Wieso? Wo gehst'n hin?«

»Ich bin bei den Sturms eingeladen.«

»Schade! Fährst du denn morchn mit mir emal nach Coburg? Ich brauch doch unbedingt noch was zum Anziehen für Sonntag!«

»Das lässt sich bestimmt machen! Ich muss ja endlich meine Bratwurscht essen – mindestens eine!«

Marga freute sich.

»Und, gehste jetzt gleich mal zur Paola?«

»Mal schaun.«

Georg war neugieriger, als er zugeben wollte, und fragte sich, was Paola von ihm wollte. Vielleicht hatte sie ja interessante Hinweise, was den Tod ihres Vaters anbetraf. Er sah keinen Grund, seinen Besuch bei ihr aufzuschieben, und machte sich gleich auf den Weg. Außerdem, musste er zugeben, verspürte er auch eine gewisse Vorfreude, denn es hatte schon seinen Reiz, nach so langer Zeit auf die Frau zu treffen, die einmal seine Jugendliebe gewesen war.

Schmuck sah Steinleins Landgasthof aus. Schmuck und einladend. Drei Gebäudeteile gruppierten sich um den Hof. Links stand die historische Brauerei, aus Feldsteinen gemauert, und davor bildeten Tische und Stühle unter Sonnenschirmen einen kleinen, gemütlichen Biergarten. Die Gebäude an der Stirnseite und rechts vom Hof, in denen Hotel und Restaurant untergebracht waren, hatte man in den letzten Jahren immer wieder erweitert. Sie strahlten in hellem Ocker und die Fenster waren mit olivgrünen Ornamenten umrahmt. In den Blumenkästen davor blühten immer noch üppige Büsche von rosa Geranien. Sie zierten auch die Freitreppe, die hinauf zur Eingangstür führte. Das ganze Ensemble sah aus wie organisch gewachsen, als ob es nie anders gewesen wäre. Bei genauer Betrachtung aber entdeckte man, dass hier eine perfekt ausgewogene Verbindung von bäuerlicher Tradition mit moderner Bauweise geschaffen worden war. Selbst jedes noch so kleine Dekorationselement – ob die verbeulte Milchkanne, die getöpferte Blumenschale oder die Messingklingel neben dem Eingang – war fein durchdacht, und doch erweckte alles den Eindruck, einfach so von leichter Hand gestreut worden zu sein. Im Inneren ließ die Ausstattung an exklusivem Komfort nichts zu wünschen übrig mit dem Ziel, eine gediegene Atmosphäre zu schaffen, in der sich ein internationales Publikum wohlfühlen und trotzdem der Illusion hingeben konnte, in einem authentischen Landgasthof abgestiegen zu sein. Das edle Ambiente zeugte von Geschmack und Eleganz – es war letztendlich die Handschrift der Chefin, wie Angermüller ahnte.

Das dörfliche Publikum allerdings, das hier früher die Abende über seinen Biergläsern beim Schafkopf verbracht hatte und manchmal am Sonntag mit der ganzen Familie sogar zu Klöß und Braten kam, das fühlte sich hier nicht mehr heimisch. Allein die Sprache der Speisekarte erschien den Niederengbachern fremd.

An der Rezeption begrüßte ihn freundlich eine junge Frau in einem an ein Dirndl erinnernden Trägerrock mit weißer Bluse und fragte Georg Angermüller nach seinen Wünschen. Paola war gerade beschäftigt, und er wurde gebeten, einen Moment in der Halle Platz zu nehmen. Er ließ sich in den bequemen Sitzkissen einer geschmackvollen Korbmöbelgarnitur nieder. Auch hier versuchte man, eine gediegene Landhausatmosphäre zu schaffen, mit viel hellem Holz, gemusterten Stoffen und Blumendekorationen und mit edlen Teppichen, die die Schritte auf den terrakottafarbenen Keramikfliesen dämpften. Ein Kellner, dessen Weste aus dem gleichen Stoff wie der Trägerrock seiner Kolle-

gin von der Rezeption gefertigt war, fragte, ob er etwas zu
trinken wünsche, und stellte vor Angermüller kurz darauf
ein Tablett ab.

»Ceylon Pekoe, vier Minuten, kalte Vollmilch – bitteschön.«

Angermüller hasste Kaffeesahne im Tee. Auch am Service, der professionell, aber von natürlicher Freundlichkeit
und völlig unaufdringlich war, ließ sich die Klasse dieses
Hotels leicht erkennen. Vom alten Dorfgasthof war sehr
wenig übrig geblieben. Wie hatte das wohl dem alten Steinlein gefallen? Er war nicht gerade bekannt als ein Liebhaber
der feinen Lebensart. Angermüller erinnerte sich, dass er den
Alten früher oft in der Bauernstube bei den Einheimischen
am Stammtisch hatte sitzen sehen, wie er mit ihnen zechte,
seine Zigarre paffte und, wenn sie stritten, immer der Lau-
teste war. Er griff sich eine der Hochglanzzeitschriften, die
vor ihm auf dem Glastisch lagen, und blätterte sich durch
Sehnsuchtsbilder von einsamen Palmenstränden, Hotelter-
rassen mit weiß gedeckten Tischen und Greens, die hoch
über türkisblauen Buchten lagen.

»Immer nobel Kollege, was?«, Bohnsack schnappte wie ein
Karpfen. »Du hast uns gar nicht gesagt, dass du hier abgestiegen bist, Angermüller!«

»Hätt ich's müssen, wenn es so wäre?«

Angermüller hatte sich erhoben und musterte kampfes-
lustig den Kollegen aus Coburg, der mit Sabine Zapf plötzlich vor ihm stand.

»Der Georg ist kein Gast, er ist ein alter Freund«, erklärte
Paola, die hinzutrat. Hinter dem strahlenden Lächeln, das sie
für ihn hatte, erkannte Angermüller Zeichen von Erschöp-
fung, was ihn nicht erstaunte.

»So, so. Der Angermüller ist also ein alter Freund?«

Hauptkommissar Bohnsacks Blick wanderte von einem

zum anderen, während sein Kopf unablässig nickte und noch tiefer zwischen seinen Schultern verschwand, sodass er überhaupt keinen Hals mehr zu haben schien. Angermüller beschloss, die Anwesenheit Bohnsacks einfach zu ignorieren, trat auf Paola zu und reichte ihr die Hand, um ihr zu kondolieren. Sie ergriff sie und fiel ihm spontan um den Hals, sodass ihm gar keine andere Möglichkeit blieb, als sie zu umarmen.

»Mein Beileid, Paola«, murmelte er, während er ihr mit einer Hand beruhigend über den Rücken strich, misstrauisch beäugt von Rolf Bohnsack.

»Na gut, Frau Steinlein – dann wollen wir nicht länger stören. Wir melden uns, wenn es etwas Neues gibt oder falls wir Fragen haben. Wiedersehen«, verabschiedete sich Bohnsack unüberhörbar unwirsch und zu Angermüller gewandt: »Angenehmen Urlaub noch, Angermüller.«

Es klang wie eine Drohung.

Paola war so schlank wie vor 20 Jahren. Ihr wadenlanger Rock war aus dem gleichen gemusterten Stoff wie die Kleidung ihrer Mitarbeiter. Dazu trug sie eine schlichte weiße Bluse und alten Silberschmuck – es sah sehr elegant und sehr bayerisch aus, war aber keineswegs irgendeiner Tradition geschuldet. Touristen, besonders ausländische, mochten nun mal alles Bayerische – auch in Oberfranken. Das schwarze Haar kringelte sich in kleinen Löckchen um ihr apartes Gesicht mit den dunklen Augen. Paolas Aussehen war ein Erbe ihrer Mutter, die aus Süditalien stammte und an die sie keine Erinnerung mehr hatte, denn die Mutter hatte den Steinleins Bernhard kurz nach der Geburt der Tochter verlassen und war nie wieder in Niederengbach aufgetaucht.

Als sich die beiden Polizisten entfernt hatten und Georg und Paola allein waren, standen sie einen Moment schweigend da, und keiner wusste so recht, wohin mit dem Blick.

»Magst du mit in mein Büro kommen?«, fragte Paola mit einer höflich einladenden Geste.

Anders als von Georg erwartet, hatte ihr Büro so gar nichts Repräsentatives. Es war ein kleines Zimmerchen, vollgestopft mit Regalen voller Aktenordner, Prospekte und Zeitschriften, auf dem Schreibtisch eine Computertastatur, ein Bildschirm und drei Telefone, dazwischen Kalender dieses und des nächsten Jahres, Briefe und etwas, das wohl Reservierungslisten waren. Der Raum sah nach Arbeit aus, und außer einem Foto von Steinleins Gasthof aus den 20er Jahren und ein paar Pokalen und Urkunden, die Paolas Leistung als Sportschützin im örtlichen Verein dokumentierten, gab es nichts irgendwie Schmückendes. Auffällig war in einer Ecke auf einem Tischchen nur ein Modell aus Pappe, das augenscheinlich die Hotelanlage und ihre Umgebung darstellen sollte.

»Ja, Paola, ich kann mir vorstellen, dass es jetzt bestimmt nicht leicht für dich ist. Wann hast du das mit deinem Vater überhaupt erfahren?«

Georg Angermüller saß ihr gegenüber, auf einem unbequemen Hocker vor dem Schreibtisch.

»Als ich vor zwei Stunden nach Hause kam«, sie schluckte. »Ich hatte in der Gegend von Bamberg heute Termine bei verschiedenen Gemüsebauern, weil wir auf der Suche nach neuen Lieferanten sind, und da bin ich frühmorgens aufgebrochen. Meine Mitarbeiter haben mich vorhin mit der Nachricht …«, Paola schlug die Hände vors Gesicht, aber sie fing sich wieder. Sie war schon immer sehr diszipliniert und wusste Haltung zu bewahren. »Als ich so gegen Mittag bei meinem nächsten Termin anrufen und mich entschuldigen wollte, dass es ein bisschen später wird, stellte ich fest, dass der Akku meines Handys leer war. Wenn ich das rechtzeitig gemerkt hätte, dann …«

Sie schüttelte den Kopf und sah zu Boden.

»Was dann? Ob du von dem Unglück ein paar Stunden früher erfahren hättest, was hätte das an den Tatsachen geändert?«

Paola seufzte.

»Da hast du auch wieder recht.«

»Wie ging's deinem Vater überhaupt so in letzter Zeit? Ich hab ihn vor zwei Jahren, glaub ich, das letzte Mal gesehen, da schob ihn jemand im Rollstuhl durchs Dorf.«

»Tja, wie ging's ihm? Seit seinem schweren Schlaganfall hatte er nicht mehr viel vom Leben, er ist ja fast komplett gelähmt – gewesen … Aber geistig war er noch völlig klar, er wollte immer über alle größeren Entscheidungen im Betrieb informiert werden und wollte auch immer raus, durchs Dorf, in den Schlosspark – es war ihm egal, wenn die Leut ihn angestarrt haben. Er hat durchgesetzt, dass wir diesen Elektrorollstuhl angeschafft haben, und war nicht davon abzubringen, allein damit herumzufahren. Und jetzt …«

Ihr Blick verlor sich in der Ferne.

»Du kennst ihn ja von früher – er war ein echter Dickschädel.«

»Er hat hier auf dem Hof gewohnt?«

»Ja, wir haben im Erdgeschoss vom Hotel eine Zweizimmerwohnung absolut behindertengerecht für ihn ausbauen lassen – trotzdem konnte er ohne fremde Hilfe kaum etwas machen. Zum Glück konnte er es sich ja leisten. Ich hab ihn rund um die Uhr versorgen lassen. Jeden Tag haben sich zwei Pflegerinnen abgelöst. Was glaubst du, wie oft wir die gewechselt haben! Es war halt nicht einfach mit ihm.«

»Bestimmt auch nicht für dich, oder?«

»Na ja«, Paola zögerte und spielte mit ihrer Halskette. »Ehrlich gesagt, es war schon manchmal schlimm, da hast du recht. Aber er war mein Vater, und ich war die Einzige aus der Familie, die er noch hatte. Ich konnte ihn doch mit diesem Schicksal nicht alleinlassen. Verstehst du das?«

Nun sah er doch ein paar Tränen auf ihrem Gesicht.

»Natürlich, das versteh ich doch«, sagte Angermüller beruhigend und fühlte sich unwohl. »Sag, Paola, weshalb wolltest du mich sehen?«

Sie tupfte sich mit einer Hand die Tränen ab, mit der anderen ergriff sie die seine, die auf dem Schreibtisch lag.

»Ich hatte gehört, dass du hier bist – und wir waren doch mal …«, sie schien nach dem richtigen Wort zu suchen, »Ich meine, wir waren doch mal ganz gut befreundet, und da dachte ich einfach … Ich brauche jemanden zum Reden, und irgendwie weiß ich, dass ich dir immer noch vertrauen kann.«

Sie sah ihn mit ihren dunklen Augen an. Georg fühlte sich natürlich geschmeichelt. Paola war immer noch eine schöne Frau und sie konnte sehr charmant sein.

»Bist du allein? Ich meine, hast du keinen, niemanden, der …?«

Ihre Hand löste sich von der seinen.

»Ich hatte immer mal wieder einen Lebensabschnittsgefährten, wenn du das meinst«, das war witzig gemeint, klang aber auch ein wenig bitter. »Letztendlich bin ich wohl doch mit dem Hotel verheiratet.«

Sie konnte schon wieder lächeln und tat es leicht ironisch über sich selbst.

»Eine sehr erfolgreiche Verbindung, wie es scheint! Du hast das alte Dorfgasthaus ja ganz schön aufgemöbelt!«

»Da muss ich dir recht geben«, Paola richtete sich in ihrem Bürostuhl auf. »Wir haben inzwischen einen sehr hohen internationalen Standard erreicht. Dafür habe ich hart gearbeitet, aber es macht mir ja auch sehr viel Freude und ich bin noch lange nicht am Ende mit meinen Plänen …«, sie machte eine kurze Pause. »Giorgio?«

Seit über 20 Jahren hatte ihn niemand mehr bei diesem Namen genannt. Paola hatte ihn so getauft, als sie damals

74

ein Paar waren. Paola e Giorgio, das Traumpaar. Sommer 82, Rockgitarren, Latin Lover, Gianna Nannini. Es war seine schönste Zeit in Niederengbach.

»Ja, Paola?«

»Würdest du mir einen Gefallen tun?«

»Im Drehbuch würde jetzt stehen: Für dich tu ich alles!«, Angermüller lächelte ein wenig verlegen. »Ich bin da ein bisschen vorsichtiger: Was möchtest du, das ich tu?«

»Du bist genau wie früher – gehst kein Risiko ein. Aber du bist immer ehrlich, das mag ich so an dir, Giorgio!«, Paola sah ihn an und nickte. »Du bist doch bei der Kriminalpolizei.«

Bitte nicht das, dachte Georg, bitte nicht noch einen Auftrag für Philip Marlowe, und sein Blick wurde skeptisch.

»Ich dachte, du kannst dich vielleicht ein wenig umhören, wer das mit Papa, also wer ihn …«

Sie verstummte und sah ihn hilflos an. Eine schöne Frau, die ganz auf ihn zählte.

»Zum einen, Paola: Ich darf das gar nicht. Ich bin bei der Kripo in Lübeck und bekomme bös Ärger, wenn ich hier selbstherrlich anfange zu ermitteln.«

»Ich meine ja nur, wenn du zufällig etwas hörst. Ich wüsste halt gern …«

»Glaub mir, das hilft dir gar nichts! Ich habe schon versucht, das deiner Schwester Rosi klarzumachen: Auch wenn man weiß, wer euern Vater umgebracht hat, der Schmerz bleibt derselbe, und euer Vater wird davon nicht wieder lebendig!«

»Ach, was wollte die Rosi denn?«

Die Frage klang erstaunt.

»Dasselbe wie du. Ich soll herausfinden, wer euern Vater auf dem Gewissen hat.«

»Davon hat sie mir gar nichts gesagt, als sie mich vorhin angerufen hat.«

Paola konnte ihre Verwunderung nicht verbergen.

»Wie ist eigentlich das Verhältnis so unter euch Schwestern?«

»Wieso fragst du? Normal, würde ich sagen.«

»Besonders viel habt ihr doch nicht miteinander zu tun, oder?«

»Na ja, wir sind halt sehr verschieden, vielleicht liegt's daran, und dann war das ja auch immer so schwierig wegen Papa.«

»Du meinst, weil er mit Rosi seit ihrer Heirat über Kreuz war? Aber das hat doch mit euch Schwestern nichts zu tun.«

»Eigentlich nicht. Aber wir haben uns halt voneinander weg entwickelt, das ist manchmal so im Leben. Rosi hat ihre Familie, gluckt immer mit den Kindern herum, ist ständig in der Küche oder im Garten und ich hab auch viel um die Ohren«, Paola zuckte mit den Schultern. »Bedauerlich, aber so ist es nun mal. Doch jetzt sag, wirst du es denn machen?«

»Steck ich nicht schon mittendrin?«

Paola sprang auf.

»Ich danke dir, Georg!«, sie gab ihm einen Wangenkuss und sah ihn dann ernst an. »Du hilfst mir sehr!«

»Bitte Paola, versprich dir nicht zu viel davon! Erstens werde ich hier nicht viel ausrichten können und zweitens wirst du dich wundern, wie wenig sich ändert, wenn du weißt, wer's gewesen ist.«

»Trotzdem: danke!«

Auch Angermüller erhob sich.

»Sag mir noch: Was haben dich die Coburger Kollegen denn so gefragt?«

Paola überlegte kurz.

»Sie fragten nach Papas Tagesablauf und wollten den Namen der Pflegerin, die heute Morgen Irina vertreten hat.

Die ist vielleicht die Letzte, die ihn lebend gesehen hat, bevor er …« Sie machte eine Pause und schüttelte den Kopf, als ob sie das Ganze noch nicht fassen konnte. »Sie haben sich kurz in seiner Wohnung umgeschaut, und dann fragten sie mich, ob ich einen Verdacht habe.«

»Na gut, das Übliche. Ja, Paola, dann mach ich mich mal auf.«

»Bleib doch noch! Ich würde mich sehr freuen, noch ein wenig mit dir reden zu können, und außerdem wollte ich dir noch meinen neuen Küchenchef vorstellen. Kochst du immer noch so gern? Weißt du noch, wie wir das erste Mal Pappardelle selbst gemacht haben und dieses köstliche Kaninchenragout?«

Natürlich wusste er das noch. Bemerkenswerte Speisen vergaß Angermüller nie. Auch ihrer beider Liebe zu Kochen und Essen hatte sie damals verbunden, und sie hatten mit jugendlicher Neugier gemeinsam die italienische Küche erkundet, jenseits von Tiefkühlpizza und Spaghetti der Marke Fix und Fertig. Er folgte Paola also in die helle, blinkende Hotelküche, wo Männer, meist jüngeren Alters, und einige Frauen, die er von früher aus dem Dorf kannte und die nicht viel jünger als seine Mutter waren, mit den Vorbereitungen für den Abend beschäftigt waren.

»Das ist Max, unser Küchenchef. Er ist unser Star! Jedenfalls hat er eine sehr gute Presse und die Gäste kommen seinetwegen von weit her zu uns!«

»Hallo!«, sagte der freundliche, junge Mann, der Anfang bis Mitte 30 sein mochte, zu Angermüller und gab ihm die Hand. Dann ging er zu seiner Chefin und wünschte ihr Beileid.

»Danke, Max, das ist lieb von dir. Ich darf dir einen alten Freund vorstellen: Georg Angermüller, solange ich ihn kenne Gourmet und Hobbykoch.«

Max trug zu seiner schneeweißen Kochjacke eine großkarierte schwarz-weiße Hose, und um den Kopf hatte er ein schwarzes Tuch geschlungen, das ihn wie einen Piraten aussehen ließ.

»Was ist das Besondere an eurer Küche?«, wollte Angermüller von Max wissen.

»Wir kochen einfach ehrlich. Wir verwenden nur frische Produkte, nichts Vorbereitetes, und fast alles kommt von Erzeugern aus der Region, die wir persönlich kennen. Die Basis sind unsere traditionellen fränkischen Gerichte, die wir manchmal ein bisschen variieren mit neuen Zutaten, und dann bringen wir sie in etwas leichtere Form, sodass der Gast auch mal ein Menü bestellen kann, ohne hinterher einen Arzt zu brauchen.«

Max lachte und Paola ergänzte: »Lange Zeit sind wir auch auf dieser Italienwelle geritten, mit Pasta auf der Speisekarte, Caprese, Tiramisu und so. Das Übliche halt, na ja. Jetzt kombiniert Max zwar manchmal auch mit italienischen Bestandteilen, aber unser Schwerpunkt bleibt die fränkische Küche. Am besten, du probierst mal, Georg! Kannst du uns ein bisschen was bringen lassen, Max?«

Diese Idee fand Georg Angermüller natürlich ausgezeichnet. Er ließ sich von Paola in die Kutscherstube führen, den rustikalen Teil des Hotelrestaurants, wo die Stühle an rohen Holztischen standen, sich der Tresen befand und Deckenbalken und alte Bauernmöbel stilvoll den Eindruck des einstigen Dorfgasthauses aufrechterhielten. Über den Flur lagen zwei weitere Galerieräume, die im gehobenen Landhausstil eingerichtet waren, und der noble Victoria & Albert-Salon. Porträts der Queen und ihres Prinzgemahls hingen an der Wand, die Tische waren weiß eingedeckt und silberne Kerzenleuchter und Blumenarrangements verbreiteten eine noble Atmosphäre.

»Magst du was trinken? Ein Bier vielleicht?«

»Warum nicht – ich bin schließlich nicht im Dienst. Ich nehm einen Kutschertrunk.«

Der Kutschertrunk war eine Spezialität der Brauerei Steinlein, ein dunkles, untergäriges Gebräu, das ungefiltert angeboten wurde, nicht zu bitter und sehr süffig war – dieses Bier war wirklich einmalig, denn man bekam es nur hier. Angermüller ließ sich hin und wieder eine Kiste davon nach Lübeck schicken.

Es dauerte ein wenig, bis Paola auch an den Tisch kam, denn sie begegnete einigen Hotelgästen und versäumte nicht, Hände zu schütteln und mit jedem freundlich lächelnd ein paar Worte zu wechseln. Bestimmt war das nicht einfach für sie, an einem Tag wie heute, doch sie blieb die perfekte Gastgeberin, aufmerksam und charmant. Sie zapfte selbst den Kutschertrunk für ihn und brachte sich ein Wasser mit.

»Prost Georg! Auf unser Wiedersehen!«

»Prost Paola!«

Ihre Gläser klangen aneinander und sie sahen sich an und für einen Moment schien die Gegenwart weit weg zu sein. Dann lachten beide verlegen. Georg wandte sich dem Glaskrug zu, an dem es von dem kühlen Inhalt außen nass perlte, nahm einen großen Schluck und fand wie immer, dass der Kutschertrunk frisch gezapft am besten schmeckte – nirgendwo gab es für ihn ein besseres Bier. Bier war ohnehin das Getränk Oberfrankens. Es passte zum Klima und zur Küche. Hier gab es heute noch die größte Dichte an kleinen, privaten Brauereien in Deutschland und die Leut tranken auch jeden Tag noch ihr einheimisches Bier.

»Bist du eigentlich schon zu irgendwelchen Erkenntnissen gelangt, Georg?«, riss Paola ihn aus seinen bierphilosophischen Betrachtungen. »Ich meine, wenn du auch für Rosi was rausfinden solltest, hast du ja vielleicht schon angefangen.«

»Naja, das Einzige, was ich bisher festgestellt hab, ist, dass es viele gibt, die einen Grund hatten, eurem Vater Böses zu wollen, und kaum einen, der bedauert, was mit ihm passiert ist. Tut mir leid, wenn ich das so offen sage.«

Paola blickte nach unten und schüttelte abwehrend den Kopf.

»Ist schon in Ordnung, Georg«, murmelte sie. »Du hast ja recht. Er hat es sich mit vielen hier im Dorf verdorben.«

»Neben all den alten Geschichten gibt es halt Gerüchte: Er soll ein Verhältnis mit einer jungen Frau gehabt haben, und die wiederum soll einen Freund haben, der womöglich eifersüchtig war. Und dann gibt's immer wieder Hinweise auf einen geplanten Grundstücksverkauf an einen großen Saatgutkonzern, der gentechnische Versuche machen will, und viele Leute, die das verhindern wollen.«

»Ja, das mit der Gentechnikfirma ist ein großes Thema im Dorf. Die meisten sind ja dagegen, und mein Schwager, der ist ganz vorn mit dabei.«

Es war nicht auszumachen, ob dieser Hinweis auf Johannes lobend oder kritisch von ihr gemeint war.

»Weißt du denn, ob dein Vater entsprechende Pläne hatte?«

Paola zuckte mit den Schultern.

»Ich war jedenfalls nicht eingeweiht, sollte er das wirklich vorgehabt haben. Ich weiß nur, dass mein Schwager, der seit seiner Heirat mit Rosi unseren Gasthof nicht mehr betreten hat, vor einigen Tagen hier auftauchte. Er hat wahrscheinlich nicht mitbekommen, dass ich ihn gesehen habe. Bestimmt hat er versucht, Vater von der großen Verantwortung zu überzeugen, die er der Menschheit gegenüber hat.« Sie ließ ein höhnisches Lachen hören.

Angermüller verbarg seine Überraschung. Johannes hatte ihm nicht gesagt, dass er erst vor Kurzem Kontakt mit seinem Schwiegervater hatte.

»Und was ist an der Geschichte mit der jungen Frau dran?«

»Ach ja, die Irina!«, Paola seufzte. »Wegen ihr hatte ich

meine letzte große Auseinandersetzung mit ihm. Auch wenn der Papa bös zugerichtet war von dem Schlaganfall, er wusste sich immer noch durchzusetzen …«

»Wie denn?«

»Er hat dich einfach erpresst! Wenn er sich so aufgeregt hat, rollten seine Augen wie wild und sein Kopf ist ganz rot geworden, und ich wusste ja, dass ihm das schadet. Da hat man immer gleich Angst um ihn gehabt und lieber nachgegeben, bevor ihm was passiert. Und mit der Linken hat er geschrieben, was er wollte, in wenigen Worten und wehe, du hast ihn nicht sofort verstanden – da ist er gleich wieder explodiert.«

»Ich kann mir gut vorstellen, dass das nicht leicht für dich war«, meinte Angermüller mitfühlend. »Und was war mit dieser Irina?«

»Das ist so ein junges Ding, das ich als Pflegerin für Papa eingestellt hatte. Sie ist erst vor ein paar Jahren mit ihrer Großmutter aus Russland hierhergekommen. Ganz hübsch, aber ein bisschen billig. Der Papa war ganz verrückt nach ihr und wollte nur noch sie als Betreuerin haben. Stell dir vor: Sie sollte bei ihm einziehen! Sie hat ihm völlig den Kopf verdreht!«

»War sie denn dazu bereit?«

»Aber natürlich! Er hat Irina mit Sicherheit neben dem großzügigen Gehalt, das ich ihr ohnehin schon zahlen musste, noch das Blaue vom Himmel dazu versprochen, alles, was sie nur haben wollte. Für Geld kannst du doch alles bekommen, und eine wie die weiß die Situation auch gründlich auszunutzen.«

»Hat sie denn einen Freund?«

»Zumindest ist sie öfter von einem Typen in so einem auffälligen Wagen abgeholt worden. Genaueres weiß ich nicht.«

»Mmh«, Angermüller nickte. »Dann frag ich dich jetzt

auch noch mal wie die Coburger Kollegen: Hast du denn irgendeine Vermutung, wer dahinterstecken könnte?«

Paola sah ihn nur ratlos an und schüttelte den Kopf, und er spürte wieder die große Anspannung, die sie hinter ihrer gefassten Haltung verbarg. Er strich beruhigend über ihre Hände, die sie unablässig auf dem Tisch knetete.

»Ich lass dich jetzt auch in Ruhe mit diesem unangenehmen Thema.«

»Ich find's ja gut, dass du dich kümmerst, Georg! Schließlich hab ich dich darum gebeten.«

Eine Kellnerin, ebenfalls in der hauseigenen Tracht mit langer Schürze darüber, trat an ihren Tisch.

»Darf ich?«

Die verschiedenen Tellerchen, die sie vor ihnen abstellte, zeigten einen kleinen Ausschnitt aus der Küche von Steinleins Landgasthof, und obwohl Georg nicht gerade hungrig war, verspürte er beim Anblick der verführerisch angerichteten Speisen sofort die Lust, sie zu probieren: Da lockte geräucherter Wels auf Brunnenkresse, ein kleiner, goldbraun angeschmorter Krautwickel dampfte neben einer Halbkugel aus gelbem Kartoffelbrei, eine Portion Grünkernrisotto mit Steinpilzen duftete verführerisch und ein Chutney vom Gartenkürbis begleitete die gebratene Blutwurst. Langsam und genießerisch kostete Angermüller ein Gericht nach dem anderen, war des Lobes voll und konnte nicht umhin, fast alles aufzuessen. Paola nahm von allem ein wenig und schob dann ihre Teller beiseite.

»Und, wie bewertest du als echter Gourmet unsere Küche?«

»Es war einfach köstlich! Der kann was, dein Max!«

Ein Lächeln erhellte Paolas erschöpfte Züge.

»Das freut mich, Georg! Ja, ich muss dann mal wieder, aber du kannst gern noch bleiben und ich lasse dir einen Teller mit unseren berühmten Desserts bringen!«

»Danke, Paola! Es war wunderbar, und ich bin auch neugierig auf eure Nachspeisen, aber ich bin gut gesättigt und heute Abend schon wieder zum Essen eingeladen. Ich fürchte, ich habe fünf Kilo zugenommen, wenn ich aus Niederengbach abfahre! Meine Mutter hat sich ja durchgerungen, ihren Geburtstag in euerm Restaurant zu feiern am Sonntag. Spätestens bei der Gelegenheit werde ich eure Küche noch genauer kennenlernen.«

Sie erhoben sich beide und gingen langsam zum Ausgang.

»Ich hoffe, ich sehe dich bald wieder, du bist allzeit willkommen. Und wenn du etwas rausgefunden hast, gib mir sofort Bescheid!«, Paola sah ihm ins Gesicht. »Es ist schön, dich wiedergefunden zu haben, Georg.«

Dann umarmte sie ihn und küsste ihn zart auf die Wange.

»Wo bist du denn heute Abend zum Essen?«

»Rosi und Johannes haben mich eingeladen.«

»Ah ja.«

»Ja, dann will ich dich nicht länger von deinen Pflichten abhalten.«

»Das sind jetzt erst mal traurige Pflichten. Man muss sich ja um die Beerdigung und alles, was damit zusammenhängt, kümmern. Die Polizei meinte, Montag wird Papa, wird er … wird die … Jedenfalls kann frühestens Dienstag die Beerdigung sein und da ist vorher noch eine Menge zu tun.«

»Ja dann. Mach's gut, Paola! Ciao!«

»Ciao, Giorgio! Wir sehen uns, ja?«

Als Georg vor die Tür von Steinleins Landgasthof trat, dämmerte es bereits und im Schatten war es kühl. Auf der Treppe, die in den Hof führte, kamen ihm die englischen Touristen entgegen, denen er den Weg zur Rosenau gezeigt hatte.

»Oh, hello Sir!«, freute sich der alte Herr und wandte sich an seine Frau. »Look, dear, our guide!«

»Have you seen the castle?«, fragte Angermüller aus höflichem Interesse.

»Oh yes! It is very beautiful. We really enjoyed it!«

»That's good. I wish you a nice evening!«

»We are going to have a little glass of Port now. Would you perhaps like to join us?«

»Thank you – I have no time! Good bye!«, verabschiedete er sich etwas abrupt. Angermüller fand die beiden ja recht sympathisch, doch es gab so viele Leute hier, die unterschiedlichste Erwartungen an ihn hatten, dass er damit schon mehr als ausgelastet war. Die erhofften entspannenden Urlaubstage sah er jedenfalls in weite Ferne rücken. Wenigstens für kurze Zeit wollte er jetzt einfach mal seine Ruhe haben. Er machte sich auf den Weg nach Hause, um sich etwas Wärmeres anzuziehen und sich bei seiner Mutter abzumelden.

Schräg gegenüber der Hoteleinfahrt parkte ein VW-Bus am Straßenrand ein, der schon sehr viele Jahre auf dem Buckel zu haben schien. Es schepperte bedrohlich, als die Fahrerin ausstieg und die Autotür zuwarf.

»Ich fress einen Besen, wenn das nicht der kleine Schorschi ist!«, rief eine laute Stimme. Irritiert schaute Georg Angermüller auf die andere Straßenseite. Die große Frau, die aus dem VW-Bus gestiegen war, winkte ihm lebhaft zu und ließ ein lautes, herzhaftes Lachen hören, als sie seine Verwirrung bemerkte. Immer noch lachend überquerte sie die Straße. Sie war in ein farbenfrohes Gewand gekleidet, das an einen Sari erinnerte, ihr auffälliges rotes Haar war zu einem langen Zopf gebunden und an ihren nackten Füßen trug sie lederne Flip-Flops. In einem Ort wie Niederengbach wirkte sie wie von einem anderen Stern.

»Mensch, Schorsch! Erkennst du mich denn nicht? Na

ja, es ist wohl mehr als 20 Jahre her. Ich hab dich aber sofort erkannt!«

»Bea?«, fragte Georg unsicher.

»Also doch! Ja! Ich bin's – die große Schwester!«

»Das gibt's doch nicht! Seit wann bist du denn wieder hier? Deine Schwestern haben mir kein Wort davon erzählt!«

»Das wundert mich nicht! Die haben so viel mit sich selbst zu tun. Vor ungefähr einem Jahr bin ich zurück nach Deutschland gekommen, und ich war verrückt genug, mich in meiner alten Heimat niederzulassen. Ich werd wohl sentimental auf meine alten Tage! Komm, lass dich drücken, Schorsch!«

Sie umarmten sich, und Georg setzte an zu sagen, dass ihm das mit ihrem Vater leidtue.

»Lass gut sein, Schorsch! Der alte Mann hat seinen ramponierten Körper verlassen und das ist gut so. Kein Grund zur Trauer. Vielleicht wird er ja in einer Gestalt wiedergeboren, die ihn Demut lehrt«, sie gab ein ironisches Lachen von sich. »Ich will nur kurz zu Paola, ihr meine Hilfe anbieten. Da muss ja so einiges organisiert werden. Und außerdem will ich sehen, wie sich das anfühlt, endlich einmal wieder ganz öffentlich mein Elternhaus zu betreten, nachdem mein Hausverbot gegenstandslos geworden ist!«

Georg verstand nicht so recht, wovon sie redete. Jedenfalls hatte sich Bea kaum verändert. Natürlich war sie älter geworden und die rote Haarfarbe war neu und nicht echt, aber wie früher wirkte Bea kraftvoll und zupackend. Sie lachte, holte ihren bunten, mit kleinen Spiegeln bestickten Stoffbeutel von der Schulter und kramte darin herum.

»Ich glaube, wir haben uns eine Menge zu erzählen. Außer, dass du eigentlich nicht mehr in Niederengbach wohnst, weiß ich gar nichts von dir. Besuch mich doch mal, Schorschi! Hier ist meine Karte!«

›Weg zur Mitte‹ las Georg Angermüller auf dem dicken, handgeschöpften Papier, ›Zentrum für Meditation & Körperarbeit‹ und kleiner darunter ›Yoga, Meditation spez. Hawaiian Kahuna, Energydance, Klangtherapie etc.‹. Bis auf Yoga sagte ihm all das nichts. Eine Adresse in Coburg war angegeben und eine Handynummer.

»Also, wir sehn uns! Tschüssle, ich muss!«

Damit stürmte sie die Hoteleinfahrt hoch.

Er sah ihr nach und schob gedankenverloren die Karte in seine Hosentasche. Klar würde er sie besuchen.

4

Die Temperatur war merklich gefallen, kaum dass die Sonne untergegangen war, und herbstliche Kühle hatte sich ausgebreitet. Als er sich zu Hause seine Jacke holte, spürte Georg Angermüller deutlich die Missbilligung seiner Mutter darüber, dass er den ganzen Tag unterwegs war und nun auch den Abend woanders verbringen wollte. Viel sagte sie nicht, doch sie brummelte in einem fort und klapperte in der Küche mit den Töpfen, damit Georg ja mitbekam, dass ihr etwas nicht passte. Aber als er sie beim Mittagessen gefragt hatte, ob sie nicht Lust hätte, mal einen Ausflug zu machen – sie hätten zum Beispiel mit Margas Wagen auf die Veste Coburg fahren können, irgendwo nett Kaffee trinken –, hatte sie das rundweg abgelehnt.

»Was soll ich'n da?«, hatte sie gegrummelt. Natürlich fühlte er sich verpflichtet, mit ihr etwas zu unternehmen, doch sich mit ihr auf ein gemeinsames Programm zu einigen, war nicht ganz einfach.

»Jetzt is dunkel und kalt – wer geht denn da spazieren?«, war ihre Antwort, als Georg sie zu seinem kleinen Abendspaziergang mitnehmen wollte. Er sah aber auch nicht ein, dass er mit ihr wieder den Abend vor dem Fernseher verbringen sollte. Vielleicht würde sie ja morgen mit in die Stadt kommen, wenn er mit Marga die versprochene Tour nach Coburg machte.

Georg Angermüller ging in Richtung Schlosspark, der verlassen in der Dämmerung lag. Er schritt zügig aus, sog tief die frische Luft ein und hoffte, auf diese Weise vielleicht die Köstlichkeiten, die er in Paolas Restaurant genossen hatte, ein wenig abzuarbeiten. Schließlich erwartete ihn bei Rosi und Johannes auch wieder ein kräftiger Abendimbiss.

Ach ja, Paola… Was wäre gewesen, wenn sie damals mit ihm das Dorf verlassen hätte? Vielleicht wäre er nie nach Lübeck gekommen. Dann wäre er auch Astrid nie begegnet … Ob er wohl dann mit Paola heute noch zusammen wäre? Müßige Fragen – der alte Steinlein hatte über seine Töchter verfügt, als wären sie seine Leibeigenen, und an ein Weggehen aus Niederengbach war nicht zu denken. Aber wer weiß, selbst wenn ihr Vater sie damals hätte gehen lassen, ob Paola es gekonnt hätte? Sie war ja bis heute bei ihm geblieben. Dass ihre Mutter kurz nach Paolas Geburt auf Nimmerwiedersehen verschwunden war, hatte wahrscheinlich ein besonderes Band zwischen ihr und ihrem Vater wachsen lassen. Paola wollte keinesfalls so handeln wie diese Frau. Sie hasste ihre Mutter, ohne sie je kennengelernt zu haben. Paola war hübsch, sie war klug und konnte immer schon gut mit Menschen umgehen, doch Georg kannte sie als einen ständig von Selbstzweifeln geplagten Menschen. Sie sei sich als Kind immer wie ein unerwünschtes Wesen vorgekommen, das keiner wirklich haben wollte, gestand sie Georg einmal. Deshalb hatte sie auch immer härter gearbeitet als alle anderen, wollte immer die Beste sein und wenigstens um ihrer Leistungen willen geliebt werden. Ihr Vater hatte sehr genau gewusst, wie er ihren Minderwertigkeitskomplex für sich ausnutzen konnte. Wenigstens hatte sich ihre Mühe gelohnt. Georg freute sich zu sehen, dass sie so einen Erfolg mit dem Hotel und dem Restaurant hatte und dass ihre Arbeit sie auszufüllen schien.

Rosis Mutter war die dritte Frau, die Steinlein geheiratet hatte. Georg konnte sich noch an sie erinnern. Sie war eine stille, sanftmütige Person, liebte die Musik und war halb so alt wie ihr Mann, und alle im Dorf rätselten, wie sie es mit so einem tyrannischen Patriarchen aushalten konnte. Rosi aber meinte, ihr Vater habe ihre Mutter wirklich geliebt und er sei im Umgang mit ihr sehr viel weicher und umgänglicher gewesen. Doch sie starb an Krebs, als Rosi zwölf war, und danach gab es niemanden mehr, der die sanfte Seite in ihrem Vater erkennen wollte. Der Steinleins Bernhard war ein Mann wie ein Felsbrocken, nichts und niemand konnte ihn rühren, ein Machtmensch, dem man im besten Falle Respekt entgegenbrachte, aber keine Sympathie. Und wehe dem, der ihn zum Gegner hatte …

Rosi glich nicht nur im Aussehen ihrer Mutter sehr. Sie hatte sich auf ihre stille Art immer um die Zuneigung des Vaters bemüht – bis sie Johannes kennenlernte. Doch selbst dann, als der Alte Himmel und Hölle in Bewegung setzte, um diese Verbindung zu verhindern, selbst da glaubte sie noch, er hätte irgendwann ein Einsehen und würde ihre Entscheidung akzeptieren. Und nach dem, was Johannes erzählt hatte, hoffte sie auch später immer wieder, er wäre irgendwann zur Versöhnung bereit. Es war schon verrückt, wie der alte Steinlein seine Töchter – zumindest Paola und Rosi – ein Leben lang in seinen Bann gezogen hatte. Und nun, da man meinen konnte, sie seien womöglich froh, ihn los zu sein, war ihnen nichts wichtiger, als zu erfahren, wer ihn umgebracht hatte. Warum war das so wichtig? Wollten sie Rache, wollten sie den Täter bestraft sehen? Oder hatten sie einen Verdacht, auch wenn beide das verneinten? Und wenn ja, hatten sie beide denselben?

Was war mit seinem Freund Johannes, der nach all den Jahren seinen verhassten Schwiegervater aufsuchte? Stimmte die Geschichte mit dem beabsichtigten Verkauf an den Gentechnikkonzern? Wollte er dem Alten ins Gewissen reden? Hatte er ihm gedroht?

Die Grübeleien über Paola, ihre Schwester und seinen Freund Johannes hatten Angermüllers Schritt verlangsamt.

Er war am Schwanensee angelangt. Nebelschleier standen über dem Wasser und der zunehmende Mond schuf ein unwirkliches Zwielicht. Auf der anderen Seite des Gewässers, da wo eine der alten Steinbänke stand, machte er eine Bewegung aus, und als er genauer hinsah erkannte er zwei Personen, die dort saßen. Jetzt stand eine von beiden auf und gestikulierte mit den Armen. Eine angeregte Diskussion schien im Gange zu sein. Zu hören war nichts davon, dazu war das andere Ufer zu weit entfernt. Angermüller setzte seinen Weg fort. Auch die zweite Person hatte sich jetzt erhoben, sie war um einiges kleiner als die erste. Die lange, schmale Gestalt kam Angermüller irgendwie bekannt vor. War das sein Freund Johannes? Wenn ja, was machte der hier? Wer war die andere Person? Die größere von beiden packte die andere an den Armen, als ob sie sie schütteln wollte. Musste man helfen, eingreifen? Angermüller merkte, wie die übliche Ermittlungsroutine von ihm Besitz ergriff, und das gefiel ihm gar nicht – er war nicht im Dienst, und er hatte Rosi und Paola von vornherein gesagt, dass er hier nicht professionell ermitteln könnte. Trotzdem konnte er die Augen nicht von der Szene am anderen Ufer lassen. Das Dämmerlicht machte ein genaues Erkennen der Leute am anderen Seeufer unmöglich, und Angermüller sagte sich, dass es ja auch nicht weiter wichtig war. Jetzt trennten sich die beiden da drüben und jeder ging seiner Wege. Trotz seiner Jacke begann Angermüller zu frösteln, und der Gedanke an die gemütliche Küche auf dem Sturms-Hof ließ ihn wieder schneller gehen. Als er am Kavaliershaus angelangt war, ging er zurück in Richtung Dorf. Es war still im Park. Noch ein kurzes Stück, und der Spazierweg bog auf die Straße ein, da hörte er schnelle, leise Schritte.

»Hallo Georg, machst du auch deinen Abendlauf?«

In Sporthose und T-Shirt kam Paola aus der Dämmerung auf ihn zugelaufen, blieb vor ihm stehen und hüpfte leichtfüßig auf und ab, was ihre zusammengebundenen Locken zum Wippen brachte.

»Hallo Paola! Ich glaube, man kann es eher Abendspaziergang nennen. Läufst du regelmäßig?«

»Ich versuch's. Dreimal die Woche, das ist optimal.«

»Ich bin beeindruckt! So viel Selbstdisziplin!«

»Oft schaff ich's leider gar nicht. Aber ich brauche das, es tut mir unheimlich gut – gerade an einem Tag wie heute.«

»Das glaub ich dir gern.«

Angermüller sah sie mitfühlend an.

»Jetzt muss ich mich beeilen, wenn ich meine Runde schaffen will, meine Gäste warten. Gewöhnlich gehe ich nach dem Abendessen im Restaurant herum und plaudere ein wenig mit ihnen. Für manche ist das sehr wichtig«, Paola lächelte. »Alsdann – Ciao Giorgio!«

»Buona Serata, Paola!«

Eine warme Wolke, nach Speck und Zwiebeln duftend, hüllte Angermüller ein, als er die Küche betrat. Rosi war dabei, eine Kugel Hefeteig kräftig durchzuwalken. Sie tat es mit vollem Einsatz, ihre Wangen waren gerötet und die Ärmel ihrer Bluse hatte sie hochgerollt. Ein junger Mann stand vor der Spüle und wusch Salat.

»Guten Abend!«

»Hallo, Schorsch! Tut mir leid, dass du wegen mir Ärger mit dem Coburger Polizisten hattest!«

»Du konntest doch gar nichts dafür, Rosi! Der Kollege ist halt einer von der unangenehmen Sorte. Du hättest mal seine Reaktion sehen sollen, als ich ihm später bei Paola schon wieder über den Weg gelaufen bin.«

Georg hörte sich an, als sei das Ganze ein großer Spaß gewesen.

»Du warst bei Paola?«, fragte Rosi. Sie schien überrascht zu sein.

»Sie wollte mich sehen. Es geht ihr nicht gut«, Georg zögerte und warf einen Seitenblick auf den Praktikanten an der Spüle, »Letztlich wollte sie das Gleiche wie du.«

»Ah ja?«

Rosi schüttelte verwundert den Kopf und wechselte dann das Thema.

»Wir sind spät dran heute – es dauert noch ein bisschen mit dem Essen!«

»Das macht gar nix! Kann ich was tun?«

»Wenn du so fragst: Du könntest die Salatsoße machen. Johannes ist auch noch gar nicht zu Hause. Er weiß doch, dass du kommst! Keine Ahnung, wo der wieder steckt.«

Das klang verärgert. Mit heftigen, kurzen Bewegungen drückte Rosi den Hefeteig auf drei eingefettete Herdbleche, als ob ihn eine Schuld an Johannes' Ausbleiben träfe.

»Ist doch kein Problem! Ich besuch ja nicht nur den Johannes!«

Rosi lächelte schwach und hielt inne.

»Ich weiß, Schorsch! Und ich freu mich sehr, dass du hier bist. Gerade heute.«

Angermüller bemerkte, dass Rosi schon wieder mit ihren Gefühlen zu kämpfen hatte, und lenkte schnell zurück zum Praktischen.

»Du hast gesagt, Salatsoße. Wo sind die Zutaten?«

»Mach eine Soße nach deinem Geschmack, Schorsch. Ich weiß, das wird schmecken! Wir haben Endiviensalat. Zeigst du bitte dem Tobias, wie man den in ganz feine Streifen schneidet?«

»Wird gemacht! Darf Knoblauch an die Soße?«

»Na klar!«

»Dann brauche ich Öl, Zitrone, Salz und Knoblauch.«

Sie sagte ihm, wo alles stand, und sogleich machte Georg sich an die Arbeit. Rosi bestrich den Hefeteig auf den Blechen mit flüssiger Butter und ließ ihn noch kurz gehen. Als

Tobias den Salat fein geschnitten hatte, musste er ihn für ein paar Minuten in lauwarmes Wasser legen, um die Bitterkeit herauszuziehen, und ihn anschließend gut trocken schütteln.

Rosi verrührte derweil den Speck und die darin glasig gedünsteten Zwiebeln mit Eiern, Sauerrahm und Gewürzen und gab diese Mischung auf den Hefeteig. Zum Schluss streute sie reichlich Kümmel darüber und schob die Bleche in den warmen Ofen.

Tobias deckte den Tisch. Wie immer auf dem Sturms-Hof waren sie eine große Runde. »Ich hab Bea vorhin getroffen. Das war ja eine Überraschung!«

»Ja, Bea ist wieder da. Das hab ich ganz vergessen, dir zu erzählen«, meinte Rosi entschuldigend.

»Das ist doch verständlich an einem solchen Tag. Es scheint ihr aber ganz gut zu gehen!«

»Bea ging's noch nie schlecht, glaube ich. Sie ist einfach eine ganz starke Person, und sie macht nur, was sie wirklich will.«

Die Bewunderung für die älteste Schwester war Rosi anzuhören.

»Bea hat damals das einzig Richtige gemacht, als sie einfach gegangen ist. Sie wusste, dass der Papa sich dauernd in ihr Leben gemischt hätte, und jetzt hat sie die halbe Welt gesehen, hat viel gelernt, viel erlebt.«

In Rosis Stimme schwang eine gewisse Sehnsucht mit.

»Wovon lebt sie eigentlich?«

»Sie gibt alle möglichen Kurse – keine Ahnung, es scheint ihr zu reichen. Jedenfalls klagt sie nie.«

»Sie hat mir ihre Karte gegeben. Sie wohnt in Coburg, hab ich gesehen.«

»Ja, sie hat da eine große, helle Wohnung in einer alten Villa in der Nähe vom Hofgarten – für eine lächerliche Miete. Ich war einmal da. Wunderschön! Das Haus gehört

93

einer alten Frau und die hat einen Narren an Bea gefressen.«

Rosi zuckte mit den Schultern, und ihr Blick verlor sich hinter dem Küchenfenster, wo mittlerweile tiefe Dunkelheit herrschte.

»Es gibt eben Glückskinder …«

Das klang so, als ob Rosi selbst nur das Gegenteil widerfahren wäre. Angesichts der Ereignisse des heutigen Tages verkniff sich Georg die Frage, ob Rosis Leben denn so viel unglücklicher als das ihrer Schwester war. Schließlich lebte sie auf diesem wunderschönen Hof, hatte drei nette Kinder – gut, es gab auch viel Arbeit, aber sie betonte immer den Spaß und die Erfüllung, die ihr das Landleben gaben – und sie hatte Johannes.

Der Zwiebelkuchen im Ofen verbreitete einen herrlich kräftigen Duft. Rosi wollte nicht länger warten.

»Wir essen jetzt. Sonst wird der Zwiebelkuchen zu trocken. Wer weiß, wann der Johannes endlich kommt.«

Tobias stellte noch zwei Krüge mit frischem Wasser auf den langen Holztisch, dann schlug er im Flur mit einem Kochlöffel auf den alten Topfdeckel, der neben der Treppe hing, und kurz darauf war eine ganze Horde junger Leute um den Tisch versammelt, gut gelaunt und hungrig. Mit fröhlicher Vertrautheit begrüßten Florian und seine beiden Geschwister den alten Freund ihrer Eltern und berichteten, was sie so trieben. In der lockeren, familiären Atmosphäre fühlten sich augenscheinlich auch die anderen jungen Leute, alle Anfang 20, wie zu Hause. Als alle saßen, war die Reihe an Tobias, Dank für die reichen Gaben zu sagen, kein Tischgebet, sondern eine schlichte Erinnerung, dass ein gedeckter Tisch nicht überall auf der Welt eine Selbstverständlichkeit war, und man reichte sich die Hände und wünschte sich gegenseitig guten Appetit.

»Guten Abend zusammen! Da komm ich ja gerade noch rechtzeitig, bevor die Heuschrecken alles aufgefressen haben!«

Johannes kam herein und rieb sich die Hände.

»Hab ich einen Hunger! Und das riecht hier ja! Mmh!«

Er strich Rosi im Vorübergehen sanft über die Schulter und murmelte: »Tut mir leid – bin aufgehalten worden.«

Sie sagte dazu nichts und zuckte nur mit den Achseln. Die Tischgespräche waren lebhaft, jeder schien bemüht, von den Ereignissen des Tages abzulenken, um Rosi auf andere Gedanken zu bringen. Alle hatten augenscheinlich einen gesunden Appetit, denn die Backbleche mit dem Zwiebelkuchen und die große Salatschüssel waren im Handumdrehen geleert. Georgs Salatsoße mit dem frisch-scharfen Zitronen-Knoblaucharoma wurde allseits für gut befunden und schon lief Lena die Nachspeise holen. Es gab Zimtapfelmus mit Schlagsahne und gerösteten Weizenkeimen, und das emsige Kratzen der Löffel in den Schälchen zeugte vom köstlichen Geschmack. Der Tisch wurde abgeräumt, und dann war die Jugend ziemlich schnell verschwunden, um Musik zu hören, Tischtennis zu spielen oder E-Mails zu schreiben.

»Dann wollen wir jetzt mal ein richtig gutes Fläschle Frankenwein aufmachen, gell Schorsch!«

Johannes ging zum Flur, wo die Tür zum Keller lag. »Gibt's noch ein bissle Käse dazu, Rosischatz?«

Rosi, die ihnen den Rücken zugewandt und sich mit dem Geschirr und der Spülmaschine beschäftigt hatte, antwortete darauf nicht, sondern ging Johannes in den Flur nach.

Georg Angermüller hörte, wie die beiden leise miteinander sprachen. Es klang erregt, aber er konnte den Zusammenhang ihrer Worte nicht verstehen. Dann lachte Johannes kurz auf und Rosi hob empört ihre Stimme.

»Jetzt sag, wo du warst! Und lustig finde ich das schon gar nicht!«

Georg Angermüller verstand überhaupt nicht, was hier los war, und hätte sich am liebsten sofort verabschiedet. Nichts war schlimmer, als Zaungast einer solchen ehelichen Auseinandersetzung zu werden.

»Ich habe Angst, Johannes, verstehst du! Ich möchte nicht, dass du dich mit diesen Leuten triffst! Schon gar nicht, nach dem was heute passiert ist!«

Jetzt sprach auch Johannes in normaler Lautstärke.

»Rosi, du siehst Gespenster! Die haben mit dem Tod deines Vaters mit Sicherheit überhaupt nichts zu tun!«

»Wie kannst du da nur so sicher sein? Du hast gesagt, dass du sie noch nicht lange kennst, und du hast auch gesagt, dass manche von denen ziemlich gewaltbereit sind!«

»Aber doch in einem ganz anderen Zusammenhang! Das ist ja auch der Grund, warum ich mit denen rede! Ich will denen klarmachen, dass solche militanten Aktionen nach hinten losgehen und die Stimmung gegen uns aufbringen!«

»Und auf dich hören die, ja? Ach, Johannes.«

Mit Rosis Beherrschung war es vorbei, und sie rannte an Georg vorbei, hinaus in den dunklen Garten.

»Tut mir leid, Schorsch!«, Johannes stand im Türrahmen und machte eine hilflose Geste. »Seit ein paar Wochen haben wir schon diese Diskussion wegen so ein paar jungen Leuten, die sich hier gegen die Gentechnik engagieren – die sich unserem Kampf angeschlossen haben, wie sie sagen –, ob wir wollen oder nicht. Sie nennen sich die ›Militanten Feldmäuse‹. Sind halt junge Heißsporne, so waren wir früher ja auch! Rosi kennt die gar nicht. Aber sie hat schon immer Angst gehabt, ihr Vater würde ins Visier geraten, wegen dieser Gerüchte, dass er an die Camposano-Leute verkaufen wollte.«

»Du meinst diesen internationalen Saatgutkonzern, der die Genversuche macht?«

»Genau! Und jetzt denkt sie, da bestünde ein Zusammenhang zwischen den Aktionen dieser Truppe und dem Tod vom Bernhard. Völlig absurd!«

Angermüller überlegte einen Moment, ob er Johannes mit dem Wissen über seinen Besuch beim alten Steinlein konfrontieren sollte. Aber er entschied sich dagegen. Vielleicht würde ihm Johannes ja von selbst davon erzählen, wenn er das Gespräch unauffällig in diese Richtung lenkte.

»Aus meiner beruflichen Erfahrung mit solchen Gruppen würde ich auch sagen, dass ein paar wenige, besonders radikale zwar vor Gewalt gegen Sachen nicht zurückschrecken – aber einen Menschen umbringen?«, er wiegte nachdenklich seinen Kopf. »Alles ist möglich, aber vorstellen kann ich mir das eigentlich auch nicht.«

»Vielleicht kannst du ja versuchen, Rosi von ihren abwegigen Verdächtigungen abzubringen, wenn sie wieder auftaucht. Ich hol jetzt erst mal den Wein.«

Geräuschvoll nahm Georg einen Schluck von der Scheurebe, drückte ihn sanft mit der Zunge gegen den Gaumen, schluckte genießerisch und ließ die Atemluft bei geschlossenem Mund durch die Nase entweichen. Es war ein körperreiches Gewächs, schmeckte nach kräftigen, fruchtigen Aromen wie Quitte und schwarzer Johannisbeere. Johannes beobachtete gespannt seinen Freund.

»Na, wie findest du ihn?«

Georg nickte anerkennend.

»Ein feines Tröpfchen!«

»Gell, da kann man sich dran gewöhnen! Die Rosi versäumt was.«

Georg nickte.

»Warum hast du ihr eigentlich nicht sagen wollen, wo du warst, Johannes?«

»Ja, ja, unser Herr Kommissar!«, meinte Johannes mit

einem ironischen Seitenblick auf Angermüller und seufzte. »Ich dachte, dass sie sich dann nur noch mehr aufregt. Aber hat ja nicht viel genutzt. Natürlich hab ich einen von diesen Jungs getroffen. Er ist so eine Art Anführer, obwohl sie ja alles immer basisdemokratisch entscheiden wollen. Major Tom nennt er sich.«

Johannes grinste und schüttelte den Kopf. Irgendein ungewohntes Geräusch störte die übliche nächtliche Stille von Niederengbach. Angermüller nahm es in der behaglichen großen Wohnküche nur undeutlich wahr und konnte es nicht gleich identifizieren.

»Den Jungen hab ich ganz gut im Griff, da bin ich …«

Johannes konnte seinen Satz nicht mehr beenden, denn die Tür, die zum Garten führte, wurde aufgerissen.

»Es brennt!«

Rosi stand im Türrahmen, blass und mit schreckgeweiteten Augen. Sofort sprangen Johannes und Angermüller auf. Die Feuersirene, das war das ungewohnte Geräusch!

»Wo? Hier auf dem Hof?«

»Gott sei Dank, nein! Es muss weiter drin im Dorf sein.«

»Schöner Mist! Los Schorsch, vielleicht können wir irgendwie helfen!«

Die Männer griffen sich ihre Jacken und rannten hinaus. Auch Rosi kam hinterhergelaufen, doch mit viel Mühe und Georgs Unterstützung konnte Johannes sie schließlich überzeugen, dass es besser für sie wäre, zu Hause zu bleiben. Ein orangerotes Licht erhellte den Nachthimmel über dem Dorf, und sofort dachte Angermüller an seine Mutter und Schwester und hoffte, dass es nicht ihr Haus war, das da in Flammen aufgegangen war.

»Kannst du schon erkennen, wo genau das Feuer ist, Johannes?«

»Mach dir keine Sorgen, Schorsch! Es ist mitten im

Dorf, nicht bei euch zu Hause, und ich fürchte, ich kann's mir schon denken, wo's ist … wahrscheinlich beim Motschmanns Erwin …«

Angermüller warf seinem Freund einen erstaunten Blick zu, während sie weiterrannten. Auch noch andere Dorfbewohner liefen mit ihnen in Richtung des Brandortes.

»Hey!«, rief Johannes plötzlich laut und aufgebracht. »Hab ich's mir doch gedacht! Ich glaub's nicht! Wo kommt ihr denn her?«

Ein Trupp von fünf Gestalten kam ihnen aus dem Halbdunkel entgegengesprintet. Sie hielten sich am Straßenrand und versuchten, an Johannes und Angermüller vorbeizukommen, doch Johannes sprang auf sie zu und bekam den einen an seiner Jacke zu fassen. Es war ein junger Mann mit einem blonden Lockenkopf. Ein Mädchen, es war vielleicht 19 oder 20, klammerte sich an einen seiner Arme und versuchte, ihn wegzuziehen.

»Lass ihn los, Mann! Lass ihn los!«, kreischte sie. Die anderen drei aus der Gruppe blieben etwas entfernt stehen und forderten ebenfalls, dass Johannes ihren Kumpel loslassen sollte. Es klang nicht sehr überzeugend. Johannes hielt den Jungen mit eisernem Griff und schüttelte ihn.

»Was macht ihr hier, Tom?«

»Wir haben damit nichts zu tun! Wirklich! Ich weiß nicht, was für eine Scheiße da gelaufen ist!«

Johannes packte Tom an den Handgelenken und zog ihn mitsamt dem immer noch an ihm hängenden Mädchen in die Einfahrt des nächsten Hofes, wo alles dunkel war. Angermüller ging hinterher und der Rest des Trupps folgte ihnen in einigem Abstand.

»Ich dachte, wir hatten klar abgemacht, dass diese Aktion nicht stattfindet!«, zischte Johannes wütend.

»Wollten wir ja auch nicht! Aber nun waren wir schon mal hier, hatten die Puppe dabei, und dann hat Geronimo gemeint, wir müssten ein Zeichen setzen und nur weil heute das mit dem Alten passiert ist, der ja auch einer von denen war, bräuchten wir noch lange nicht unsere Pläne ändern! Und dann war halt die Mehrheit dafür.«

»Und dann habt ihr eure komische Strohpuppe so blöd angezündet, dass ihr gleich das Haus mit erwischt habt, oder was? Seid ihr völlig übergeschnappt?«

Johannes griff sich an den Kopf.

»Wir wollten dem doch nur einen Schrecken einjagen und zeigen, dass wir wissen, welche Schweine an die Konzernheinis verkaufen! Wir haben nix Schlimmes gemacht!«

Angermüller hatte seinen Freund noch nie so außer sich vor Wut gesehen, und der Junge, dessen Handgelenke Johannes immer noch umklammert hielt, schien den Tränen nahe.

»Jetzt erzähl endlich, was ihr gemacht habt!«

»Das ist nicht das Haus, was da brennt! Das ist nur die Scheune!«

»Das ist schlimm genug! Weiter!«

»Erst haben wir auf den Boden in der Einfahrt beim Motschmann unsere Parole gesprüht: Camposano – sofort weg-Gen!!! Dann haben wir die Puppe angezündet, Geronimo ist zur Tür gerannt und hat geklingelt, und dann haben wir uns hinter einer Mauer versteckt und gewartet, dass der Typ rauskommt. Da kam aber niemand.«

»Gut, dass ihr eure Visitenkarte hinterlassen habt! Jetzt weiß die Polizei gleich, nach wem sie suchen muss, ihr Hornochsen! Und wieso brennt jetzt die Scheune, wenn ihr das gar nicht wart?«

»Das weiß ich doch auch nicht! Bitte, lass mich los, das tut weh!«

»Jetzt sag erst, wie's dann weiterging!«

»Wir standen da hinter der Mauer, die Puppe brannte, aber keiner kam.«

»Wie lange habt ihr da gestanden?«, mischte sich Angermüller ein.

»Fünf Minuten, zehn Minuten? Keine Ahnung. Die
Puppe war jedenfalls fast runtergebrannt, und wir haben
gerade überlegt, ob Geronimo noch mal versuchen sollte
zu klingeln, weil, da brannte ja Licht.«

»Ja und?«

»Geronimo wollte gerade loslaufen, plötzlich ruft Tini:
Guckt mal, da brennt's! Ich dachte erst, sie macht einen
Witz, und dann hab ich gesehen, dass hinten aus den Fens-
tern von der Scheune Flammen kamen.«

»Das klingt ziemlich verrückt, was du da erzählst, Bursche!«

»Bitte, Johannes, glaub mir! Das ist echt die Wahrheit!
Und das kann doch auch kein Funkenflug gewesen sein von
unserer Puppe. Es geht ja gar kein Wind und außerdem ist
die Scheune viel zu weit weg vom Hofeingang!«

»Und dass irgendein Idiot von euch da ausgetickt ist und
eine Einzelaktion gemacht hat?«

»Auf gar keinen Fall! Wir fünf waren die ganze Zeit
zusammen und die anderen sind alle zu der Demo morgen
nach Berlin gefahren! Das war keiner von uns, ich schwör's
dir!«

Angermüller beobachtete die jungen Leute, die nur noch
stumm dastanden und einen ziemlich verzweifelten Eindruck machten. Es waren allesamt magere Burschen um
die 20, zum Teil in recht abenteuerlichen Klamotten und
mit langen, filzigen Haaren. Das Mädchen, Tini, trug einen
kurzen Rock über der Jeans und hatte silberne Piercings an
Brauen und Nase.

Johannes ließ Tom endlich los, der sich mit schmerzver-
zerrtem Gesicht seine Handgelenke rieb.

»Ich rate euch nur, euch sofort bei der Polizei zu melden
und eine Aussage zu machen, wenn das so gewesen ist, wie

du gerade geschildert hast, Tom. Ihr kommt sonst in Teufels Küche! Stimmt doch, Schorsch?«

»Ja. Genau so würd ich's machen. Alles andere verschlimmert eure Situation nur«, stimmte Angermüller zu.

»Wer issn das überhaupt?«, fragte Tom, der sich etwas gefasst hatte und sich wohl vor seinen Kumpels nicht die Blöße geben wollte, auf jeden gut gemeinten Ratschlag gleich einzugehen.

»Das ist ein alter Freund und außerdem ist er bei der Kripo.«

»Ein Bulle?«

Das klang fast angeekelt, doch Angermüller kannte solche Reaktionen.

»Wenn du das so nennen willst. Auf jeden Fall kann ich dir sagen, dass ihr ganz schön im Dreck steckt und Johannes wirklich recht hat. Wir wissen alle nicht, was da wirklich passiert ist, und wenn ihr euch nicht selbst bei der Polizei meldet, dann wird nach euch gefahndet und Unschuldsvermutung gibt's dann keine mehr. Schwere Brandstiftung, vielleicht Bildung einer terroristischen Vereinigung – wer weiß, was da alles zusammenkommt.«

»Aber wir waren das doch nicht!«

»Eben! Und das müsst ihr sofort klarstellen! Die Brandursache wird mit Sicherheit genauestens untersucht, und die finden raus, was da passiert ist, die Kollegen, da bin ich ganz sicher.«

Der Klang von Martinshörnern kam näher. Die jungen Leute waren sichtlich nervös.

»O. K., wir besprechen das, ja?«

Johannes schüttelte den Kopf.

»Es gibt keine Alternative, Jungs! Alles andere bringt euch mächtigen Ärger ein!«

»O. K., fünf Minuten, ja?«

Johannes zuckte mit den Schultern.

»Ich verlass mich auf euch.«

Sie ließen die jungen Leute im Hof zurück und traten wieder auf die Straße.

»Du hast ganz schönes Vertrauen in die Jungs«, stellte Angermüller fest. »Aber du kennst sie besser als ich. Vielleicht würd ich's ja genauso machen …«

»Die melden sich gleich bei der Polizei, da bin ich wirklich sicher! Komm, lass uns weiter!«

Als Angermüller und sein Freund den Brandort erreichten, drängten Polizei und Feuerwehr die Schaulustigen gerade aus dem Hof des Anwesens zurück und sperrten das Gelände weiträumig ab. Natürlich hatte sich inzwischen fast das ganze Dorf versammelt und starrte entsetzt oder fasziniert auf die unheimliche Szenerie. Im hinteren Teil von Motschmanns Scheune schlugen vereinzelt Flammen aus dem Dach. Neben der dorfeigenen waren noch zwei Feuerwehren aus Nachbarorten im Einsatz. Der erste Schlauch war betriebsfertig und im hohen Bogen fiel das Löschwasser in das lodernde Feuer.

»Da siehste, was de davon hast! Jetzt ham deine Chaoten den Hof vom Erwin angezünd! Schlimm is des!«

Dieter stand plötzlich neben ihnen und haute Johannes unfreundlich gegen die Schulter. Seine etwas verlangsamte Sprache und die unsicheren Bewegungen zeigten, dass er wohl schon ausgiebig gezecht hatte.

»Heut Morgen hamse dein Schwiegervater umbracht und jetzt legen se Feuer! Mörder und Brandstifter sin des, sauber! Aber du wolltst ja mit dene Saubengel unbedingt gemeinsame Sach machen!«

»Natürlich ist das schlimm, dass Erwins Scheune brennt! Aber was du so daherredest, ist alles Blödsinn, Dieter, wie immer! Die Jungs war'n das nicht und die Polizei wird das auch ganz schnell herausfinden!«

»Du hältst mich wohl für blöd?«, Dieters Gesicht war rot

vor Zorn. »Guck, da steht's doch! Die ham sich da in der Einfahrt mit ihre Schmierereien verewigt!«

»Wenn du's wissen willst: Ja, ich halt dich für blöd, Dieter«, sagte Johannes ganz ruhig. »Aber dass die Jungs so blöd sind, erst ihre Visitenkarte zu hinterlassen und dann die Scheune anzustecken, das glaub ich schon gar nicht!«

»Von dir lass ich mich fei net beleidigen, du!«, brüllte Dieter los. »Du steckst doch mit dene unter einer Decken! Wahrscheinlich haste selber den alten Steinlein in die Grotten nuntergstürzt! Du Mörder!«

Johannes blieb völlig ruhig. Er schüttelte nur mit dem Kopf und bedachte Dieter mit einem verächtlichen Lächeln, was den noch mehr zum Toben brachte. Angermüller, der verhindern wollte, dass er auf Johannes losging, hielt Dieter fest wie in einem Schraubstock und redete auf ihn ein. Vereinzeltes Murren wurde unter den Umstehenden laut, Unmutsäußerungen gegen Johannes, einige verteidigten ihn, in die Menge kam eine bedrohliche Bewegung, wie Wellen die gegeneinander brandeten. Da rammte Dieter völlig überraschend einen Ellbogen in Angermüllers Magen, dass der sich krümmte, riss sich mit einem Ruck los und stürzte sich auf Johannes. Auf dieses Signal schienen einige nur gewartet zu haben. Die Frauen unter den Schaulustigen, auch Angermüllers Mutter und Schwester waren darunter, schrien auf und zogen sich schleunigst aus dem Kreis der Kampfhähne zurück, und dann schlug und trat es von allen Seiten, und es fiel schwer, zwischen Freund und Feind zu unterscheiden. Angermüller, der diesem Kessel nur so schnell wie möglich entkommen wollte und sich rein defensiv verhielt, bekam trotzdem einige feste Hiebe und Tritte ab.

»Seid ihr eigentlich völlig übergeschnappt? Da brennt's bei einem eurer Nachbarn, und ihr habt nichts anderes zu tun, als euch die Dösköppe einzuschlagen?«

Ein baumlanger Kerl in einer ledernen Motorradmontur

griff einfach in das Gewühle der sich Prügelnden, zog scheinbar ohne Kraftanstrengung Einzelne heraus und schob sie beiseite. Offensichtlich wurde ihm auch ein gewisser Respekt entgegengebracht, denn niemand wagte sich gegen ihn zu wehren, und die Schlägerei fand rasch ein Ende.

»Das wurde auch Zeit!«

Johannes wischte sich mit dem Taschentuch Blut aus dem Gesicht. Jemand hatte ihn an der Nase getroffen.

»Der rettende Engel in der Lederkluft, das war der Henning, unser Pfarrer. Trotzdem ein ganz patenter Kerl, der ist auch bei unserer Sache dabei. Kommt übrigens irgendwo aus deiner neuen Heimat.«

»Jedenfalls kam er genau im richtigen Moment. Auf eine Schlägerei war ich eigentlich nicht eingestellt.«

Ein Krankenwagen und weitere Feuerwehren waren eingetroffen und aus mittlerweile sechs Rohren stürzte das Wasser in die Flammen. Wasserdampf mischte sich mit Rauch, mächtige Wolken stiegen über der Brandstelle auf und entzogen sich im dunklen Nachthimmel den Blicken der Umstehenden. Überall hatte sich ein unangenehm beißender Brandgeruch ausgebreitet, doch langsam loderte das Feuer weniger hoch. Einige Feuerwehrleute schienen sich darauf vorzubereiten, in das Gebäude einzudringen. Sie trugen spezielle Schutzkleidung, legten Atemschutzmasken an und waren mit Spitzhacken ausgerüstet. Angermüller suchte in der Menge nach seiner Mutter, der bestimmt seine Verwicklung in die Schlägerei nicht entgangen war und die sich nicht unnötig Sorgen machen sollte.

»Georg! Was machst'n du wieder für e Zeuch! In deim Alter!«

»Mamma! Ich hab eigentlich gar nichts gemacht. Ich stand zufällig daneben und bin da irgendwie reingeraten.«

»Nu ja …«

Das klang nicht sehr überzeugt.

»Soll ich euch nach Hause begleiten?«

»Des is doch noch gar net vorbei hier!«, widersprach Marga.

»Die Welt wird immer verrückter, ich sach's ja! Heut morchn der Steinleins Bernhard und jetzet brennt's im Dorf – naa!«

Kopfschüttelnd blickte seine Mutter zu der rauchenden Scheune und ging auf sein Angebot nicht ein.

»Na gut, dann sag ich euch Ade! Ich bin wieder beim Johannes.«

Seine Mutter und Marga brauchten ihn nicht – auch gut. Er fand den Freund etwas entfernt von der Ansammlung Schaulustiger vor dem nächsten Hof auf der anderen Straßenseite. Tom war bei ihm, sichtlich blass und nervös.

»Tom ist jetzt so weit. Er will mit der Polizei sprechen.«

»Wo sind die andern?«

»Die wollen erst mal sehen, wie das bei ihm so läuft.«

»Das finde ich völlig falsch! Die sollten gleich alle zusammen dahin gehen, das macht einen viel glaubwürdigeren Eindruck!«

»Hab ich ihnen auch gesagt, aber sie wollen es so! O. K., bringen wir's hinter uns. Wir treffen uns anschließend wieder hier.«

Johannes machte um die Traube der Schaulustigen einen Bogen und schob Tom vor sich her, dorthin, wo zwei Streifenwagen standen. Angermüller sah, wie Johannes mit einem der uniformierten Beamten redete. Dann gingen sie zu dritt weg und er konnte sie nicht mehr sehen. Angermüller stand noch einen Moment herum und begab sich dann zu der kleinen Stichstraße, die zwischen zwei Grundstücken hinaus ins freie Feld führte. Ein kleiner Weg lief dort an der Rückseite der Höfe entlang. Auch hier hatte man eine Absperrung geschaffen, und nur einige wenige Schaulustige standen auf der Höhe von Motschmanns Anwesen und sahen den Rettungskräften bei der Arbeit zu.

Mit geöffneten Türen wartete auf der angrenzenden Wiese ein Krankenwagen, und davor bemühten sich ein Arzt und zwei Sanitäter um eine Person, die auf einer Trage lag. Aus der Entfernung und bei den sehr diffusen Lichtverhältnissen konnte Angermüller nicht genau erkennen, um wen es sich handelte. Als er die Umstehenden danach fragte, bekam er die Auskunft, dass es der Motschmanns Erwin war, der da behandelt wurde.

Von hier aus gesehen schien der vordere Teil des Gebäudes ziemlich unversehrt. Angermüller mutmaßte, dass das Feuer vom hinteren Ende der Scheune seinen Ausgang genommen hatte, wo es von der Straße her nicht einsehbar war. Wenn es sich wirklich so zugetragen hatte, wie die jungen Umweltaktivisten angegeben hatten, dann war das Ganze entweder ein gar wunderlicher Zufall, oder aber jemand hatte die Gelegenheit genutzt, den Jungs praktischerweise den Scheunenbrand gleich mit in die Schuhe zu schieben. Eine exakt arbeitende Kriminaltechnik würde sicherlich herausfinden, wie und wo der Brand zustande gekommen war.

Als Angermüller wieder unten auf der Dorfstraße ankam, schaute er suchend nach Johannes, konnte ihn aber am vereinbarten Treffpunkt nicht finden. Also ging er in Richtung der Polizeiwagen, hinter denen sein Freund verschwunden war, und stöhnte innerlich auf, als ihn plötzlich eine wohlbekannte Stimme ansprach.

»Mir hätt ja schon richtig was gfehlt, wenn du mir heut nimmer über den Weg gelaufen wärst, Angermüller!«

Über seinem Anzug trug Rolf Bohnsack einen riesigen grünen Polizeianorak, der ihn noch breiter aussehen ließ. Hinter der leutseligen Anrede verbarg sich nervöse Gereiztheit.

»Das war bestimmt keine Absicht. Ich hätte auch nicht gedacht, dass ich dich heut noch mal treffen würde.«

»Unser Leiter vom K1 hat Urlaub und ich bin sein Stellvertreter. Da muss man halt ins Feld, egal was kommt«, sagte Bohnsack ziemlich wichtig und kraulte zufrieden sein über den Hemdkragen quellendes Kinn. Auf einmal blickte er neugierig in Angermüllers Gesicht.

»Was hast du da denn gemacht?«, fragte er und deutete auf sein rechtes Auge.

Angermüller fasste an die bezeichnete Stelle über der Braue. Sie schmerzte und fühlte sich dick an.

»Da hab ich mich irgendwo gestoßen.«

»Ah so«, auf Bohnsacks Gesicht erschien so etwas wie ein Grinsen. »Warst also auch bei der kleinen Schlägerei vorhin dabei? Machst du Abenteuerurlaub, Angermüller?«

Georg hatte für ihn nur ein müdes Achselzucken.

»Ich verabschied mich jetzt – ein Freund wartet auf mich. Adc.«

»So, so. Ein Freund wartet auf dich«, stellte der Coburger Kriminalhauptkommissar fest.

»Wenn das zufällig der Johannes Sturm ist – den nehmen wir jetzt erst mal mit auf die Dienststelle.«

5

Obschon fast alle Gäste die 70 weit überschritten hatten, herrschte auch nach dem fünfgängigen Galadinner um diese späte Stunde noch eine prächtige Stimmung im Victoria & Albert-Salon. Paola hätte zufrieden sein können, der Durst der englischen Reisegruppe schien kein Ende nehmen zu wollen. Die munteren Senioren orderten ein Bier nach dem anderen und vor allem viele der Damen verlangte es nach Scotch oder Brandy. Auch die Kutscherstube war voll besetzt. Da die erst kürzlich eingestellte Tresenkraft plötzlich erkrankt war, stand Paola selbst hinter dem Tresen, zapfte Bier, goss Schnaps ein, bereitete Espressi. Die Feuersirene hatte man natürlich auch in Steinleins Landgasthof gehört und einige der Gäste waren nach draußen geeilt und hatten sich unter die Schaulustigen gemischt. Der Anblick der Flammen hatte ihnen scheinbar Durst gemacht, denn nach einer Weile kehrten sie zurück, dazu auch einige Dorfbewohner, und beredeten die Ereignisse des Abends bei dem einen oder anderen Bier.

Nach allem, was heute passiert war, lagen Paolas Nerven blank, und sie wäre am liebsten weit weg gewesen. Nichts mehr hören und sehen, nicht mehr nachgrübeln über das Geschehen dieses Morgens, nicht an Beerdigung, Leichenschmaus, Testamentseröffnung denken. Doch da sie ohnehin nicht die Wahl hatte, siegte wie immer ihre eiserne Disziplin. Bea hatte ihr Hilfe bei all den Dingen angeboten, die jetzt geregelt werden mussten. Ausgerechnet Bea. Sie brauchte Bea nicht, sie kriegte das auch allein hin, hatte bereits einen Bestatter informiert, der sofort aktiv werden sollte, wenn die Leiche freigegeben wurde, und der Leichenschmaus musste natürlich hier im Hotel stattfinden. Sie würde Vaters Lieblingsgerichte auftischen lassen: eine kräftige Suppe mit Markklößchen und Eierstich, einen Schweinsbraten mit gemengten Klößen und Kraut und zum Nachtisch Mohrenköpfe mit Vanilleeis und Sahne. Eine Liste der Leute, die Traueranzeigen erhalten sollten, hatte sie auch schon angefangen aufzuschreiben und einen Entwurf für eine Zeitungsanzeige vorbereitet. Sobald der Termin für die Beerdigung feststand, konnte alles in Druck gehen.

Paola funktionierte so präzise wie ein Uhrwerk. Nach dem Joggen machte sie wie jeden Abend ihre Runde, um die Gäste nach ihrem Befinden zu fragen und ihnen einen Guten Abend zu wünschen. Die englischen Touristen unterhielt sie in perfektem Englisch mit Anekdoten über Victoria und Albert und schenkte ihnen ihr freundlichstes Lächeln. Dabei sehnte sie sich nach nichts mehr als Ruhe und Alleinsein. Vielleicht nicht ganz allein.

Als sie am Nachmittag um Georgs Besuch gebeten hatte, war ihr nicht klar, was sie damit auslösen würde. Sie war verzweifelt in diesem Moment, suchte Hilfe und sie erinnerte sich noch so gut an seine ruhige, verständnisvolle Art. Als er ihr dann gegenüberstand, war die Vergangenheit mit einem Mal wieder lebendig geworden. Bestimmt war Georg damals nicht der am besten aussehende Junge in Niederengbach, aber er hatte Witz und Charme, und mit Sicherheit war er der ehrlichste und treueste Freund, den sie je hatte.

Gedankenverloren polierte sie einen Kognacschwenker und hielt ihn gegen das Licht. Die Tür öffnete sich, doch sie konnte nicht sehen, wer gekommen war, da gerade eine Gruppe Gäste dabei war, das Lokal zu verlassen. Als dann die Sicht frei geworden war, zuckte sie zusammen und ließ fast das Glas fallen. Diese Begegnung jetzt und hier fehlte ihr gerade noch – als ob sie nicht schon genug Sorgen hatte!

Als Angermüller von Bohnsack erfahren hatte, dass man beabsichtigte, Johannes und Tom mit auf die Kriminalpolizeiinspektion nach Coburg zu nehmen, hatte er erfolgreich darauf bestanden, noch einmal mit dem Freund sprechen zu können. Natürlich machte er sich Sorgen und ärgerte sich, Johannes nicht nach seinem Besuch bei Steinlein gefragt zu haben. Am liebsten wäre er selbst mitgefahren, doch da Johannes daran gar nicht zu denken schien und Angermüller keine Lust auf eine Auseinandersetzung mit Bohnsack hatte, zu der es bestimmt gekommen wäre, machte er in diese Richtung gar keinen Vorstoß. Ohnehin verstand er die Intention der Coburger Kollegen, die ihnen verdächtig erscheinenden Personen durch ein Verhör in der Dienststelle beeindrucken und gesprächig machen zu wollen – wahrscheinlich hätte er in ihrer Situation auch nicht anders gehandelt. Johannes war in der Region als aktiver Gentechnikgegner bekannt, es bestand offensichtlich eine Verbindung zwischen ihm und Toms Truppe, und es war klar, dass die Beamten diesem Zusammenhang nachgehen mussten.

Johannes hatte ihn gebeten, noch einmal bei Rosi vorbeizuschauen, was er ohnehin vorgehabt hatte. Er traf Rosi in ihrer Küche, wo sie mit Florian und Linus zusammensaß. Die Jungen waren natürlich auch zum Unglücksort geeilt, aber schon früher zurückgekehrt und hatten Rosi berichtet, was passiert war. Sie sah erschöpft aus. Vor ihr stand eine Tasse Melissentee, von der sie ab und zu in kleinen Schlucken trank.

»Schönen Gruß von Johannes. Es wird wohl spät werden. Er ist mit den Kollegen von der Kripo nach Coburg gefahren, um ein paar Dinge zu klären«, sagte Angermüller, als ob das ein völlig normaler Vorgang wäre.

Florian legte seinen Arm um Rosis Schultern.

»Wir gehen dann mal, Mamma. Du hast ja jetzt Gesellschaft und wir müssen morgen früh raus – ist das O. K.?«

»Aber natürlich. Dank euch, ihr zwei. Gut Nacht!« Rosi gab Florian einen Kuss auf die Wange und drückte Linus dankbar die Hand.

»Die waren unheimlich lieb und besorgt, die Jungs! Haben Tee gekocht und mir gut zugeredet«, sagte Rosi mit einem kleinen Lächeln, als die beiden die Tür hinter sich geschlossen hatten. »Sie werden mir fehlen! Das Semester fängt an. Florian fährt am Sonntag wieder nach München und Linus' Praktikum ist jetzt auch zu Ende. Wir wollten morgen Abend eigentlich ein kleines Abschiedsfest für die beiden veranstalten. Deshalb soll morgen das Hofcafé geschlossen bleiben«, sie seufzte. »Was die Leute denken, ist mir egal. Mir ist nur momentan so gar nicht nach Feiern zumute. Aber vielleicht sollten wir das Fest trotzdem machen. Das Leben geht weiter und die Jungs haben es sich verdient.«

»Das würd ich auch machen. Es wird dir bestimmt guttun«, ermunterte sie Angermüller.

»Sag mal«, fragte Rosi zögernd. »Die beiden haben mir von einer Schlägerei erzählt, in die mein Mann verwickelt war?«

Sie schüttelte verärgert den Kopf, und erst jetzt sah sie die Verletzung über Georgs Auge.

»Ach! Warst du etwa auch dabei, Schorsch?«

»Ganz ehrlich, Rosi: Da konnte Johannes wirklich nichts dafür! Der Dieter hatte wieder mal reichlich gezecht, hat deinen Mann bös beschimpft und ist plötzlich auf ihn losgegangen, und dann haben sich andere eingemischt, und ich hab nur versucht, da irgendwie rauszukommen, und dabei hat mich einer mit der Faust am Auge erwischt.«

»Ich kann mir schon vorstellen, dass der Johannes wieder nicht seine Klappe halten konnte.«

»Hätt ich auch nicht können an seiner Stelle.«

»Na ja.«

Rosi mochte zwar Georgs Rechtfertigung nicht so ganz akzeptieren, doch sie wollte auch nicht mehr darüber diskutieren.

»Setz dich doch, Schorsch! Magst was trinken?«

»Ich hol mir ein Glas Wasser, danke!«

Angermüller nahm auf der Bank ihr gegenüber Platz und Rosis Ärger wich ihrer Besorgnis.

»Was will die Polizei von Johannes, Schorsch? Hast du eine Ahnung? Ist das wegen der Typen von der Umweltgruppe? Was glaubst du? Der Mord an meinem Vater, der Brand bei Motschmann – ob das alles irgendwie zusammenhängt?«

Das waren ziemlich viele Fragen auf einmal und auf manche hätte auch Angermüller gern eine Antwort gewusst.

»Wo fange ich an? Also, du hast ja schon vermutet, dass der Johannes Kontakte zu diesen jungen Umweltaktivisten hat.«

Rosi nickte resignierend, und Angermüller fiel ein, dass er Johannes hatte fragen wollen, ob er sich heut Abend am Schwanensee mit Tom getroffen hatte. Wegen des Brandes und der folgenden Aufregung hatte er das völlig vergessen.

»Damit hattest du recht, Rosi«, bestätigte er und fuhr schnell fort, bevor sie etwas dazu sagen konnte: »Soweit ich das beurteilen kann, haben diese Jungs aber nichts mit dem Feuer in Motschmanns Scheune zu tun – auch wenn auf den ersten Blick alles dafür spricht! Die haben unten am Tor von seinem Hof eine Strohpuppe angezündet und eine Parole auf den Boden gemalt und versucht, den Motschmann herauszuklingeln, um ihm einen Schrecken einzujagen – aber da kam keiner, obwohl im Haus das Licht brannte.« Angermüller sah Rosi nachdenklich an. »Irgendjemand hat da blitzschnell reagiert und die Gelegenheit genutzt, den Verdacht auf die Gentechnikgegner zu lenken.«

Er leerte sein Wasserglas in einem Zug.

»Das ist natürlich alles reine Spekulation, aber wenn ich mich frage, wer ein Interesse hat, die Gentechnikgegner madig zu machen, dann können das nur die sein, die sich einen Gewinn versprechen, wenn sie mit den Camposano-Leuten zusammenarbeiten. Und der Motschmann ist einer von denen, der würde denen liebend gern sein Land verkaufen.«

»Was willst du damit sagen?«

»Ich weiß, das klingt verrückt. Aber ich habe da so ein Gefühl, dass der Motschmann selbst das war, der gezündelt hat, und dann ist ihm die Sache entglitten.«

»Glaubst du wirklich? Das klingt aber ziemlich abenteuerlich!«

»Stimmt schon. Aber ich denke, die Kollegen von der Kriminaltechnik in Coburg werden bestimmt schnell herausfinden, wie die Scheune in Brand geraten ist. Den alten Motschmann haben sie wohl ins Krankenhaus gebracht. Ich hab die Leute gefragt, die dort herumstanden, die sagten, die Feuerwehr hätte ihn am Hinterausgang der Scheune mit Brandverletzungen gefunden, was durchaus nicht gegen meine Annahme spricht.«

»Irgendwie finde ich das trotzdem eigenartig. Der Brand und der Mord an meinem Vater an einem Tag. Vielleicht stecken ja doch die gleichen Leute dahinter.«

»Kann ich mir nicht vorstellen – jedenfalls nicht die Jungs mit ihrer Strohpuppe. Schon gar nicht, wenn's stimmt, dass der Motschmann selbst der Brandstifter ist.«

»Und wieso musste Johannes jetzt auf die Polizei?«

»Wir haben die jungen Leute überzeugt, dass es am besten ist, wenn sie freiwillig eine Aussage machen über ihre Strohpuppenaktion, und Johannes wollte sie dabei unterstützen.«

»Ach Johannes! Warum nur glaubt er, dass er sich immer

um alles und jeden kümmern muss? An die Schwierigkeiten, die er sich damit aufhalst, denkt er nie«, brach es aus Rosi heraus. Leiser fügte sie hinzu: »Und an die Sorgen, die ich mir seinetwegen mache, denkt er schon gar nicht.«

Die Freundin tat Angermüller leid. Was auch immer für ein Mensch der alte Steinlein gewesen sein mochte – Rosi hatte heute Morgen ihren Vater verloren und brauchte allein deshalb Trost und Zuspruch. Johannes war schon immer jemand, der etwas riskierte, wenn es um eine Sache ging, die er als wichtig und richtig erkannt hatte, und der sich um sein eigenes Wohl dann wenig scherte. Wahrscheinlich konnte er sich auch gar nicht vorstellen, dass Rosi sich seinetwegen Sorgen machte, furchtlos und grenzenlos optimistisch wie er war.

Inzwischen glaubte Georg Angermüller zu wissen, warum es für Rosi so wichtig war, den Tod ihres Vaters aufzuklären und, welchen Verdacht sie hegte. Angesichts ihrer Verfassung verzichtete er darauf, sie jetzt danach zu fragen. Außerdem wollte er sich erst einmal selbst Klarheit verschaffen und jeden noch so leisen Zweifel ausgeräumt haben.

Um sie abzulenken, interessierte er sich für die Pläne, die sie mit dem Hofcafé verwirklichen wollte, und erkundigte sich noch einmal eingehend nach den Kindern, die er beim Abendessen kurz gesehen hatte. Dabei fiel Rosi ein, dass sie noch Kartoffeln aufsetzen wollte, denn zum morgigen Fest gehörte natürlich eine große Schüssel ihres hausgemachten Kartoffelsalats.

Angermüller half mit, die Kartoffeln zu waschen, und erzählte dabei von seinem Leben im Norden, von der Ostsee, vom Fisch und landete natürlich bei der holsteinischen Küche.

»Ich kann ja für morgen Abend auch etwas beisteuern – sofern ich eingeladen werde.«

Rosi knuffte ihn in die Seite.

»Mensch, Schorsch! Du gehörst doch zur Familie!«

Angermüllers Ablenkungsversuche hatten gewirkt und Rosi schien ihre Sorgen zumindest für den Moment vergessen zu haben. Nun machte sich Müdigkeit bei ihr bemerkbar und sie fing an zu gähnen.

»Entschuldige, Rosi! Ich laber hier rum und halt dich auf und du willst schon lange schlafen gehen!«, Angermüller erhob sich. »Dann mach ich mich mal auf den Weg. Ich denke, der Johannes wird auch bald kommen.«

»Danke, Schorsch!«

»Wofür?«

»Dass du da warst.«

Sie umarmten sich.

»Meine Handynummer hast du ja, wenn irgendwas ist – ruf an! Nacht Rosi.«

Als Angermüller auf seinem Weg nach Hause war, herrschte in Niederengbach wieder Ruhe. Kurz nach Mitternacht war in den meisten Häusern das Licht gelöscht und die Bewohner lagen nach einem ereignisreichen Tag endlich im Schlaf. Nur ein paar Löcher im Dach von Motschmanns Scheune, schwarze Rußzungen, die die zerstörten Fenster umrahmten, und die auf dem Hof verbliebenen Feuerwehrmänner, die dort Brandwache hielten, zeugten von den Aufregungen des Abends, und in der Luft lag immer noch ein intensiver Brandgeruch.

Er war auf der Höhe von Steinleins Landgasthof, als die Stille plötzlich von einem laut röhrenden Motor unterbrochen wurde und in einer Geschwindigkeit, die weit über der in geschlossenen Ortschaften zulässigen lag, ein silberfarbener Sportwagen aus der Hoteleinfahrt schoss und so nah an ihm vorbeirauschte, dass er vor Schreck zur Seite sprang und sich den Fuß an einem Mäuerchen stieß, welches das Grundstück umfasste. Er fluchte leise, rieb sich die schmerzende Stelle am Knöchel und warf dabei einen Blick in die Hoteleinfahrt. Der Parkplatz rechts daneben war mit einer ganzen Reihe Autos belegt – das Hotel schien recht gut ausgelastet zu sein.

In der Mitte des Hofes, da wo die Treppe zum Haupteingang führte und eigentlich gar kein Parkplatz war, stand ein Wagen mit abgeblendeten Scheinwerfern. Soweit Angermüller im Licht der Laternen erkennen konnte, handelte es sich um ein wild bemaltes Gefährt, wie man es vor bestimmten Diskotheken oder Sportstudios gehäuft antraf. Bis hier unten am Tor war das Wummern der Bassboxen durch die geschlossenen Scheiben des Wagens zu hören. Er rätselte noch, was den Fahrer in das gediegene Ambiente von Steinleins Landgasthof verschlagen haben könnte, da wurde die Eingangstür über der Treppe von innen aufgerissen und eine Frau in einem engen, sehr kurzen Kleid stolperte heraus. Sie drehte sich auf dem Absatz um, stürzte zurück zur geöffneten Tür und lehnte sich dagegen, damit sie offen blieb. Dabei beschimpfte sie die Person, die offensichtlich von drinnen versuchte, die Tür zu schließen. Angermüller konnte nur wenig von ihrem Gekeife verstehen – ein paar Bruchstücke wie »Geld, Vertrag, Ärger« – und meinte schließlich, die Umrisse Paolas in der Tür zu erkennen. Mit einem Mal wurde das Dröhnen aus den Boxen lauter und der Fahrertür des schwarzen Vehikels mit dem rotgelben Flammendekor entstieg ein hünenhafter Kerl.

»Alles in Ordnung, Irina?«, rief er in Richtung Treppe. Inzwischen war sich Angermüller sicher, dass Paola diejenige war, mit der die junge Frau den Disput hatte. Er verließ den Schatten der Mauer.

»Hallo Frau Steinlein, hier bin ich! Es ist doch etwas später geworden, entschuldigen Sie bitte!«

Raschen Schrittes lief er zur Eingangstreppe, sprang die Stufen hoch und meinte, im Rücken die Blicke des überraschten Musikfans zu spüren. Auch Irina war völlig überrumpelt und gab es auf, gegen die Tür zu drücken.

»Ich komme wieder! Ich hol mir mein Geld, das kannst du mir glauben!«, fauchte sie böse. Sie drehte sich so abrupt um, dass ihre blonde Lockenpracht Angermüllers Gesicht streifte, und warf ihm einen verächtlichen Blick zu. Mit ihrem rosa Handtäschchen schob sie ihn wütend zur Seite und stöckelte in gefährlich hochhackigen Schuhen erstaunlich schnell die Stufen hinunter. Sie rief ihrem Freund etwas zu in einer Sprache, die Angermüller nicht verstand. Dann knallten laut die Autotüren und mit quietschenden Reifen jagte der Wagen vom Hof.

»Georg! Das ist ja eine Überraschung!«

»Hallo Paola! Ich hoffe, das war O. K., dass ich mich eingemischt habe?«

»Aber natürlich! Ich wäre zwar mit dem Mädel auch allein fertig geworden, aber so ging es vermutlich schneller. Komm doch bitte rein!«

»Es ist schon spät. Ich war eigentlich auf dem Weg nach Hause.«

»Ist schon recht! Ich hab immer spät Feierabend, und ich glaube, heute werd ich sowieso nicht so schnell Ruhe finden. Jetzt komm erst mal rein, wir stehen hier ja wie auf dem Präsentierteller.«

Paola zog ihn in die Tür und warf einen Blick zu den Fenstern der Hotelzimmer, wo in einigen während des ungewohnten Lärms auf dem Hof das Licht eingeschaltet worden war. »Hoffentlich kommen wenigstens meine Gäste jetzt zu ihrer wohlverdienten Ruhe!«

Erst als sie die Tür abgeschlossen und sich im Licht der Eingangshalle zu ihm umgedreht hatte, sah sie Georgs Auge, das sich zu einem echten Veilchen entwickelte.

»Georg! Was ist mit deinem Auge passiert?«

Er erzählte ihr kurz von den Geschehnissen des Abends,

in die er zum Teil unfreiwillig verwickelt worden war. Über den Brand bei Motschmann wusste Paola bestens Bescheid, denn unter Mitarbeitern und Gästen hatte es den ganzen Abend kein anderes Thema mehr gegeben.

»Es tut aber nicht weh!«, versicherte Georg, als er Paolas mitleidigen Blick sah. Glücklicherweise schmerzte die Stelle am Auge wirklich kaum, und es sah schlimmer aus, als es war. Paola lächelte, strich sanft mit zwei Fingern darüber und pustete, so wie man es bei kleinen Kindern tat, um sie zu trösten.

»Ist bald wieder gut.«

Sie gingen an der Rezeption und Paolas kleinem Büro vorbei und standen schließlich in einem sparsam, dafür aber edel und teuer möblierten Wohnzimmer, das auf Georg vor allem einen recht unpersönlichen Eindruck machte. Paola streifte ihre Schuhe ab.

»Ich bin nicht oft hier, meist nur zum Schlafen. Zwei Zimmer, Küche, Bad – das ist mein ganzes Zuhause.« Es klang fast entschuldigend. »Aber mit der Wohnung ist das genau wie mit einem Mann: Ich bin mit dem Hotel verheiratet und brauch sie eigentlich nicht.«

Sie schwiegen einen Moment, Paolas letzter Satz hing im Raum und Georg fühlte sich plötzlich irgendwie unsicher. Er wollte etwas sagen und Paola im gleichen Moment ebenfalls. Sie lachten.

»Darauf trinken wir einen! Wie wär's mit einem Brandy? Setz dich doch!«

Georg nahm auf der weißen Ledercouch Platz. Paola legte eine CD ein. Gianna Nannini. Dann kam sie mit zwei Gläsern, kauerte sich wie früher zu seinen Füßen auf den dicken Teppich, und sie stießen miteinander an. Der Brandy war sehr aromatisch und von einer angenehmen Schärfe. Die ganze Szene hatte für Georg etwas von einem Déjà-vu, und so war es für ihn nur selbstverständlich, dass sie sich anschließend küssten. Dabei war er eigentlich nur Paolas Einladung gefolgt, weil er etwas über Irina und die Auseinandersetzung mit ihr erfahren wollte. Als Paola sich wieder abwandte und er ihren Nacken, in dem sich kleine schwarze Löckchen kringelten, vor sich sah, strich er zärtlich mit zwei Fingern darüber. Einen Moment saßen sie so und es war wie früher.

»Hast du was rausgefunden, Georg?«

Paolas leise Frage brachte Angermüller wieder zurück in die Gegenwart und der Zauber des Augenblicks war verflogen. Er zog seine Hand zurück.

»Ich hab dir gesagt, dass du nicht so viel erwarten darfst.«

»Natürlich, weiß ich doch.«

»Die Polizei hat Johannes mitgenommen.«

»Oh«, sagte Paola überrascht. »Sie haben ihn verhaftet?«

»Das ganz bestimmt nicht. Ich denke, sie werden ihn vernehmen. Zu dem Brand und den Aktionen der Gentechnikaktivisten. Ich kann mir beim besten Willen nicht vorstellen, dass Johannes etwas mit dem Tod deines Vaters zu tun hat«, versuchte Angermüller sich selbst zu beruhigen. Paola schwieg. Ihr Gespräch stockte einen Moment, dann begannen beide wieder gleichzeitig zu reden. Sie lachten und Georg ließ Paola den Vortritt.

»Du bist heute Nachmittag Bea begegnet, sie hat mir erzählt, wie überrascht du warst!«

»Ja, das stimmt. Ich hab sie ja wirklich 20 Jahre nicht gesehen, aber fast sofort wiedererkannt!«

»Sie hat dich sofort wiedererkannt!«

»So war es wohl. Es scheint ihr gut zu gehen, jedenfalls sah sie so aus …«

»Bea würde nie zugeben, wenn es ihr schlecht geht. Als sie zurückkam, dachte sie, sie könnte sich mit Papa versöhnen, die alte Geschichte mit ihrer Mutter vergessen. Er ist ein alter kranker Mann, sagte sie und hat ihm stolz ihren Sohn präsentiert.«

»Sie hat einen Sohn?«

»Ja. Mahi heißt er, wird jetzt 19 und fängt an zu studieren. Ein kluger Bursche und sehr hübsch. Sein Vater ist Hawaiianer.«

»Und hat euer Vater sich gefreut?«

»Georg, was glaubst du? Einen seiner Anfälle hat er gekriegt, so wie ich's dir erzählt hab. Sein Kopf wurde dunkelrot, er keuchte nur noch – ich dachte, er stirbt vor Wut! Es war schrecklich!«, Paola schüttelte sich in der Erinnerung an die Szene. »Bea ist dann mit Mahi sofort wieder gegangen, und Papa hat mir später aufgeschrieben, dass sie Hausverbot hat mitsamt ihrem ›Kinesenbalg‹. Ich glaube, das hat Bea sehr getroffen, aber natürlich hat sie sich nichts anmerken lassen, obwohl ich denke, sie hatte auch auf finanzielle Unterstützung gehofft, denn im Grunde besaß sie nichts, als sie hier ankam.«

»Das muss hart gewesen sein für sie.«

»Das war es ganz bestimmt. Aber Bea ist so stolz! Sie ist auch nicht zu mir gekommen wegen Hilfe. Ich denke, auch wenn sie immer so friedfertig tut, als ob sie nicht einmal das Wort kennt: Wenn sie es vorher noch nicht tat, dann hat sie danach unseren Vater richtig gehasst!«

Wieder schwiegen sie einen Moment. Dann fiel Angermüller der Grund seines Hierseins ein: »Sag mal, die junge Frau vorhin, das war doch die Pflegerin deines Vaters, von der du mir erzählt hast. Was wollte sie denn?«

»Geld, was sonst. Sie behauptet, außer dem Gehalt, was ich ihr zahlte, hätte mein Vater ihr noch eine zusätzliche Summe zugesagt. Davon weiß ich aber nichts.«

»Warum war sie heute Morgen eigentlich nicht bei deinem Vater?«

»Sie hatte ihren freien Tag.«

Angermüller überlegte.

»Mord aus Leidenschaft oder aus Habgier – in den meisten Fällen sind das ja die Motive. Wenn ihr Freund sehr eifersüchtig ist. Andererseits«, er sah Paola an, die sich mit angezogenen Beinen ihm gegenüber gesetzt hatte. »Andererseits schlachtet man nicht die Kuh, die man melken kann, und wenn der alte Mann von der Frau wirklich so fasziniert war, hätte sie wahrscheinlich noch so manches aus ihm rausholen können«, Angermüller spann seinen Gedanken fort. »Es sei denn, es ginge um sein Testament. Ein Erbe, das wäre natürlich ein ganz dicker Batzen ohne irgendeine Verpflichtung, wie ein Hauptgewinn in der Lotterie. Und gerade alte Männer verlieren in gewissen Situationen gern mal den Verstand. Weißt du denn, ob dein Vater in letzter Zeit mit einem Anwalt oder Notar Kontakt hatte?«

Paola zuckte mit den Schultern.

»Nicht, dass ich wüsste.«

»Aber er hätte doch so einen Termin auch allein beziehungsweise zusammen mit dieser ihm so selbstlos zugeneigten jungen Frau machen können.«

Paola sah ihn erstaunt an.

»Ich denke, die Kanzlei, mit der wir sonst immer zusammenarbeiten, hätte mich darüber informiert.«

»Er kann ja woanders hingegangen sein. Ich kann mir denken, dass Irina ihn dabei sehr gern unterstützt hätte, oder?«

»Das kann natürlich stimmen«, meinte Paola zögernd.

»Ich denke, ich sollte mich morgen mit der jungen Dame mal unterhalten. Du kannst mir doch bestimmt sagen, wie und wo ich sie erreiche?«

»Sicher, sicher«, Paola wirkte zerstreut.

»Sag, Paola: Was ist mit dem Testament?«

Sie winkte ab und fasste nach seiner Hand. Angermüller, der sich ganz auf seine Überlegungen zu dem Verbrechen an ihrem Vater konzentriert hatte, sah erst jetzt, wie blass sie war.

»Ich möchte jetzt nicht mehr darüber reden. Nicht heute.« Sie sah ihn ernst an, ihre Stimme war sehr leise. »Verstehst du das, Giorgio?«

»Natürlich, Paola! Entschuldige bitte, ich vergesse immer, wie frisch das alles für dich ist. Aber wenn ich mich einmal in einem Fall festgebissen habe – Berufskrankheit, weißt du.«

Angermüller ärgerte sich über sein taktloses Vorpreschen und es tat ihm furchtbar leid. Paola brauchte ihn jetzt, das spürte er, aber seinen Trost und Zuspruch und sicherlich keine polizeiliche Vernehmung.

»Aber ich freu mich doch, dass du das für mich tust! Nur für heute, lass gut sein«, sie stand auf. »Ich glaube, ich könnte für meine Nerven noch einen Brandy gebrauchen, du auch?«

Georg nickte.

»Und dann mach ich mich aber auf.«

»Du kannst gern noch bleiben.«

Paola kam mit den gefüllten Gläsern zurück und setzte sich neben ihn.

»Salute!«

Sie tranken, und dann sah Paola ihn an, und wie schon beim ersten Mal bewegten sie sich aufeinander zu, ohne eigenes Zutun, wie Georg schien. Und auf einmal rückte die Gegenwart in weite Ferne – der Mord, der Brand, Irina, Johannes …

Natürlich knarrte die Treppe mitleidlos laut, als er gegen halb drei auf Zehenspitzen zu seiner Kammer hochstieg. Schon beim ersten Schritt schob sich der Kopf seiner Mutter aus ihrer Schlafzimmertür.

»Saache mal, wo kommst denn du jetzt her?«

Es klang empört. Zwar flüsterte sie, trotzdem gab sie sich keineswegs Mühe, besonders leise zu sein. Da Angermüller kein Licht gemacht hatte, entging ihr wenigstens sein blaues Auge.

»Ich war noch unterwegs – bei Paola, bei den Sturms – schlaf weiter, Mamma, alles in Ordnung! Gut Nacht!«

»Dei Frau hat angerufen.«

»Astrid? Was wollte sie denn?«

»Des hat se net gsacht. Du sollst dich bei ihr melden, weil se dich net auf deim Handy erreicht hat.«

»Gut, kümmer ich mich drum. Alsdann: Gut Nacht!«

»Morchn früh gemma erschtemal aufn Friedhof. Nacht!«

Energisch wurde die Tür zugezogen.

In seiner Kammer öffnete Angermüller das Fenster und legte sich aufs Bett. Das Haus lag am Ortsrand und vom Brandgeruch war hier nichts mehr auszumachen, es roch nach Herbstlaub und den nebelfeuchten Wiesen am Fluss. Er zog sein Handy aus der Tasche und stellte fest, dass es ausgeschaltet war. Mist! Das passierte leider manchmal, dass sich das Gerät in der Hosentasche von allein abschaltete. Wäre das nicht geschehen, dann wäre vielleicht anderes auch nicht geschehen … Angermüller, alter Hornochs, lass die fadenscheinigen Entschuldigungen! Du wusstest doch, was du tust, und auch, dass es nicht richtig war …

Vier Nachrichten waren auf seiner Mobilbox hinterlassen worden.

»Hallo Georg! Rufst du bitte zurück! Bin zu Hause!«

Dann Astrids Stimme ein zweites Mal: »Ich bin's noch mal! Deine Mutter hat erzählt, es gab einen Mord und einen Brand in Niederengbach – denk dran, du bist im Urlaub, mein Schatz! Melde dich bitte, ja?«

Astrids letzter Anruf stammte von 0.55 Uhr.

»Also, ich wollte eigentlich persönlich mit dir sprechen, aber du scheinst ja schwer beschäftigt zu sein! Also, Judith soll noch bis Dienstag oder Mittwoch im Krankenhaus bleiben. Mit anderen Worten: Wir kommen nun doch nicht mehr zu Omas Geburtstagsfeier. Julia ist heute schon überglücklich mit Maren nach Fehmarn gefahren und ich«, es folgte eine kleine Pause. »Also ich segle morgen in aller Frühe mit Martin nach Kühlungsborn, vielleicht übernachten wir da. Und ich wollte dir nur noch mal sagen«, ihre Stimme klang ein wenig verlegen. »Also, dass du dir darüber keinen Kopp machen sollst – weil du nicht hier bist und so. Du weißt schon, was ich meine, unser Gespräch vor einigen Wochen, von den Dingen, die ganz anders sind, als sie scheinen. Gute Nacht, mein Schatz, schlaf schön! Und schöne Zeit noch! Wir rufen am Sonntag zu Omas Geburtstag auf jeden Fall an!«

Die letzte Nachricht stammte von Johannes und war vor einer halben Stunde eingegangen. Er war nach Hause gebracht worden, sollte sich aber für die Coburger Kollegen zur Verfügung halten. Johannes wollte sich gleich morgens wieder bei Georg melden.

Angermüller ging ins Bad. Als er sich beim Zähneputzen im Spiegel sah, musste er an das denken, was er Paola über alte Männer, die in gewissen Situationen den Verstand verlieren, gesagt hatte. Seit er Astrids letzten Anruf abgehört hatte, fühlte er sich ziemlich mies. Er legte sich ins Bett, löschte das Licht und versuchte einzuschlafen. Lang würde die Nacht nicht sein, so wie er seine Mutter kannte. Doch er fand keine Ruhe. Seine Gedanken kreisten um Astrid, um Martin. Er hatte sich immer noch nicht daran gewöhnen können, dass Martin offensichtlich Carola als beste Freundin abgelöst hatte und zu Astrids bestem Freund geworden war, mit der Folge, dass er sich bei Astrid und Georg wie zu Hause fühlte, häufig einfach so auftauchte und am Familienleben teilnahm. Die Hoffnung, Martin würde sich wieder mit seiner eigenen Frau zusammentun, schien sich vorerst ja auch nicht zu erfüllen, und so würde er weiter mit diesem Menschen leben müssen. Wer weiß, schoss es ihm durch den Kopf, ohne Martin hätte er sich vielleicht Paola gegenüber auch anders verhalten.

Was für ein Quatsch, sagte er sich dann. Er war ehrlich genug zuzugeben, dass das nicht die Wahrheit war. Er ganz allein war für sein Handeln verantwortlich, und mit dieser unbequemen Erkenntnis schlief Georg Angermüller schließlich ein.

6

Wieder verbarg undurchdringlicher Hochnebel die Sonne, und es war ziemlich kühl, als Georg am frühen Samstagmorgen mit seiner Mutter unterwegs zum Friedhof war. Die Zeit während des Frühstücks hatte sie genutzt, um sein mittlerweile ziemlich auffälliges, blauviolett verfärbtes Auge zu kommentieren und natürlich hatte sie seinen Unschuldsbeteuerungen keinen rechten Glauben geschenkt. Ein mitfühlendes Wort oder eine Erkundigung, ob es denn wehtue, lag ihr fern. Ihre größte Sorge waren die Leute. Die würden bestimmt reden, wenn ihr Sohn ausgerechnet an ihrem Geburtstag mit so einem verunstalteten Gesicht auftrat.

An jedem Samstag machte sie sich auf, um nach den Gräbern der Familie zu schauen, zu gießen, Unkraut zu zupfen. Und wenn Angermüller seine Heimat besuchte, war es für sie eine Selbstverständlichkeit, dass er sie bei diesem Gang begleitete, was er auch gern tat, in der Hoffnung, es freue sie. Er hatte vorgeschlagen, den Wagen zu nehmen, denn der kleine Friedhof befand sich in Oberengbach, dem Nachbardorf, das sich im Norden malerisch den Berg hinaufzog. Die Entfernung betrug fast zwei Kilometer, der Weg war zum Schluss recht steil, und außerdem schleppte seine Mutter noch eine Gießkanne, eine kleine Schaufel und einen Rechen mit. Doch sie legte diesen Weg immer zu Fuß zurück und wollte auch heute dabei bleiben. Vielleicht war das ihre Art, sich fit zu halten, dachte Georg und nahm ihr wenigstens das Tragen der Gerätschaften ab.

Seine Mutter sprach nicht viel. Aber als sie am Motschmannschen Grundstück vorüberkamen, blieb sie stehen und begutachtete noch einmal in aller Ruhe den Schauplatz des Scheunenbrandes.

»Der Motschmanns Erwin, des is aa so e Lumpenhund, der wo net genuch kriechn ko.«

»Wieso, Mamma?«

»Nu ja, der will seine Felder ja aa an die Firma mit dera Gentechnik verkaafn, un wer weiß, wer den sei Scheunen agezünd hat ...«

»Das hab ich mich auch schon gefragt ...«

»Des is doch sowieso a alts Gehötsch gwesn, wo nix wie Gerümpel drin gstandn is, und bstimmt war des aa gut versichert«, sagte sie voller Überzeugung.

»Da hab ich ja noch gar nicht dran gedacht! Mensch, das ist ein echt guter Hinweis, Mamma!«

»Des is doch klar wie Klößbrüh!«

Seine Mutter wusste, wie die Welt funktionierte – zumindest in Niederengbach, und das mit der Versicherung war wirklich eine interessante Überlegung.

Um halb neun schon hatte Johannes angerufen und berichtet, dass man Tom doch in Gewahrsam behalten habe, wegen dringenden Verdachts der Tatbeteiligung an schwerer Brandstiftung und Körperverletzung. Aber man hatte Johannes zugesichert, dass das Labor auf Hochtouren arbeite, um der Brandursache auf den Grund zu gehen, und außerdem in Aussicht gestellt, dass sich alles leichter lösen ließe, würde sich der Rest der jungen Leute aus Toms Truppe freiwillig bei der Polizei melden. Johannes wollte zu den Jungs Kontakt aufnehmen und ihnen die Lage ihres Freundes schildern, damit sie sich vielleicht einen Ruck gaben und nun doch zur Polizei gingen. Die Beamten hatten auch nach dem alten Steinlein gefragt, denn natürlich schlossen sie einen Zusammenhang zwischen beiden Taten nicht aus. Tom und Johannes mussten ihre Alibis für den Zeitpunkt des Mordes angeben, und man war dabei, sie genauestens zu überprüfen.

Das schmiedeeiserne Türchen neben der bescheidenen Kapelle fiel quietschend hinter ihnen ins Schloss, als sie den von Birken umstandenen Friedhof betraten. Seine Mutter wies ihn leise an, die Gießkanne am Wasserhahn beim Eingang zu füllen, und ging weiter ans linke Ende, wo das Angermüllersche Grab lag. Als Georg mit der Gießkanne dort hinkam, häuften sich schon ausgerissenes Unkraut und trockene Blätter auf dem Rasen, der die Gräber hier umgab, und die Mutter war dabei, die Erde zwischen den noch blühenden Astern ordentlich zu harken. Es war wohl ihre Art, den Verstorbenen ihre Wertschätzung zu zeigen, und Georg vermutete, dass sie es auch gern tat und nicht nur wegen des Geredes der Leute. Seine Mutter hatte ihr Werk vollendet, kam ein wenig mühsam wieder auf die Füße und verharrte einen Augenblick stumm und mit geneigtem Kopf vor dem Grab des Vaters. Georg konnte nicht ausmachen, ob dies eine kurze Andacht oder eine Begutachtung der getanen Arbeit sein sollte – wahrscheinlich war es eine Mischung aus beidem. Noch zweimal musste Georg die Gießkanne füllen, bis seine Mutter meinte, jetzt sei genug gegossen. Wie immer gingen sie auch noch zum Grab ihrer Eltern, dessen Pflege der jüngeren Schwester seiner Mutter oblag und wo sie nur das eine oder andere Blättchen absammelte. Das Friedhofstürchen war noch zwei-, dreimal ins Schloss gefallen, und auch an anderen Gräbern machten Besucher Gartenarbeit, oder aber standen einfach nur still da.

Georg stutzte. Eine große Gestalt, von herabhängenden Birkenzweigen halb verdeckt, hatte seine Aufmerksamkeit auf sich gezogen. Ihr türkisblauer Schal, der auch den Kopf bedeckte, leuchtete durch das Grau des Herbstmorgens.

»Bin gleich wieder da«, bedeutete er leise seiner Mutter.

»Hab ich doch richtig gesehen. Guten Morgen, Bea!«

»Morgen, Schorschi! Was machst du denn hier?«, Bea

dämpfte ihre Stimme nicht, wie hier auf dem Friedhof üblich. »Ja sag mal, hast du eine aufs Auge gekriegt?«

Sie sah wieder sehr exotisch aus, aber durchaus elegant, in einem langen Rock mit blauem Blumenmuster, dessen Farbe perfekt zu dem schleierartigen Schal passte, den sie wie einen Sari über dem Rock trug. An ihren Ohren baumelten zwei Türkise, in filigranes Silber gefasst.

»Mein Auge? Ach, das war ein Unfall, halb so schlimm.«

Das Ärgerlichste war, dass jeder sein blaues Auge sehen und ihn danach fragen konnte.

»Ich bin mit meiner Mutter hier. Sie kommt jeden Samstag her, und wenn ich schon mal da bin … Ich denke, sie freut sich, wenn ich mitkomm, auch wenn sie's nicht zeigt. Und du?«

Ein leicht spöttisches Lächeln erschien auf Beas Gesicht und, es klang fast entschuldigend, als sie sagte: »Diese Friedhöfe sind ja eigentlich meine Sache nicht. Ich fand sie schon immer irgendwie spießig. Die Seelen der Menschen leben sowieso an ganz anderen Orten, irgendwo in dieser oder einer anderen Welt«, ihr Blick verlor sich in der Ferne. »Aber meine Mutter hab ich bisher nirgendwo wiedergefunden, deshalb komm ich manchmal doch noch hierher.«

»Du warst noch sehr jung beim Tod deiner Mutter, nicht wahr?«

»Ich war ein kleines Mädchen von drei Jahren.«

»Ich war vier, als mein Vater starb.«

»Meine Mutter ist nicht gestorben. Sie hat sich umgebracht – wegen ihm.«

Beas Stimme klang hart, und Angermüller fiel ein, dass der Tod ihrer Mutter immer mit einem Geheimnis umgeben war und dass man im Ort zwar gern darüber spekulierte, aber nichts Genaues wusste. Er war ein paar Jahre jünger als Bea und hatte als Kind nur manchmal Andeutungen zu dieser Geschichte von den Erwachsenen gehört.

»Grüß Gott, Bea! Dich hab ich ja lang nimmer gsehn!«

Angermüllers Mutter war zu den beiden herübergekommen.

»Mein Beileid! E schlimme Sach is des mit deim Vater!«

»Hallo Frau Angermüller! Danke. Das ist halt der Lauf der Welt.«

»Nu ja, aber so! Des wünscht ma ja net seim ärchsten Feind!«

Bea lächelte nur und zuckte mit den Schultern.

»Nuja«, meinte die alte Frau noch einmal, als sie merkte, dass Bea offensichtlich nicht darüber reden wollte. »Ich geh dann emal. Tschüssle, Bea! Georg, ich setz mich da draußen auf die Bank, ich muss mich e bissle ausruhen.«

Bea wartete, bis Georgs Mutter außer Hörweite war.

»Ich helfe zwar meinen Schwestern bei allem, was jetzt zu regeln und zu tun ist, aber ich werde auf keinen Fall zur Beerdigung kommen. Das ertrag ich nicht, wenn alle nur schöne Worte über den lieben Verstorbenen verlieren. Glaub mir, ich bin heilfroh, wenn Gras über die Sache und den Alten gewachsen ist.«

»Tja, es war nicht einfach mit euerm Vater und ihr hattet wohl alle Probleme mit ihm.«

»Probleme?«, Bea lachte, doch es klang überhaupt nicht fröhlich. »Als ich zurückkam, dachte ich, vielleicht ist er ja gar nicht so schlimm, wie ich ihn in Erinnerung habe. Es war viel Zeit vergangen und Menschen lernen ja auch dazu. Ich habe mich sogar bemüht, das mit meiner Mutter zu vergessen. Aber er war nur böse, hat mich rausgeschmissen, beleidigt«, sie zuckte mit den Schultern. »Er hatte sich überhaupt nicht verändert, er war genau der gleiche Unmensch wie früher!«

»Was war damals eigentlich genau mit deiner Mutter? Oder magst du nicht darüber reden?«

»Doch schon, aber nicht jetzt! Ich würde dir auch gern von meinem wunderbaren Sohn erzählen! Aber ich muss los, Georg, um halb elf kommen meine Frauen zum Kurs! Schau doch später mal vorbei – ich bin den ganzen Tag zu Hause! Du hast ja meine Karte.«

Sie umarmte ihn kurz, warf ihren bunten Beutel über die Schulter und ging schnellen Schrittes in Richtung Ausgang – eine stolze Frau, hoch aufgerichtet, der ein türkisfarbener Schleier nachwehte.

Auch Angermüller verließ den kleinen Friedhof. Inzwischen hatte sich der Hochnebel verzogen, und er setzte sich neben seine Mutter auf die Bank, die draußen am Hang unter einem Nussbaum stand.

»Gell, hier is doch immer wieder schö!«

Das kam völlig unvermittelt.

»Ja, das stimmt.«

Er streichelte ihre Hand und sie zog sie nicht gleich zurück wie sonst. Eine ganze Weile saßen sie stumm nebeneinander und genossen den Blick ins Tal. In der Ferne standen die letzten Ausläufer des Thüringer Waldes wie ein dunkler Saum am Horizont. Die Vierecke der Felder bildeten davor einen bunten Teppich aus gedämpften Braun- und Grüntönen, unterbrochen nur vom leuchtenden Grün des Winterroggens. Der Laubwald, der den Lauf der Itz säumte, erinnerte in seinen warmen Farben an einen Trockenblumenstrauß. Es war ganz windstill. Niederengbach lag friedlich und träge in der Sonne und aus ein paar Schornsteinen stieg kerzengerade der Rauch in den blassblauen Himmel.

Seine Mutter hatte recht: Es war hier wirklich schön. Ob er allerdings hier wieder würde leben wollen? Die Landschaft war nicht alles und das scheinbar so idyllische Landleben in einer kleinen, abgeschlossenen Gemeinschaft wie

Niederengbach hatte auch seine Nachteile. Man saß sehr nah aufeinander, und da gab es nicht nur Nachbarschaft und Solidarität, sondern ebenso viel Kontrolle und Unfreiheit. Natürlich würde Johannes ihm sagen, die brauchen dich ja nicht kümmern, die Leut', doch Georg Angermüller kannte sich selbst gut genug, um zu wissen, dass er sich nicht einfach darüber hinwegsetzen konnte, auch wenn das Gerede noch so dumm war.

Sofort fiel ihm seine Schwiegermutter Johanna ein, die einer alten Lübecker Kaufmannsfamilie entstammte und nie verwunden hatte, dass ihre Tochter einen Mann geheiratet hatte, dessen Karriere wohl beim Kriminalhauptkommissar enden würde, der leicht übergewichtig und dazu noch Oberfranke war. Nie würde er ihre vorbehaltlose Anerkennung finden und wider besseres Wissen fühlte er sich von ihren dummen Sticheleien immer wieder getroffen. Doch Lübeck war nicht Niederengbach. Man konnte sich aus dem Weg gehen. Er seufzte. Man konnte an die Ostsee fahren, am Strand sitzen, sich den Wind um die Nase wehen lassen, den Wellen zusehen und den Wolken, die so schnell über den Himmel trieben, und dann Weite und Freiheit empfinden und all diesen Kleinkram hinter sich lassen – und von der Idylle in einem malerischen Dorf am Fuß der Rosenau träumen. Warum war das so? Warum wollte man immer dort sein, wo man gerade nicht war?

»Der is scho olber, der Mensch! Gell, Mamma?«

»Ja«, stimmte seine Mutter ohne Nachfrage zu und nickte zur Bekräftigung.

Lebhafter Verkehr herrschte auf der Straße, die mal Coburger, mal Neustadter hieß, in beiden Richtungen. Die Leute waren unterwegs nach Coburg zum Wochenendeinkauf und in die Gegenrichtung, wo sich auf freiem Feld außerhalb der Orte ein Gewerbegebiet ans andere reihte, mit Fachgroßmärkten, Möbel- und Autohäusern und kleinen Dienstleistungsunternehmen. Angermüller konzentrierte sich auf die Straße und warf nur einen kurzen Blick nach links auf das altbekannte Panorama, wo sich oberhalb des Wiesengrundes der Itz der dicht bewaldete Bausenberg hinzog, über dem majestätisch die Veste Coburg thronte.

Wie schon des Öfteren an diesem Morgen musste er an Astrid denken. Ein paar Mal hatte er versucht, sie zu erreichen, nervös am Telefon darauf gewartet, dass sie sich meldete, aber zu Hause lief nur der Anrufbeantworter und ihr Handy hatte sie wohl ausgeschaltet. Was wollte er ihr eigentlich sagen? Alles in Ordnung, mach dir keine Sorgen? Wozu? Die machte sie sich wahrscheinlich ohnehin nicht. Sie hatte hoffentlich einen schönen Segeltag auf der Ostsee voller Wind und Sonne – mit Martin. Der Gedanke an Martin führte ihn wieder zu Paola. Wie sollte er ihr begegnen nach der letzten Nacht? Was erwartete sie von ihm? Wenn er gekonnt hätte, dann hätte er jetzt die Uhr zurückgedreht und alles ungeschehen gemacht. Er fühlte sich Paola verpflichtet, wollte sie nicht enttäuschen, doch genauso wenig wollte er Astrid Kummer machen. Und dann war da noch sein Versprechen, das er Paola und Rosi gegeben hatte, dabei zu helfen, den zu finden, der ihren Vater auf dem Gewissen hatte. Deshalb musste er auch bald zu Paola, die ihm die Adresse dieser jungen Frau geben sollte. Du bist schon ein echter Blödel, schalt Angermüller sich selbst, hattest du nicht vor, im schönen Frankenland ein paar entspannte Urlaubstage zu verbringen?

Marga und seine Mutter bemerkten nichts von seinem inneren Hadern. Die beiden beratschlagten die ganze Zeit, welche Geschäfte sie aufsuchen würden, um nach einem passenden Kleid zu schauen, und waren offensichtlich recht unterschiedlicher Meinung. Zu der Fahrt in die Stadt hatte Georg seine Mutter wieder überreden müssen.

»Was soll ichn da?«, war ihr standardmäßig gebrauchtes Gegenargument, und es hatte einer Menge Charme bedurft, sie davon zu überzeugen, dass Marga sie unbedingt als Beraterin in Sachen Mode benötigte. Auf die Weise hoffte Angermüller, dieser Aufgabe zu entkommen. Ob Marga die Lösung auch begrüßte, wusste er nicht, sie hatte zumindest nicht protestiert. Als sie die nördliche Stadtgrenze passiert hatten und er rechts das alte Kasernengebäude erblickte, das renoviert und terrakottafarben verputzt adrett auf einem Hügel stand, kam ihm plötzlich eine Idee. Er ließ die beiden Frauen am Beginn der Fußgängerzone aussteigen – um eins wollten sie sich vor einem Modegeschäft im Steinweg wieder treffen –, wendete und fuhr zurück zur Neustadter Straße.

Durch ein schweres Holzportal betrat er die Halle der Kriminalpolizeiinspektion Coburg. Linkerhand von ihm befand sich ein Empfangsbüro, hinter dessen Scheiben zwei uniformierte Beamte saßen. Es dauerte einen Moment, dann ertönte ein Summer und er wurde eingelassen.

»Grüß Gott! Mein Name ist Angermüller, Kriminalhauptkommissar Georg Angermüller. Ich würde gern mal mit Frau Kommissar Zapf sprechen, wenn sie heute im Hause ist.«

Er fummelte seinen Ausweis und seinen Dienstausweis, den er nur versehentlich mit auf die Reise genommen hatte, aus der Hosentasche und legte die Papiere auf den Tresen.

»Ich bin ein Kollege aus Lübeck.«

»Lübeck? Aha.«

Das klang nicht sehr beeindruckt. Auch nicht unbedingt so, als ob die Herkunft aus Lübeck hier als Empfehlung gelten würde. Jedenfalls musterte der ältere der beiden Polizisten ihn und seine Papiere deshalb nicht weniger argwöhnisch. Er fragte sich, ob es nicht vielleicht doch falsch war, hier einfach so frech reinzumarschieren. Besonders Angermüllers blaues Auge fesselte die Aufmerksamkeit des Beamten. Wahrscheinlich unterstrich der Anblick nicht gerade seine Seriosität. Der andere Uniformierte, ein junger Mann von vielleicht 30 Jahren, kam langsam zum Tresen geschlendert, starrte unverblümt in Angermüllers lädiertes Gesicht und sah dann interessiert auf seine Papiere.

»Sie sind ja in Niederengbach geboren. Und Sie wohnen in Lübeck? Wie ist des denn da droben bei den Nordlichtern?«

Wenn ihm das die Türen öffnen würde, war Angermüller bereit, auch darüber Auskunft zu geben.

»Ich kann mich nicht beklagen. Ich bin gern dort.«

»Ich war da mal in Urlaub«, der junge Kollege grübelte. »Mensch, wie hieß denn das noch? Da war ein Campingplatz und da war auch so ein Steilufer in der Nähe.«

Der Name wollte ihm partout nicht einfallen. Er bedeutete seinem Kollegen, dass er sich um den Besucher kümmern würde, was der gleichmütig hinnahm.

»Und was hams an Ihrem Auge gemacht? Wirtshausschlägerei?«

»Das war ein Unfall.«

»So?«

Der junge Mann grinste und glaubte ihm kein Wort, was aber offensichtlich kein Problem für ihn war.

»Ich ruf dann mal bei der Kollegin an. Was wollen Sie denn von ihr?«

»Sagen Sie ihr nur meinen Namen und Niederengbach, dann weiß sie Bescheid.«

Zumindest hoffte Angermüller das. Vor allem hoffte er, dass Sabine Zapf und nicht Rolf Bohnsack am Telefon sein würde.

»Grömitz!«, rief der junge Mann plötzlich, während er schon abwartend den Hörer ans Ohr hielt. »Ich war in Grömitz! War schon schön da, nur das Wetter … Ja!

Servus, Frau Zapf! Hier ist der Luther von der Pforte. Horch emal, wir ham hier einen Kommissar Angermüller aus Lübeck, geboren in Niederengbach. Der verlangt nach deim Typ!«

Er horchte aufmerksam in den Hörer.

»Mmh. O. K. Ich schick ihn rauf.«

Der Blick, den der ältere Kollege, der sich hinter Papieren an seinem Schreibtisch verschanzt hatte, Angermüller zuwarf, sagte deutlich, dass er nicht einverstanden war, während der jüngere jetzt gern mit ihm über seine Urlaubserinnerungen plaudern wollte.

»Also, wie gesagt, Grömitz war des! Kennen Sie des?«, fragte er aufgeräumt.

»Natürlich! Das ist ja nicht weit von Lübeck.«

»Wie gesagt, des war schön da, aber von 14 Tagen hatten wir bestimmt zehn Tage Regen! Und was die ja gar net können da oben is des Bier!«

»Beim Wetter kann man halt leider auch mal Pech haben, das ist in unseren Breiten nun mal so«, gab Angermüller pflichtschuldig seinen Kommentar.

»Aber des Bier da droben – na!«, der Coburger Beamte schüttelte voller Abscheu seinen Kopf.

»Ich trink auch lieber unser fränkisches und ich würd gern noch mit Ihnen plaudern«, stimmte Angermüller zu, der voller Ungeduld wegen seines eigentlichen Anliegens war, und sah auf die Uhr. »Aber ich hab noch einige Termine heute. Könnten Sie so freundlich sein und mir sagen, wie ich zur Frau Kommissarin komme?«

Der junge Kollege sprintete leichtfüßig voraus und erzählte dabei unaufhörlich von den Erfahrungen, die er in seinem Urlaub an der Ostsee gemacht hatte. Den Schilderungen nach zu urteilen lag der Norden am anderen Ende der Welt und seine Bewohner waren die reinen Exoten.

Das weitläufige Gebäude war auch innen hervorragend in Schuss und am Samstagvormittag menschenleer. Angermüller war ganz schön aus der Puste, als sie die Treppen zum dritten Stock unter dem Dach hinter sich hatten, und wie meist in solchen Augenblicken dachte er an die Kilos, die scheinbar untrennbar an ihm hafteten, und was er alles tun oder besser lassen müsste, um sie loszuwerden. Doch schon als sie die Glastür zum Treppenhaus hinter sich geschlossen und einen langen Flur betreten hatten, dessen Fenster einen weiten Blick über die Stadt boten, war dieses unangenehme Thema wieder vergessen. Sein Begleiter klopfte kurz gegen eine Tür linker Hand, steckte den Kopf hinein, ließ Angermüller eintreten und verschwand.

»Hallo Kollege! Das ist ja eine Überraschung am heiligen Samstag!«

Sabine Zapf, in Jeans und eine weiße Bluse gekleidet, kam mit ausgestreckter Hand auf ihn zu und schien ehrlich erfreut, ihn zu sehen.

»Guten Morgen, Frau Zapf! Da hab ich ja direkt Glück, dass Sie hier sind!«

»Das glaub ich allerdings auch«, antwortete sie und grinste verschmitzt. »Ich bin der KvD heute. Der Rolf kann sich erst mal ausschlafen, der hat bis in den frühen Morgen hier noch Vernehmungen gehabt, und wo doch unser Chef nicht da ist, trägt er eh die ganze Verantwortung, da muss er sich auch mal erholen. Aber es sind noch ein paar Kollegen aus der SoKo Felsengrotte im Haus, und das Labor macht auch Sonderschicht wegen des Brandes in Niederengbach, da müssen wir dranbleiben. Aber das können Sie sich ja denken …«

Angermüller nickte. Jeder Anfänger bei der Kripo wusste, dass die ersten Stunden nach einer Tat die entscheidenden bei der Aufklärung waren. Sabine Zapf trat näher an ihn heran und begutachtete sein blaues Auge.

»Was ist Ihnen denn passiert? Wirtshausschlägerei?«
Offensichtlich war das hier der übliche Grund für ein
blaues Auge.

»Eigentlich war ich völlig unbeteiligt, nur zur falschen
Zeit am falschen Ort.«

»Das sagen sie alle!«, lachte die Kommissarin. »Und
was führt Sie her, Herr Kollege? Wollen Sie eine Anzeige
machen?«

Er schüttelte den Kopf. Was wollte er hier? Natürlich
wollte er etwas über den Stand der Ermittlungen im Fall
Steinlein erfahren. Genauso interessierte ihn, was die Kollegen über den Scheunenbrand herausgefunden hatten.
Schließlich waren seine Freundinnen und Freunde bei beiden Fällen in irgendeiner Form betroffen. Gleichzeitig
war sich der Lübecker Kommissar seiner heiklen Situation
wohl bewusst. Er galt hier als Privatmann und hatte keinerlei Befugnis zu ermitteln, außerdem sprachen seine Verbindungen zu Johannes und den Steinleinschwestern auch
nicht für ihn. Andererseits war auch er ein Fachmann und
konnte sich selbst mit den geringen Möglichkeiten, die er
hatte, ein Bild von der Sachlage eines Falles machen und
vielleicht Wichtiges zur Lösung beisteuern. Aber selbstverständlich konnte man auch sagen, er sei parteiisch. Die
Situation war nicht einfach.

»Ich wollt mir übrigens grad einen Cappuccino machen,
möchten Sie auch einen?«

»Gerne!«, nickte Angermüller. Sie befanden sich in einer
Art Pausenraum, der ziemlich kahl war und trotz der schrä-
gen Wände nichts richtig Behagliches hatte. Aber es gab eine
echte italienische Kaffeemaschine – zu so einem Luxus hatten sie es in der Bezirkskriminalinspektion Lübeck noch
nicht gebracht. Er entschloss sich, erst einmal offen zu schildern, welches seine Überlegungen zu dem Scheunenbrand
bei Motschmann waren. Er erzählte von Johannes, wie er

die jungen Umweltaktivisten getroffen hatte und wie seine Einschätzung lautete.

»Ich glaube den Jungs, dass sie wirklich nur eine Strohpuppe verbrennen wollten. Wie gesagt, der Motschmann hat ein ureigenes Interesse, die Gentechnikgegner zu Unpersonen zu machen, und dann würde ich auch überprüfen, ob seine Scheune nicht viel zu hoch versichert war«, schloss er seine Ausführungen. »Der Cappuccino ist übrigens ganz wunderbar!«

Er lächelte die Coburger Kollegin an.

Sabine Zapf nickte, kraulte sich das kurze dunkle Haar und musterte ihn dabei eindringlich. Sie schien intensiv nachzudenken.

»Kommen Sie! Ich zeige Ihnen mal die Räumlichkeiten hier«, sagte sie dann und erhob sich. Sie durchquerten einen Sicherheitsbereich, dessen Türen sich nur nach Eingabe eines Codes öffnen ließen, – »Unsere Funkzentrale«, erklärte die Kommissarin über die Schulter –, und kamen dann über das Treppenhaus zu den Labors.

»Hier sind wir beim K3. Kriminaltechnik, Spurensicherung und so weiter. Die Kollegen wollten mir ohnehin was erzählen. Hier entlang bitte!«

Immer wenn Angermüller ein Labor betrat, musste er angesichts der Einrichtung an eine Küche denken und wunderte sich dann, wozu dieser Raum missbraucht wurde. Hier kreierte man keine üppigen Menüs, obwohl auch hier manchmal gekocht wurde. Man mischte Flüssigkeiten, entzündete Materialien, betupfte, begaste, streute Pülverchen auf Fundstücke vom Tatort, bepinselte, machte unsichtbare Spuren sichtbar, wartete auf Reaktionen und war am Ende der Wahrheit vielleicht etwas näher gekommen. Wenn ihm die Kollegen im Labor dann tatsächlich mal einen Kaffee dort anboten, trank Angermüller ihn jedes Mal mit gemischten Gefühlen.

»Grüßt euch, ihr zwei! Ihr habt was Schönes für mich?«,
begrüßte Sabine Zapf die beiden Männer. Der eine, schlak-
sige war höchstens 30, hatte eine schicke Hornbrille und
dunkles Haar und einen sehr schmalen, exakt gestutzten
Kinnbart. Er trug einen blütenweißen Kittel und unter seiner schwarzen Hose lugten elegante, braune Wildlederslip-
per hervor. Sein Kollege schien doppelt so alt zu sein, wirkte
graugesichtig und übernächtigt, was durch sein zotteliges,
graues Haar noch verstärkt wurde. In Jeans und Sweatshirt
hing er müde auf einem Hocker in der Ecke.

»Das ist ein Kollege aus Lübeck, der sich mal ein bisschen bei uns umschauen möchte. Kriminalhauptkommissar
Angermüller«, erklärte die Kommissarin locker, als sie die
fragenden Blicke der beiden sah. Der junge Kriminaltech-
niker ging schwungvoll auf Angermüller zu und begrüßte
ihn, während der Graue in seiner Ecke blieb und nur matt
die Hand hob.

»Dann erzähl mal der Sabine was!«, forderte er lahm seinen Kollegen auf, der sogleich nach der Klarsichthülle griff,
die neben ihm auf der Tischplatte lag.

»Also, die Scheune in Niederengbach gestern, das war
eindeutig Brandstiftung. Als Brandbeschleuniger wurde
eine Flüssigkeit eingesetzt, Brennspiritus nehmen wir an.
Spuren davon fanden sich im hinteren Eingangsbereich
der Scheune. Wir haben auch die Überreste einer Glasfla-
sche gefunden, in der das Zeug wahrscheinlich aufbewahrt
wurde. Dort wo diese Strohpuppe verbrannt worden ist,
gab's davon keine Spuren, was ja nicht so viel heißen muss,
aber …«

Der junge Mann im weißen Kittel machte eine bedeu-
tungsschwere Pause. Der andere auf dem Hocker wurde
ungeduldig.

»Komm Fritz, jetzt sag scho dei Sprüchle! Ich will nur
noch nach Haus! Die drei Stunden Schlaf heut Nacht haben

mir nämlich nicht gereicht. Es wird Zeit, dass ich auf Rente geh!«

Mit einem Seitenblick auf seinen müden Kollegen zog Fritz tadelnd seine Brauen hoch, holte geräuschvoll Luft und fuhr in seinem unterbrochenen Satz fort: »Aber wir haben Spuren dieser Flüssigkeit an der Kleidung des Besitzers gefunden, der mit Brandverletzungen heut Nacht ins Klinikum gekommen ist. Auch seine Verletzungen, hauptsächlich an den Händen und am Haaransatz, deuten auf einen Grillunfall hin.«

»Grillunfall?«, fragte Sabine Zapf irritiert.

»Das haben die Ärzte gesagt. Weißt schon: Wenn der Grill nicht richtig in Fahrt kommt, gießt der Papa einfach ein bisschen Spiritus drauf und – paff – fliegt ihm die ganze Flasche um die Ohren!«, Fritz grinste. »So ähnlich ist es dem Mann mit der Scheune wohl auch gegangen.«

»Ach so!«, lachte die Kommissarin.

»Das Beste ist: Wir haben Glück gehabt und auf einer Scherbe der Spiritusflasche tatsächlich einen verwertbaren Fingerabdruck gefunden. Ich denke, damit könnt ihr arbeiten, oder? Und wir …«, Fritz warf einen Seitenblick auf seinen graugesichtigen Kollegen. »Wir machen jetzt erst mal Feierabend.«

»Ja, das ist gar nicht schlecht fürs Erste. Vielen Dank, Kollegen und ein schönes Wochenende!«

Während er mit der Kommissarin die Treppe hinunter in den zweiten Stock nahm, überlegte Georg Angermüller, wie er möglichst geschickt und nicht allzu auffällig nach dem Stand der Dinge im Fall Steinlein fragen könnte.

»Ist der junge Mann von der Umweltgruppe eigentlich noch in Gewahrsam?«

»Der ist vorhin gerade entlassen worden. Nachdem heute Morgen hier noch die anderen an der Puppenverbrennung Beteiligten aufgetaucht sind und ihre Aussagen gemacht haben, reichten nach meinem Ermessen die Haftgründe nicht mehr aus. Und jetzt noch der Bericht aus dem Labor.« Sie machte eine kleine Pause. »Ich hätt ihn ohnehin nicht in Gewahrsam genommen, aber ich bin hier nicht der Chef.«

»Und was ist mit der Verbindung zum Fall Steinlein?«

Sabine Zapf blieb stehen.

»Puh, Sie machen's einem nicht leicht. Nehmen Sie's nicht persönlich, aber der Fall Steinlein …«

Es war der Kommissarin deutlich anzumerken, dass sie zwischen Sympathie und dienstlicher Pflichterfüllung hin und her gerissen war.

»Ich versteh' das doch! Sie brauchen mir ja gar keine Details zu nennen«, bohrte Angermüller sanft nach. »Ich sage einfach mal, was mir so durch den Kopf geht: Wurde das Geländer erst zum Tatzeitpunkt zerstört und besprüht? Weiß man jetzt die genaue Todesursache? Gibt es außer den Gentechnikgegnern noch andere, denen das Opfer hätte schaden können? Wer hatte mit ihm noch eine Rechnung offen?«

Sie waren im zweiten Stock angekommen und blieben am Fuß der Treppe stehen.

»So, jetzt sind wir in meinem Revier. Hier residiert das K1«, erklärte die Kommissarin. »Ja, Herr Kollege, diese Fragen haben wir natürlich auch gestellt und klar ist bisher nur: Das Opfer wurde bis zur Bewusstlosigkeit gewürgt, gestorben aber ist der alte Mann am Bruch des Genicks bei dem Sturz. Das Geländer war schon in der Nacht von Dienstag auf Mittwoch beschädigt worden und die jungen Gentechnikaktivisten haben mit dem Mord nichts zu tun. Die haben alle hieb- und stichfeste Alibis. An den anderen Geschichten sind wir dran.«

»Was ist mit der jungen Pflegerin und ihrem Freund?«

»Auch die überprüfen wir selbstverständlich, genauso wie

alle anderen Bezugspersonen des Opfers, die Mitarbeiter des Hotels, Nachbarn, Familie. Mehr kann ich Ihnen wirklich nicht dazu sagen. Ich hoffe, Sie verstehen meine Situation«, Sabine Zapf sah ihn an und fragte dann in leicht provokantem Ton: »Was denken Sie denn zum Beispiel über die Töchter, den Schwiegersohn? Eine alte Kriminalerweisheit sagt uns doch, dass wir erst einmal die Häupter aller Lieben eines Mordopfers unter die Lupe nehmen sollten, bevor wir in die Ferne schweifen!«

»Natürlich, das ist doch klar!«, bestätigte Angermüller und wollte eigentlich hinzufügen, dass er diese Möglichkeiten nie ausgeschlossen habe, doch die Kommissarin war noch nicht fertig.

»Ihr Freund, der Johannes Sturm, hat zumindest niemanden, der sein Alibi bestätigen kann.«

Diese Mitteilung überraschte Angermüller und beunruhigte ihn. Natürlich wollte er gern noch mehr Einzelheiten erfahren, doch dazu kam es nicht mehr. Sie waren langsam den Flur entlanggegangen und vor einer geöffneten Bürotür angelangt, die den Blick freigab auf einen geräumigen, hellen Raum, durch dessen große Fenster man eine herrliche Sicht auf die Veste hatte.

»Ich glaub, mich laust der Affe! Angermüller, was machst denn du hier?«

Hinter dem Schreibtisch sprang Rolf Bohnsack wie elektrisiert mit einem Satz aus seinem Sessel und stürzte auf Angermüller zu.

»Ja grüß dich, Rolf! Wieso bist du denn da? Ich dachte, du wolltest dich erst einmal ausschlafen?«, fragte Sabine Zapf gelassen und schaffte es noch, einen Unterton der persönlichen Besorgnis durchklingen zu lassen.

»Du weißt doch, dass ich hier die Vertretung habe, und ich nehm meinen Job eben ernst! Was macht der hier, Sabine?«

Bohnsack sprach um einiges lauter als notwendig. Er war stinksauer. Die Kommissarin blieb weiterhin völlig ungerührt.

»Du hattest den Kollegen Angermüller doch eingeladen und gesagt, er soll bei uns mal vorbeischauen, und das hat er heute gemacht. Also dieser Raum hier ist das Büro von unserem Chef, den der Rolf zurzeit vertritt.«

»Ja Rolf«, pflichtete Angermüller bei. »Sieht wirklich sehr gut aus, eure Dienstsstelle! Ihr seid ja mit allen Schikanen ausgestattet! Man merkt eben, dass die Bayern ein Herz für ihre Polizei haben und – mehr Geld!«

Bohnsack ging zurück zu seinem Schreibtischsessel und ließ sich hineinfallen. Es war ihm anzumerken, dass er sich bemühte, wieder ruhig zu werden.

»Die Besichtigung ist beendet. Wir haben zu arbeiten. Bringst du den Kollegen zum Ausgang, Sabine? Und dann komm bitte wieder hierher – ich hab mit dir was zu bereden!«

Angermüller parkte Margas Wagen an der Post und stieg dann über die Brunnengasse hinauf in den Steinweg, um in Richtung Marktplatz zu gehen. Es ging auf zwölf, und er fand, das war genau die richtige Zeit, um mit Coburger Bratwürsten anzufangen. Bevor er sich verabschiedete, hatte er sich bei Sabine Zapf mehrfach für die Schwierigkeiten entschuldigt, in die sie seinetwegen geraten war. Doch sie hatte lachend abgewehrt und gemeint, das sei alles kein Problem, sie hätte Rolf Bohnsack im Griff, und wenn er wieder mal vorbeischauen wolle, gern.

Je näher er dem Spitaltor kam, desto voller war es auf der Straße, die hier Fußgängerzone war. Vor dem Tor gab es einen netten, kleinen Bauernmarkt, ausschließlich mit Erzeugern aus der Region, manche davon Biobauern, mit Wurstspezialitäten, Brot, Käse, Eiern, Honig, Gemüse und anderem. Auch der Sturms-Hof hatte hier einen Stand. Ein junges Mädchen bot neben Äpfeln, Kürbissen, Küchenkräutern und Eiern den hofeigenen Käse an. Natürlich fiel Angermüller sofort Johannes' nicht bestätigtes Alibi ein. Er musste unbedingt bald mit dem Freund darüber sprechen! Hinter dem Tor, in der Spitalgasse, wurde es richtig voll und man kam nur noch im Schneckentempo voran. Angermüller schaute aufmerksam in die Gesichter der Entgegenkommenden, mit dem Gedanken, vielleicht auf Bekannte aus alten Tagen zu treffen. Doch nur Fremde schoben sich an ihm vorüber, bis ihm dämmerte, dass er nach der falschen Generation Ausschau hielt. Er war Mitte 20, als er nach Lübeck ging und seine Zelte hier abbrach, und genau unter den jungen Menschen dieses Alters suchte er nach seinen alten Freunden.

Wie viele Innenstädte hatte auch Coburg sein Gesicht in den letzten 20 Jahren verändert. Die meisten der alteingesessenen, individuellen Geschäfte existierten nicht mehr, dafür Filialen der großen Ladenketten, wie man sie überall in der Republik fand. Trotzdem hatte man versucht, den Charme des Residenzstädtchens zu bewahren und zumindest die Fassaden erhalten, die in der gut erhaltenen historischen Altstadt von Gotik, Renaissance und Barock bis zum Klassizismus reichten.

Sein Geruchssinn sagte Angermüller, dass er bald sein Ziel erreicht hatte. Ein würziger Duft nach Gebratenem stieg ihm in die Nase, und bald sah er die grauweißen Rauchschwaden aufsteigen, die zum alten Marktplatz gehörten wie Prinzgemahl Albert auf seinem Denkmal und die Tauben, die auf seinem Kopf ihre Notdurft verrichteten. Er stellte sich am Bratwurststand an, wo die Würste im offenen Feuer aus Kiefernzapfen, die man hier Kühle nannte, brutzelten, und als er an der Reihe war, orderte er eine »Bratwurst nicht so sehr durch«. Es zischte vernehmlich, wenn das Fett aus den Würsten in die Glut tropfte, und die Flammen schlugen hoch. Wie eh und je arbeiteten zwei ältere Frauen im Akkord, um den Appetit der Einheimischen und Gäste auf diese nur im Coburger Land erhältliche Köstlichkeit zu stillen. Die heiße Bratwurst, die – wie es sich gehörte – außen schwarze Spuren des Kiefernzapfenfeuers trug, kam in die längs aufgeschnittene halbe Semmel, Angermüller strich ein wenig Senf darüber und biss sofort hinein. Nach so langer Zeit war der kräftige, fast ein wenig bittere, doch gleichzeitig fein aromatische Geschmack der saftigen, grobkörnigen Wurst eine wahre Wonne. Sofort vergaß er all die Dinge, die er sich aufgehalst hatte, und gab sich ganz diesem lange vermissten Geschmackserlebnis hin.

Mit einer neuen Bratwurst in der Hand sah er sich nach einer Sitzgelegenheit um und entdeckte auf einer der Bänke vor dem Stadthaus noch ein freies Plätzchen. Still genoss er dort seine Bratwurst und blickte dabei auf das bunte Treiben des Wochenmarktes, der hier wie eh und je zwischen den Bürgerhäusern, Hofapotheke, dem Rathaus und dem Stadthaus abgehalten wurde. Kunden zogen gemächlich zwischen den Ständen umher, prüften die Angebote, Familien schleppten ihre Einkaufstaschen nach Hause, junge oder alte Leute standen bei einem Schwätzchen zusammen, Kinder fütterten Tauben mit den Resten ihrer Bratwurstsemmeln, und daneben standen Touristen, die aufmerksam ihrem Stadtführer lauschten. Neben Angermüller saß zufrieden lächelnd eine alte Frau, die Hände auf die Griffe ihres Gehwagens gelegt, und beobachte aufmerksam ihre Umgebung.

Über der Szenerie lag ein dunstiger Schleier, durch den sanft die Oktobersonne schien, die neben dem Rathaus auf der anderen Seite des Marktplatzes stand. Die Tische vor den Cafés an beiden Seiten des Marktes waren gut gefüllt, man traf sich zum Wochenende oder rastete zwischen den Einkäufen. Es gab hier keine Spur von Hektik, der einmalig schöne Ort verströmte nichts als gemächliche Beschaulichkeit.

Die alte Frau neben ihm ließ ein kurzes, fröhliches Lachen hören. Angermüller sah, dass sie sich über ein kleines Mädchen amüsierte, das seine Semmel in kleine Stücke gerissen hatte und nun von einem Taubenschwarm umlagert wurde, was ihr gar nicht mehr geheuer zu sein schien. Er musste auch lächeln. Die kindliche Freude der Alten, die bestimmt die 80 schon weit überschritten hatte, so offen und staunend in die Welt schaute, sie erschien ihm typisch für viele der Menschen hier. Sie schienen mit einer gewissen Naivität durchs Leben zu gehen und grundsätzlich erst einmal allem ohne Vorurteile und Arg gegenüberzustehen.

Es gab natürlich auch andere. Die zeichneten sich vor allem durch eine engstirnige Sturheit aus, und schon waren seine Gedanken wieder beim alten Steinlein. Große Erkenntnisse hatte ihm der Besuch bei den Coburger Kollegen nicht gebracht. Nur diese unangenehme Verunsicherung seinerseits. Sollte wirklich mit Johannes' Alibi etwas nicht stimmen? Die Frage der Kommissarin, ob er denn auch seine Freunde als mögliche Täter in Erwägung gezogen hatte, hatte er im Brustton der Überzeugung spontan bejaht. War das wirklich so? Hatte er das ehrlich überprüft und wirklich alle Zweifel ausgeräumt? So ganz zufrieden war er nicht mit der Antwort, die er sich selbst darauf geben konnte.

Angermüller stand auf und verabschiedete sich von seiner Banknachbarin, die ihm freundlich nickend noch einen schönen Tag wünschte. Er ließ sich langsam durch die Menschenmenge in der Spitalgasse treiben und steuerte dann die kleine italienische Eisdiele an, die es in der Stadt schon gab, solange er denken konnte. Der Latte macchiato, den man ihm servierte, hatte die altgewohnte Qualität und er lehnte sich genießerisch auf seinem Stuhl zurück. Gegenüber im Café herrschte ein lebhafter Betrieb, man hockte und stand draußen auf der Treppe, denn alle Tische waren besetzt. Das Publikum bestand aus jungen Leuten und vielen, die sich zumindest so fühlten. Gut gekleidete Frauen, den Tennisschläger neben dem Einkaufskorb, hielten dekorativ ihre Zigarette zwischen den gepflegten Fingern, es wurde mit Handys telefoniert und Männer mit modischen Kurzhaarfrisuren spielten lässig mit ihren Autoschlüsseln. Augenscheinlich kannte man sich, man begrüßte sich mit Küsschen, Küsschen und unterhielt sich über mehrere Tische hinweg.

Ein großer, schlanker Mann, blond, sonnengebräunt, war darunter, der Angermüller irgendwie bekannt vorkam. Er hatte eine Sonnenbrille zurück ins Haar geschoben, ein Pullover lag locker um seine Schultern geschlungen, und während er redete, gestikulierte er lebhaft mit beiden Händen. Auch darin klimperte ein Autoschlüssel. Der Typ sah gut aus, ein wenig unseriös vielleicht, wie ein in die Jahre gekommener Schlagerstar. Augenscheinlich hatte er Lustiges zu erzählen, denn die Truppe um ihn herum brach immer wieder in lautes Gelächter aus.

Ein Blick auf die Uhr sagte Angermüller, dass es Zeit war, sich auf den Weg zum vereinbarten Treffpunkt zu machen, wo Marga und seine Mutter sicher schon auf ihn warteten. Beim Bezahlen wechselte er ein paar Worte mit der netten Chefin, die ihn tatsächlich wiedererkannt hatte. Als er drüben an der Caféterrasse vorbeikam, hörte er ein meckerndes Lachen, und plötzlich wusste er, wer der große Blonde war. Im Schulbus, mit dem sie aus dem Dorf zu den Schulen in die Stadt transportiert wurden, hatte er dieses Lachen jahrelang gehört. Das war unzweifelhaft Ottmar, Ottmar Fink aus Oberengbach, der Sohn vom Landrat. Ottmar kam mit ihm zusammen aufs Gymnasium, wechselte noch auf zwei andere am Ort und landete schließlich in einem Internat bei Würzburg, wo er dann irgendwann auch sein Abitur machte. Sie waren nie enger befreundet, und in den letzten Jahren, bei ihren seltenen Begegnungen, hatten sie sich höchstens mal aus der Ferne zugewunken. Doch wenn man älter wurde, legte sich eine verklärende Patina über die Jugendzeit, und wenn er jetzt die Gelegenheit hatte, dann wollte er auch mal ein paar Worte mit dem alten Schulkollegen wechseln.

»Grüß dich, Ottmar! Kennst mich noch?«

»Mensch, der Angermüller! Lang nimmer gesehen. Wie geht's dir, altes Haus? Machst du Urlaub im schönen Coburg?«

Ottmar hatte ihn sofort erkannt. Er kam ein Stück die Treppe herunter, weit genug, um ihm kräftig auf die Schulter hauen zu können.

»Hey, was is denn mit deinem Auge passiert?«

Neugierig sah ihm Ottmar von seinem erhöhten Standpunkt ins Gesicht.

»Das ist eine lange Geschichte«, murmelte Georg, wohl wissend, dass Ottmar nicht der Typ war, der lange bei einem Thema blieb. Seine Geschichten waren meist ganz amüsant, doch Angermüller hatte ihn schon immer etwas oberflächlich gefunden. Ottmar fragte auch nicht nach. Er maß ihn mit einem Augenzwinkern.

»Und sonst? Bist ein bissle kräftiger geworden, gell?«

Angermüller nickte ergeben. Er war zwar fast genauso groß wie Ottmar, doch die Treppe machte, dass er zu ihm aufschauen musste.

»Meine Mutter hat ihren 70. Geburtstag, und da bin ich für ein paar Tage hier.«

»Wohnst du in Niederengbach?«

»Aber klar, bei meiner Mutter, und vorhin war ich sogar bei euch in Oberengbach!«

»Da wohn ich schon lang nicht mehr.«

»Warum? Ihr hattet doch so ein schönes Haus droben am Berg?«

»Das hab ich schon lange verkauft. Oberengbach ist doch

150

ein Kaff. Bin schon ewig nicht mehr in der Ecke gewesen. Mein Vater ist verstorben und meine alte Dame in Coburg im Pflegeheim, leider etwas wirr im Kopf. Ich hab seit ein paar Jahren hier nur eine kleine Wohnung. Bin halt viel unterwegs, hab in München ein Haus mit Exfrau und Sohn, ein Apartment in Florida, na ja, weißt schon.« Er sah ein wenig traurig drein bei diesen Worten. »Und du? Bist du noch da droben bei den Nordlichtern? Hamburg war das, oder?«

»Nein, Lübeck!«

»Dann eben Lübeck. Ist doch fast dasselbe.«

Angermüller erzählte kurz von Astrid, den Kindern, seinem Job, doch es schien Ottmar schon gar nicht mehr zu interessieren, seine Augen wanderten ruhelos durch die Gegend, als ob er schon den nächsten Gesprächspartner suche. Wahrscheinlich war ihm Angermüllers Leben doch einfach zu fad.

»Und was machst du so beruflich? Hast du nicht auch Jura studiert?«

»Ja, ja, hab ich«, bestätigte Ottmar zerstreut. «Ich mach Vermögensgeschäfte, Immobilien, Beteiligungen, Fonds und so. Bin halt viel unterwegs.«

Er streckte Angermüller die Hand hin.

»Entschuldige, ich muss wieder. Da ist die Petra, die hat noch was gut bei mir. Also: War schön, dich getroffen zu haben. Wir müssen unbedingt mal einen zusammen trinken! Du meldest dich, ja? Versprochen!«

Mit einem eleganten Sprung nahm er die letzten drei Treppenstufen gleichzeitig. Dann drehte er sich noch einmal um.

»Und grüß mir die Paola!«

»Wieso?«, fragte Angermüller irritiert.

»Weil ich eine Schwäche für schöne Frauen hab. Die Paola gibt's doch noch in Niederengbach, oder? Und ihr zwei wart doch mal …«, Ottmar grinste. »Weißt schon! Tschüssle!«

151

Er lief auf eine junge Frau zu, die vielleicht halb so alt wie er war, und mischte sich mit ihr unter die vorbeiströmenden Menschen. Genau das war es, was Angermüller schon früher an Ottmar gestört hatte, dass er sich nie wirklich für einen interessierte und kein ernsthaftes Gespräch mit ihm möglich war. Zum Glück war ihm das heutzutage egal, sonst wäre er jetzt zutiefst gekränkt gewesen. Im Nachhinein war es ihm nur peinlich, dass er so unsicher reagiert hatte, als Ottmar ihm einen Gruß an Paola auftrug.

7

In beruhigender Gleichmäßigkeit rollten die Wellen an den Strand. Meeresrauschen brandete durch den großen Raum im ersten Stock der alten Villa, dann wurde es leiser und leiser, bis es langsam ganz verebbte. Nur noch tiefe, ruhige Atemzüge waren zu hören und dazwischen ein kleines Schnarchen. Sieben Frauen lagen mit geschlossenen Augen auf Futonmatten auf dem hellen Parkettfußboden, hatten Arme und Beine von sich gestreckt und waren völlig entspannt.

Bea sah auf die Uhr. Die Zeit schien heute überhaupt nicht zu vergehen. Noch drei Minuten. Sie dehnten sich zu einer Ewigkeit, und Beas innere Unruhe kribbelte bis in die Fußspitzen, doch manche der Frauen schauten sehr genau auf die Zeit, für die sie bezahlt hatten, und so musste Bea sich noch gedulden.

Endlich konnte sie die CD ›Spirit of the sea‹ aus dem Gerät nehmen. Dann griff sie nach dem Klöppel, der neben ihr bereitlag, und schlug sanft auf den großen Gong an der Wand hinter ihr. Ein angenehm tiefer Ton breitete sich langsam im Raum aus und unter den liegenden Frauen machte sich Bewegung bemerkbar. Sie räkelten sich wohlig, manche gähnten und setzten sich langsam auf.

»Ja, das war's für heute. Ich hoffe, es hat euch gefallen und gutgetan.«

»Danke, Bea! Es war super angenehm wie immer! Die ganze Woche habe ich mich nicht so bei mir selbst gefühlt«, sagte eine korpulente Frau um die 50, während sie sich vom Boden hochrappelte, und eine andere meinte: »Ich hätte noch ewig so liegen bleiben können. Man müsste sich viel öfter mal die Zeit für eine Entspannung gönnen.«

»Mach doch einfach! Du hast ja hier gelernt, wie's geht«,
empfahl ihr Bea.

»Kriegen wir noch einen Tee?«, fragte jemand.

Auch der Tee nach dem Kurs gehörte mittlerweile zum
Service dazu, und so nickte Bea und ging in ihre Küche, um
dem Wunsch nachzukommen. Der Tee, der wunderbar nach
Zimt, Nelken, Kardamom und anderen Gewürzen duftete
und dessen Geschmack von einer leichten Schärfe war, sollte
nach der ayurvedischen Lehre besonders auf den weiblichen
Organismus eine harmonisierende Wirkung haben – jedenfalls schmeckte er ihren Kursteilnehmerinnen bestens. Der
Kurs für Yoga und Entspannung am Samstag war der erste,
den sie nach ihrer Rückkehr nach Deutschland organisiert
hatte, und fast alle Teilnehmerinnen waren von Anfang an
dabei. Während die Frauen sich umkleideten, erinnerte sich
Bea der Zeit ihres Umzuges hierher.

Die fünf Jahre davor hatte sie mit Mahi auf Mauritius
verbracht. Es war eine gute Zeit. Sie arbeitete im Ayurve-
dazentrum eines großen Hotels und konnte mit ihrem Sohn
sorgenfrei davon leben, denn das Leben auf Mauritius war
billig, zumindest wenn man nach europäischen Maßstä-
ben bezahlt wurde wie sie. Als sich Mahis 18. Geburtstag
näherte, ein Ende der Schulzeit absehbar war und er und
sie über seine Zukunft nachdachten, beschlossen sie, nach
Europa zurückzukehren.

Die Insel im Indischen Ozean war zwar wunderschön,
doch bot sie einem vielseitig interessierten jungen Mann
wenig berufliche Chancen, außer im Tourismus, in der Landwirtschaft oder der Textilindustrie, und nichts davon interessierte Mahi wirklich. Auch hatten sie erfahren müssen,
dass die viel gerühmte multikulturelle Gesellschaft auf Mauritius nur nach außen funktionierte. In Wirklichkeit lebten
die verschiedenen Bevölkerungsgruppen wie Inder, Chine-
sen, Kreolen strikt voneinander getrennt, und Bea als Euro-

päerin, Mahi als halber Amerikaner hawaiianischer Abstammung gehörten nirgendwo so richtig dazu.

Als sie dann überlegte, wo in Europa sie sich niederlassen sollten, war es plötzlich gar keine Frage mehr, dass dies in ihrer fränkischen Heimat sein würde. Erst damals wurde Bea klar, wie sehr sie die sanften Berge mit ihren Wäldern, die grünen Täler und ihre Flüsse, die malerischen Dörfer und Städtchen, die Schlösser und Burgen vermisst hatte – und ihre Tante, bei der sie und später auch Paola aufgewachsen waren, bis Rosis Mutter ins Haus kam und der Vater sie wieder zu sich holte. Auch ihre beiden Schwestern oder besser Halbschwestern wollte sie gern wiedersehen und sogar den Alten, von dem Rosi ihr geschrieben hatte, dass er bös vom Schlaganfall gezeichnet war. Was für eine naive Träumerin sie gewesen war! Doch das böse Erwachen war auf dem Fuße gefolgt. Die erste Begegnung mit ihrem Vater nach fast 20 Jahren würde sie ihr Leben lang nicht mehr vergessen.

Beas Anfang in der alten Heimat war eine harte Prüfung. Ihre wenigen Ersparnisse waren in kurzer Zeit aufgebraucht und sie lebte mit Mahi in zwei winzigen Zimmern unterm Dach bei ihrer Tante in Coburg. Nachdem sich ihre Hoffnung auf eine kleine finanzielle Starthilfe zerschlagen hatte, die ihr Vater ihr gewähren sollte – nicht geschenkt, nur als Kredit –, hatte sie sich geschworen, ihre Schwestern nicht mit ihren Existenzproblemen zu behelligen. Von Paola erwartete sie keine Hilfe. Paola war dem Alten ziemlich ähnlich, was Geld und Großzügigkeit anbetraf, und Rosi hatte immer so viel um die Ohren, die mochte sie gar nicht erst fragen. Also war sie unentwegt unterwegs auf der Suche nach Jobs, und ziemlich schnell wurde ihr klar, dass sie mit ihren Fähigkeiten nur selbstständig eine Chance hatte. Und wie es in ihrem Leben schon so oft gewesen war, fügte sich plötzlich alles von selbst: Eine alte Dame aus der Bekanntschaft ihrer Tante suchte eine Haushälterin oder besser, eine

Mischung aus Haushälterin und Gesellschaftsdame. Seit dem Tod ihres Gatten lebte Frau Bätz allein in einer geräumigen Villa in der Festungsstraße direkt am Hofgarten. Eigentlich war ihr das Haus viel zu groß, aber die rüstige 80-Jährige hing daran und wollte erst ausziehen, »wenn ich richtig alt bin«, wie sie immer sagte.

Als Erna Bätz hörte, was Bea vorhatte – Yogakurse, Meditation, Körperarbeit –, war sie begeistert, engagierte sie sofort, ließ die helle, geräumige Wohnung im ersten Stock herrichten, in der auch genug Raum für die Kurse war, die Bea plante, und bot ihr und Mahi mietfreies Wohnen gegen Betreuung und Teilnahme an ihren Kursen. In ihrer Verzweiflung nahm Bea an, durchaus etwas skeptisch, was ihre Verpflichtungen betraf, doch die alte Frau benötigte weit weniger Hilfe als gedacht, es gab eine Putzfrau und einen Gärtner, und so beschränkten sich Beas Dienste auf Einkaufen und Kochen und ab und zu Arztbesuche. Und es war auch nicht so, dass Bea ständig bei der alten Dame sitzen und sie unterhalten musste, nein, Frau Bätz kam manchmal zu ihr, hin und wieder nahm sie an ihren Kursen teil, kannte inzwischen alle Teilnehmerinnen und war äußerst beliebt. Oft aber blieb sie auch für sich und nie hatte Bea bisher das Gefühl einer lästigen Verpflichtung zum Kontakt.

»Wo ist denn unsere Erna heute?«

Die Kursteilnehmerinnen hatten sich in Beas geräumiger Küche um den Tisch versammelt. Bea goss allen von dem duftenden Gewürztee in die blaugrünen Keramikbecher.

»Gestern Abend waren ihre beiden Freundinnen zum Canastaspielen da und es ist wohl wieder hoch hergegangen. Jedenfalls meinte Erna heute Morgen, als ich kurz bei ihr reinschaute, das Frühstück hätte heute Zeit bis Mittag, sie wolle mal richtig ausschlafen.«

»Ich hoffe, ich bin auch noch so gut drauf, wenn ich mal

80 bin!«, seufzte Renate, eine Lehrerin, die in Beas Alter war, und alle anderen stimmten ein.

»Aber deswegen kommt ihr doch zu mir! Dafür werd ich schon sorgen! Wenn ihr konsequent täglich den Sonnengruß übt, bleibt ihr topfit und werdet locker 100!«

Ein allgemeines Stöhnen war die Antwort auf Beas Bemerkung. Der Sonnengruß war eine Yogaübung, die zur Qual werden konnte, wenn Bea sich in den Kopf setzte, jeden noch so kleinen Fehler in Haltung und Bewegung zu korrigieren und alles zigmal wiederholen ließ.

»Sag mal, Bea, ich wollte dich was fragen.« Renate stellte ihren Becher ab. »Ich hab da heute über einen Hotelbesitzer aus Niederengbach in der Zeitung gelesen, der wahrscheinlich ermordet worden ist. Hat das eigentlich was mit deinem Vater zu tun?«

Obwohl ihre Gedanken schon den ganzen Morgen darum kreisten, kam die Frage für Bea nun doch überraschend, und so nickte sie nur leichthin, hoffend, weiteren Nachfragen zu entgehen. Aber natürlich wollten alle sofort wissen, was passiert war. Da Bea nicht sogleich antwortete, erzählte Renate, was sie aus der Zeitung wusste. Die Frauen waren über den gewaltsamen Tod des alten Mannes entsetzt, wünschten Bea Beileid und wollten sie trösten.

Doch Bea wehrte ab. Sie schüttelte den Kopf und zeigte ein schiefes Lächeln.

»Danke, ihr Lieben! Spart euch euer Beileid. Jeder Mensch bekommt, was er verdient, und ich denke, das trifft auch in diesem Fall zu«, sie sprach ruhig und sachlich, ohne jede Emotion. »Mein Vater war ein Mann ohne Herz und Gewissen, wisst ihr, jemand, der viele Menschen unglücklich gemacht hat. Irgendwann musste es so kommen.«

Bea bemerkte die erstaunten Blicke in der Runde.

»Nun schaut doch nicht so betroffen! Es gibt nicht nur

gute Menschen auf unserer Erde. Er hat es wirklich nicht besser verdient.«

»Du bist sonst immer so«, Renate suchte nach dem richtigen Wort. »so positiv. Das bewundere ich so an dir. Ich hätte nie gedacht, dass du auf diese Weise über den Tod eines Menschen reden würdest, über den gewaltsamen Tod eines Menschen! Vor allem, wo es doch um deinen Vater geht.«

Bea hob die Hände in einer hilflosen Geste und seufzte.

»Tut mir leid, dich enttäuschen zu müssen. Er selbst hat diese negativen Energien in Gang gesetzt, und ich werde es niemals schaffen, meine Gefühle ihm gegenüber zu verändern – auch ich bin nicht vollkommen.« Sie sah in die Runde. »Ich hoffe, ich habe jetzt keine Illusionen zerstört.«

Die Frauen blickten sich an, manche schüttelten den Kopf, und Karin, eine gut aussehende Geschäftsfrau Mitte 30, meinte: »Im Gegenteil. Für mich wirst du dadurch einfach normaler. Mir gehen diese absolut selbstlosen Gutmenschen sowieso auf den Keks! Und ich sage euch, gerade die haben bestimmt auch alle ihre Leiche im Keller!«

Einige lachten und jemand sagte: »Typisch Karin wieder! Aber wahrscheinlich stimmt es sogar.«

Nur Renate schien sich mit dieser ernüchternden Erkenntnis nicht zufriedengeben zu wollen.

»Also ich finde aber, man sollte sich zumindest darum bemühen, das Negative in sich selbst zu bekämpfen, meinst du nicht, Bea?«, fragte sie mit strenger Ernsthaftigkeit.

»Natürlich, du hast ja völlig recht. Denk nicht, dass ich mich gut dabei fühle! Es kann einen ja auch krank machen, so negativ zu sein. Ich habe natürlich versucht, dagegen anzugehen, das kannst du mir glauben! Aber da hat wahrscheinlich jeder seine eigenen Grenzen. Irgendwann werde ich euch die Geschichte vielleicht mal erzählen. Für heute musst du erst einmal hinnehmen, dass ich kein übermenschliches Wesen bin.«

»Also ich find das gut«, blieb Karin bei ihrer Meinung. »Ein bisschen böse muss man manchmal einfach sein dürfen, das würzt das Leben. Immer nur lieb ist doch langweilig.«

Die Frauen waren gegangen, Bea hatte die Küche aufgeräumt und wollte sich nun ans Zubereiten der Gerichte machen, die sie zum Buffet für das Fest am Abend beisteuern wollte. Doch es war, als hätte sie jemand aus ihrem Gleichgewicht gestoßen. Normalerweise liebte sie es, zu schnippeln, zu rühren, zu würzen, zu sehen, wie sich einzelne Zutaten unter ihren Händen zu einer köstlichen Speise verbanden. Sie mochte es, die verschiedenen Düfte einzuatmen und den neu geschaffenen Geschmack zu kosten. Aus ihren Aufenthalten an den verschiedensten Ecken der Welt hatte sie eine Menge exotischer Rezepte mitgebracht und sogar schon darüber nachgedacht, Kurse zu geben oder ein Kochbuch zu schreiben.

Heute wollte sich die Faszination, die sonst das Kochen auf sie ausübte, einfach nicht einstellen. Natürlich hatte sie damit gerechnet, dass sie die Leute auf den Tod des Alten ansprechen würden. Bea hatte geglaubt, darauf zu reagieren, das wäre für sie die normalste Sache der Welt. Aber als Renate sie eben danach fragte, kamen Bilder und Gefühle hoch, mit denen sie nicht gerechnet hatte. Sie hatte seinen Tod als einen Endpunkt, eine Befreiung gesehen. Doch jetzt, nachdem dieser Punkt erreicht war, nachdem es schließlich geschehen war, fühlte sie sich seltsam angespannt und verkrampft und gleichzeitig fehlte ihr jegliche Energie.

Bea ging hinüber in den Kursraum, schob eine CD in den Player und legte sich auf eine der Futonmatten. Mit geschlossenen Augen versuchte sie, einen ruhigen, regelmäßigen Atemrhythmus zu finden, und lauschte den exotischen Vogelstimmen, dem Plätschern des Wassers, den Geräuschen eines tropischen Urwaldes, die aus den Boxen drangen.

Doch die Gedanken wollten nicht weichen. Immer wieder sah sie das verzerrte Gesicht des Alten vor sich, triumphierend, unversöhnlich, böse. Und sie sah ihre Mutter, oben auf dem Dachboden, an dem Balken ganz hinten in der Ecke, und das kleine Mädchen, das stumm davorstand. Bea lag auf dem Boden und plötzlich begannen Tränen aus ihren Augen zu fließen. Sie konnte nichts dagegen tun, und so ließ sie es einfach zu. So lag sie eine ganze Zeit und spürte, wie sich langsam ihr Körper entspannte. Das Weinen war fast wie eine Befreiung, eine Reinigung.

Als sie sich wenig später erhob, meinte sie, ihre Mitte wiedergefunden zu haben, und freute sich auf die Arbeit, die sie in der Küche erwartete. Außerdem hatte sie einen Entschluss gefasst: Sie würde sich die tote Hülle des Alten doch noch einmal anzusehen, einfach um sicherzugehen, dass er in Gestalt ihres Vaters niemandem mehr Schaden zufügen konnte.

Pünktlich zum verabredeten Zeitpunkt erreichte Georg Angermüller das Modegeschäft im Steinweg. Von Weitem schon sah er dort seine Mutter stehen, die augenscheinlich ungeduldig auf ihn wartete.

»Da biste ja endlich! Die Marga will unbedingt, dass du a noch emal guckst!«

Als er dann das brombeerfarbene Kostüm mit einem schwarzen Kragen und auffälligen, schwarzen Knöpfen, das Marga ihm vorführte, mit seiner Zustimmung abgesegnet hatte und Marga zufrieden lächelnd ihre Einkaufstüte aus dem Laden trug, fragte er die beiden, wohin er sie denn einladen dürfe.

»Mir ham ke Zeit! Mir müssen noch einkaufen und dann hem. Morchn früh komme doch die Leut zum Gratuliern und da müss mer jetzt alles vorbereiten.«

Wenigstens zu Kaffee und Kuchen konnte er sie überreden, was Marga sehr freute, denn sie kam wirklich selten einmal in die Stadt, und als sie dann in einem Café am Markt saßen, ließ sie sich auch nichts entgehen und sog das Geschehen um sie herum wie ein Schwamm in sich auf. Auch seine Mutter war mit Schauen beschäftigt und ein Gespräch wollte nicht so recht zustande kommen. Um irgendwas zu sagen, erzählte Georg, dass er den Finks Ottmar vor dem Stadtcafé getroffen hatte, den die beiden auch kannten.

»Des is a so e Hallodri. Den hab ich scho lang nimmer gsehn«, kommentierte seine Mutter erwartungsgemäß.

»Mir is der fei erscht vor Kurzem begegnet!«

Marga schob sich eine weitere Portion ihrer Punschtorte mit der Kuchengabel in den Mund, und Georg, der wissen wollte, wann und wo sie den Ottmar gesehen hatte, musste warten, bis sie wieder sprechen konnte.

»Des is vielleicht zwei, drei Wochen her, da hab ich ihn zusamme mit dem Steinleins Bernhard gsehn.«

»Ach, und wo?«

»Bei uns da oben am Spielplatz halt, wo der Park anfängt. Es war schon ziemlich dunkel. Ich hab Guten Namd gesagt, aber der Ottmar, der hat mich nimmer gekannt. Nu ja, des war ja scho immer so e hochnäsiger Olberboch.«

»Und was haben die beiden da gemacht?«

»Der Bernhard saß dort in seim Rollstuhl und der Ottmar kam mit so eim schicken Cabrio angfahrn. Vielleicht ham die sich da getroffen, ich weiß es net. Jedenfalls sind se dann zusammen in den Park.«

Hatte Ottmar nicht behauptet, er sei schon ewig nicht mehr in der Ecke gewesen? Eigenartig, sehr eigenartig, fand Georg. Ob Paola wusste, dass die beiden sich getroffen hatten? Was hatte Ottmar erzählt, er mache in Immobilien und Vermögensgeschäften? Das war eine sehr interessante Beobachtung, die seine Schwester da gemacht hatte.

»Mensch Marga, was du so alles mitkriegst!«

»Ich bin ja net beklopft!«, stellte seine Schwester schlicht fest und widmete sich wieder der geliebten Punschtorte.

Anschließend erledigte Angermüller mit den beiden Frauen ein paar Einkäufe für die Geburtstagsfeierlichkeiten am nächsten Tag und fuhr sie dann nach Hause. Die einzige Hilfe, die seine Mutter dort noch von ihm erwartete, war, dass er die Möbel im Wohnzimmer für den morgigen Tag umräumte, was er in ein paar Minuten erledigt hatte. Da ihrer Meinung nach Mannsbilder in der Küche nichts zu suchen hatten bis aufs Kloßteigrühren, beschloss er, erst einmal bei Johannes vorbeizuschauen, um all die Fragen zu stellen, die ihm schon so lange im Kopf herumgeisterten.

In der Küche auf dem Sturms-Hof herrschte rege Betriebsamkeit. Nachdem Rosi sich durchgerungen hatte, das Abschiedsfest doch stattfinden zu lassen, hatte sie die jungen Leute um Hilfe gebeten. Sie rechneten mit ungefähr 50 Personen und so war einiges für den Abend vorzubereiten. Lena schälte und schnitt die Kartoffeln für den Salat, Florian und Linus stellten ihre speziellen Dips her, die von Erdnusssoße bis Guacamole, einer südamerikanischen Avocadocreme, reichten, und Hanna wusch Gemüse für eine Rohkostplatte. Es würde ein buntes, reichhaltiges Buffet werden heute Abend. Natürlich wollte man auch Bratwürste braten und Bea und Mahi wollten auch noch einen Teil beisteuern, denn Mahi, der zum Studium nach Berlin zog, war nur zu gern der Aufforderung seines Cousins gefolgt und hatte sich in die Feier mit eingeklinkt.

»Ihr macht mich ja arbeitslos!«

Rosi, die einen orangegelben Hokkaido für eine Kürbissuppe in Stücke schnitt, sah sich fröhlich um.

»Ach Kinder, ich freu mich auf heute Abend!«

»Ich mich auch, wenn ich sehe, was ihr hier für Köstlichkeiten fabriziert!«

Durch die stets offene Tür zum Garten hatte Angermüller die Küche betreten.

»Hallo Schorsch! Willst auch mithelfen? Du siehst, die jungen Leute brauchen uns gar nicht – wir können Kaffee trinken gehen!«

»Grüß dich, Rosi! Ich könnt' natürlich noch meinen berühmten roten Krautsalat machen, vorausgesetzt, du hast alles im Haus, was dazu nötig ist.«

»Das hört sich gut an, roter Krautsalat! Was bräuchtest du denn dafür?«

Georg Angermüller überlegte kurz.

»Rotkraut, Rosinen, Speck. Das wär das Wichtigste.«

»Ist alles da! Kannst gleich anfangen.«

»Mach ich sofort, aber ich wollt vorher ganz gern mal mit dem Johannes reden. Weißt du, wo der steckt?«

Rosis Fröhlichkeit dämpfte sich schlagartig.

»Wahrscheinlich ist er mit Tobias auf der Weide hinter den Ställen. Da war ein Zaunpfahl morsch, den wollte er auswechseln.«

Gerne hätte Angermüller die Freundin aufgeheitert, ihr versichert, dass Johannes und seine Freunde überhaupt nichts mit den Vorgängen gestern zu tun hatten, doch erst einmal musste er sich selbst Gewissheit verschaffen. Nachdem ihn Sabine Zapf auf seine eigene Befangenheit gestoßen hatte, war er doch verunsichert – trotz seiner innersten Überzeugung, dass Johannes nichts mit dem Tod seines Schwiegervaters zu tun haben konnte.

»O. K., dann stör ich ihn mal ein bisschen bei der Arbeit. Und dann komm ich gleich wieder und mach euch den besten Krautsalat der Welt!«

Angermüller ging über das Hofpflaster und genoss die warme Luft und den wolkenlosen Himmel. Es roch nach Erde, nach Gras, nach Heu, nach den Tieren und nach Mist, als er an den Stallungen vorbeikam – nach Land eben. Es war der typische Geruch, den er aus seiner Kindheit so gut kannte, ja fast ein Stück Heimat. Er sah Johannes und Tobias an einer Ecke am Weidezaun arbeiten. Johannes hatte sein T-Shirt ausgezogen und sein gebräunter Oberkörper glänzte in der Sonne. Angermüller hätte ihn fast als mager bezeichnet, so lang und dünn sah sein Freund aus. Als er näher kam, war zu erkennen, dass Johannes kein Gramm Fett zu viel hatte und nur aus Sehnen und Muskeln zu bestehen schien. Kraftvoll schlug er mit einem großen Holzhammer auf den Zaunpfahl, um ihn ins Erdreich zu rammen. Angermüller beobachtete ihn fasziniert. Diese Körperkraft hätte er bei Johannes gar nicht vermutet.

»Jetzt, wo wir fast fertig sind, da kommst du! Gut abgepasst, Schorsch!«

»Hallo Johannes! Ich wollte dich doch nicht bei der Arbeit stören.«

»Und, du Urlauber? Was treibst du denn so den ganzen Tag?«

»Ich war in der Stadt, hab am Markt Bratwürscht gegessen, Latte macchiato in der Eisdiele getrunken …«

»Sauber! Du hast es gut!«

»Ich war auch bei den Kollegen in der Neustadter Straße.«

»Gibt's was Neues?«

Angermüller nickte und warf einen Seitenblick auf Tobias.

»Mmh, so einiges.«

»Tobias, du kannst dann Feierabend machen. Den Rest schaff ich allein oder der starke Schorsch da hilft mir! Nimm bitte den alten Pfahl mit und stell ihn in die Scheune, hinten beim Hackklotz. Die Werkzeuge bringen wir dann mit.«

Während Johannes den Weidedraht befestigte, erzählte Angermüller von Toms Freilassung und dass wohl der alte Motschmann selbst der Brandstifter gewesen war. Dass Tom frei war, wusste Johannes schon. Er hatte am Vormittag eine SMS geschickt.

»Der alte Motschmann, tatsächlich! Das ist ja ein Hammer.« Johannes war fertig mit dem Zaun und die beiden Freunde setzten sich ins Gras. Johannes schüttelte den Kopf.

»Dann geschieht's ihm ja recht, dass er jetzt im Krankenhaus liegt! Und der hat ja noch Glück gehabt, er hätt auch dabei draufgehen können! Das wünsch ich ihm natürlich nicht, aber das war wirklich verantwortungslos, was der da gemacht hat. Stell dir vor, wenn Wind gekommen wäre! Der hat die ganze Nachbarschaft in Gefahr gebracht!«

»Das ist wahr«, bestätigte Angermüller und überlegte, wie er Johannes nach seinem Alibi fragen sollte. Er entschied sich für den direkten Weg. »Was hast du eigentlich der Polizei erzählt, wo du gestern Morgen gewesen bist?«

Johannes wusste natürlich sofort, worauf er hinauswollte.

»Ja, Herr Kriminalkommissar, das ist ein Problem. Außer meinem Pferd und vielleicht ein Paar Vögeln und Rehen hat mich nämlich niemand gesehen!«

»Du warst reiten?«

»Ja«, nickte Johannes. »Das ist mein ganz persönlicher Luxus. Wenn an solchen Tagen wie jetzt morgens noch die Nebelschleier über den Wiesen hängen, alles nass ist vom Tau, die Leut noch schlafen und höchstens mal ein Reh oder eine Familie Fasane meinen Weg kreuzt, dann einfach so über die Felder galoppieren – du Schorsch, es gibt nix Schöneres!«

»Das glaub ich dir gern. Für ein wasserdichtes Alibi wär's allerdings besser, du hättest Zuschauer gehabt.«

»Man kann nicht alles haben! Ich hab mir nix vorzuwerfen, Schorsch, und man kann sich ja nicht extra für die Polizei bei allem, was man tut, einen Zeugen halten – oder ist das jetzt Vorschrift seit dem 11. September?«, Johannes

165

grinste. So richtig konnte sich Angermüller über die Bemerkung des Freundes nicht amüsieren.

»Weiß die Polizei eigentlich, dass du neulich das erste und einzige Mal in all den Jahren mal wieder bei deinem Schwiegervater gewesen bist?«

Johannes pfiff anerkennend durch die Zähne.

»Wow! Gute Arbeit, Herr Kommissar! Ich hab's der Polizei nicht erzählt«, er sah Angermüller offen ins Gesicht. »Ich war sowieso der Meinung, das hätte keiner mitgekriegt, aber, na ja – ich kann's mir ja fast denken, woher du das weißt. Also: Ich war so blöd zu glauben, ich könnte mit dem Alten reden, ihm klarmachen, was es für das Dorf und die Menschen bedeuten würde, wenn er sein Land verkauft und die Gentechnik hier einzieht. Ich war im Grunde genauso naiv wie meine Frau. Aber es war natürlich völlig sinnlos. Bei meinem bloßen Anblick hat er sich so aufgeregt, so getobt da in seinem Rollstuhl mit diesem lädierten Körper, dass ich dachte, der verreckt mir auf der Stelle. Und das war es mir nicht wert. Nicht wegen ihm. Wegen mir! Ich hätte nämlich keine Lust, dafür ins Gefängnis zu gehen«, Johannes holte tief Luft. »Um es noch einmal deutlich zu sagen: Ich hab ihn auch gestern nicht in die Grotte gekippt. Klingt das glaubhaft, Kommissar Angermüller?«

Angermüller nickte. Er konnte nicht anders, als seinem Freund glauben. Johannes war risikofreudig bis waghalsig, irgendwo ein Abenteurer, aber ein absolut aufrichtiger Mensch. Außerdem, was hätte er davon gehabt, den alten Steinlein zu beseitigen? Steinlein war nicht der Einzige, der bereit war, seinen Grund und Boden an den Camposano-Konzern zu verkaufen, und es hätte dann schon einer ganzen Mordserie bedurft, um alle Verkaufswilligen im Dorf aus dem Weg zu räumen. Und Johannes war viel zu rational, als dass er seinen Schwiegervater aus einer Gefühlsaufwallung heraus getötet hätte. Das wäre es ihm nicht wert gewesen. Er verachtete den Alten, aber er hasste ihn nicht. Allerdings wäre ein wasserdichtes Alibi natürlich von Vorteil gewesen.

»Mach dir keine Sorgen, Schorsch!«, Johannes knuffte Georg in die Seite, als er dessen sorgenvollen Gesichtsausdruck sah. »Die müssen mir einfach glauben, deine Kollegen.«

»Na, hoffentlich! Sag, was denkst du denn, wer deinen Schwiegervater getötet haben könnte?«

Johannes hob ratlos die Schultern.

»Da gibt's natürlich einige, die einen Brass auf ihn hatten. Der Walter Hofmann, den er in den Ruin getrieben hat, zum Beispiel. Aber ich glaub, der ist zu alt und klapprig. Dann der Gottlieb, der Sohn von der Familie Schwarz, der ist vor Kurzem hier im Ort wieder aufgetaucht.«

»Das hab ich auch gehört. Was ist das für eine Geschichte? Warum war der im Gefängnis?«

»Der Gottlieb war einer von drei Verdächtigen bei einem Raubmord. Und Bernhards Aussage war die entscheidende: Er sagte, er hätte ihn eindeutig wiedererkannt auf dem Fluchtmotorrad, und hat ihn damit für Jahre in den Knast gebracht. Im Dorf hieß es damals, der Bernhard wollte einen der anderen Verdächtigen schützen, weil er dem wegen irgendwelcher krummen Geschäfte was schuldig war. Und dem Gottlieb, dem schwarzen Schaf mit Namen Schwarz, hat natürlich keiner die Unschuldsbeteuerungen geglaubt.«

»Das kann ich mir gut vorstellen«, nickte Angermüller.

»Aber deswegen jetzt den Bernhard abmurksen?«, Johannes sah zweifelnd seinen Freund an. »Wäre ja irgendwie sinnlos, oder?«

»Welches Verbrechen ist schon sinnvoll?«

»Da hast du auch wieder recht«, stimmte Johannes zu. »Der Bernhard hatte immer zu allen wichtigen Leuten Beziehungen. Hat immer seine Interessen durchgesetzt, mit legalen und illegalen Mitteln ohne Rücksicht auf irgendjemanden. Damit macht man sich halt nicht beliebt.«

Nach einigem Überlegen sagte er: »Tja, seine Töchter hätten natürlich auch alle mindestens einen Grund gehabt. Aber die Rosi, die trauert ja sogar um ihn. Vielleicht ist das so, wenn man auf diese Art seinen Vater verliert, dass sich mit dem Tod alles relativiert. Ich kann's nicht nachvollziehen.«

»Da gibt es ja noch diese junge Pflegerin, nach der der Bernhard ganz verrückt gewesen sein soll. Sogar eine Testamentsänderung zu ihren Gunsten soll er erwogen haben!«

»Wirklich? Ach weißt du Schorsch, letztlich ist mir das alles eigentlich wurscht, wer es war und warum. Er hat seinen letzten Schnapper getan, wie man hier so sagt, und wenn er beerdigt ist, dann werd ich keinen Gedanken mehr an ihn und seine Bösartigkeiten verschwenden. Ende.«

»Aber für deine Frau ist es ungeheuer wichtig zu wissen, wer es getan hat. Warum auch immer.«

»Warum die Rosi das wissen will, ist doch klar: Sie hat Angst, dass ich den Alten in die Felsengrotte geschubst hab! Vielleicht kannst du ihr ja klarmachen, dass ich es nicht war. Dir als Fachmann glaubt sie ja vielleicht.«

»Ich hab mich bisher nicht so recht getraut, das Thema direkt anzusprechen. Gestern fand ich alles noch zu frisch und wollte sie nicht noch mehr aufregen und heute …«

»Heute«, fiel Johannes ihm ins Wort. »Heute wolltest du dir erst mal selbst Gewissheit verschaffen, ob ich's nicht doch gewesen sein könnte, nicht wahr?«

»Na ja. Nicht direkt. Es ist nur so«, Georg druckste ein wenig herum, »dass die Kollegin aus Coburg mir Voreingenommenheit unterstellt hat, weil ich euch alle so gut kenne, und das ist schon ein Problem. Natürlich hab ich nie geglaubt, dass du was mit dem Mord zu tun hast.«

»Nicht so schlimm«, Johannes klopfte seinem Freund auf den Arm. »Du bist eben ein durch und durch ehrlicher Bulle – auch dir selbst gegenüber, und das ist doch gut so.«

Johannes stand auf, hob die Arme in die Luft und dehnte sich ausgiebig. Dann griff er nach seinem Hemd.

»Lass uns zum Hof gehen. Ich soll noch bei den Vorbereitungen für das Fest helfen, Getränke schleppen und so. Außerdem wollten wir heut Abend ein großes Lagerfeuer auf der Wiese vorm Café machen und das muss noch aufgeschichtet werden. Meinst du, das ist eine gute Idee? Nach dem Brand gestern?«

Angermüller hatte sich auch erhoben. Er zuckte mit den Schultern.

»Keine Ahnung. Eigentlich hat das eine mit dem anderen ja nichts zu tun.«

»Du weißt ja, wie die Leut in Niederengbach manchmal sind, e bissle komisch halt. Da wird dann wieder e blöds Gelaber gemacht«, sagte Johannes mit einem Anflug von Spott. »Aber man muss ja net hinhören.«

Als sie kurz darauf die Werkzeuge im Schuppen verstaut hatten, fiel Angermüller noch die Frage ein, die er Johannes schon gestern hatte stellen wollen.

»Sag mal, du hast dich gestern vor dem Abendessen doch mit diesem Tom getroffen. Zufällig am Schwanensee?«

»Warum willst du das wissen?«

»Bevor ich am Abend zu euch kam, habe ich noch einen kleinen Gang durch den Park gemacht, und da hab ich auf der anderen Seite vom Schwanensee zwei Leute gesehen, die dort miteinander diskutiert haben – so sah es jedenfalls aus. Und ich dachte, ich hätte dich erkannt.«

»Nein, das war ich nicht. Wir haben uns witzigerweise beim Spritzenhaus getroffen. Aber ist das denn so wichtig, wer das war?«

Angermüller lächelte matt.

»Ach, weißt du, ich bin halt berufsgeschädigt. Ich bin zwar im Urlaub, aber ich hab deiner Frau und ihrer Schwester was versprochen, und wenn man dann in so einem Fall drinsteckt, dann erscheint einem alles irgendwie wichtig.«

»Der Bea wird's ja ziemlich egal sein, wer den Alten erwischt hat, kann ich mir vorstellen.« Johannes schaute seinen Freund prüfend an. »Dann kannst du ja nur der Paola noch versprochen haben, den Täter zu finden, und sie hat dir auch gesagt, dass ich bei dem Alten gewesen bin, oder?«

Die Frage war Angermüller unangenehm. Er nickte.

»Gestern Nachmittag war ich bei ihr. Ich bin bei dem, was alles passiert ist, gar nicht mehr dazu gekommen, dir davon zu erzählen.«

Johannes lachte, als er die Verlegenheit seines Freundes bemerkte.

»Du bist mir doch keine Rechenschaft schuldig, Schorsch! Warum, glaubst du, will die Paola so genau wissen, wer den Alten auf dem Gewissen hat?«

»Das ist eigentlich immer so, wenn jemand auf die Weise aus dem Leben scheidet, der einem nahestand, und sie hatte eine besonders enge Bindung an ihren Vater. Sie war ja die Einzige, die er nicht vor die Tür gesetzt hatte, und schließlich haben sie zusammen unter einem Dach gelebt.«

»Aber glaub nicht, dass unter diesem Dach Friede, Freude, Eierkuchen war! Im Gegenteil!«

»Sie hat gesagt, dass das manchmal nicht einfach war mit ihrem Vater. Klar.«

»Sehr hübsch ausgedrückt«, Johannes konnte sich ein Grinsen nicht verkneifen. »Sag, und wie war das so mit der Paola nach all den Jahren? Es ist doch schon ewig her, dass ihr mal miteinander gesprochen habt.«

Angermüller hob die Schultern.

»Nett«, sagte er möglichst gleichgültig und sah Johannes' aufmerksamen Blick. Inzwischen waren sie beim Haus angekommen und Angermüller hatte es eilig.

»Jetzt muss ich aber zu Rosi! Die wartet bestimmt schon auf mich. Ich hab ihr doch versprochen, meinen roten Krautsalat für heute Abend zu machen.«

»Ja, ja! Geh du nur!«, sagte Johannes, zog eine vieldeutige Grimasse und verschwand in Richtung Hofcafé.

In der Küche hatte Rosi schon das Rotkraut, den Speck und die Rosinen bereitgelegt und Angermüller machte sich sofort eifrig ans Werk. Er schnitt von dem Rotkohl die äußeren Blätter ab, wusch ihn und hobelte ihn anschließend in ganz feine Streifen. In einem Topf ließ er den gewürfelten Speck aus, gab das Gemüse, eine Handvoll Rosinen und noch einen klein geschnittenen Apfel dazu und dünstete das Ganze kurz an. Dann mischte er Essig, Rotwein und Öl, gab Salz und Zucker hinzu, vermischte alles gut miteinander und gab es zum Gemüse. Zum Schluss würzte er noch mit gemahlener Nelke und schwarzem Pfeffer aus der Mühle, nahm eine Kostprobe und war zufrieden.

»Man kann den Salat kalt oder warm essen. Was meinst du? Magst du mal probieren, Rosi?«

Auch Rosi mochte den kräftigen Geschmack nach den Gewürzen mit seiner feinen süßsäuerlichen Note.

»Ich denke, wir sollten ihn kalt essen, dann schmeckt er so richtig erfrischend.«

Sie waren inzwischen allein in der Küche. Die meisten Vorbereitungen für das Buffet am Abend waren abgeschlossen und die jungen Leute waren ins Hofcafé verschwunden, um dort noch alles herzurichten. Georg legte einen Arm um die Freundin.

»Na, wie geht's dir heute, Rosi?«

»Nicht gut, aber schon besser als gestern.«

»Ich war ja heute Vormittag in der Stadt, auch bei der Polizei.«

»Ja und?«

Rosi sah ihn gespannt an.

»Klar ist inzwischen, dass die Gentechnikaktivisten nichts mit dem Mord an deinem Vater zu tun haben. Das ist doch gut, oder?«

Die Freundin nickte. Er nahm seinen Arm wieder herunter und sah sie ernst an.

»Und natürlich hat auch der Johannes mit dem Tod deines Vaters hundertprozentig nichts zu tun.«

Fast schien es Angermüller, als ob Rosi errötete. Sie fragte schnell: »Hat das die Polizei gesagt?«

»Nicht so direkt«, schwindelte er. »Aber ich weiß es, Rosi, und ich bin schließlich auch Polizei.«

»Du bist aber auch sein bester Freund!«

»Bitte, Rosi, denk doch mal drüber nach! Du würdest dem Johannes das doch genauso wenig zutrauen wie ich, dass der einen Menschen umbringt. Er hat halt nur das Pech, keine Zeugen für seinen Morgenritt zu haben.«

Sie zögerte einen Moment.

»Natürlich traue ich ihm das eigentlich auch nicht zu. Aber er nimmt immer alles so leicht, hat vor nichts Angst, reißt seine Klappe auf, und im Dorf wissen alle, dass er und mein Vater völlig über Kreuz waren! Und ich hab mitgekriegt, dass er gestern in aller Frühe unterwegs war. Aber er erzählt mir ja nie was. Ich wusste doch, dass da irgendwas läuft mit Aktionen gegen die Genfelder. Ich hab mir Sorgen gemacht, das habe ich dir ja schon gestern gesagt. Ständig hat er sich heimlich mit irgendwelchen Leuten getroffen. Ist doch verständlich, wenn man dann misstrauisch wird und sich alles Mögliche zusammenreimt«, Rosi machte eine kleine Pause. »Was sagt denn die Polizei?«

»Auch wenn es niemanden gibt, der ihn bei seinem Morgenritt gesehen hat: Ich denke, die haben ihn nicht ernsthaft in Verdacht. Die müssen halt in alle Richtungen ermitteln, und jeder, der eine Beziehung zu euerm Vater hatte, wird durchleuchtet.«

»Vielleicht sollte ich mal in aller Ruhe mit ihm über die Geschichte reden«, meinte Rosi zögernd.

»Das solltest du. Schau, da kommt er gerade!«

Johannes betrat die Küche und sah erstaunt von einem zum anderen.

»Was ist los?«

»Deine Frau wollte was mit dir bereden. Ich geh dann mal. Wir sehen uns heute Abend – ich freu mich drauf!«

8

Träge Samstagnachmittagsruhe lag über Niederengbach. Vor einem hübsch restaurierten Bauernhaus stand verwaist ein Dreirad neben einer Buddelkiste mit allerlei bunten Förmchen und Schippen im Sand. Nebenan döste ein Schäferhund in der Sonne vor seiner Hütte und gab entgegen seiner Gewohnheit keinen Laut, als Georg Angermüller das Grundstück passierte. Zwischen späten Astern und Sonnenhut in den Gärten summten in der warmen Oktobersonne immer noch zahlreiche Insekten, und außer einer alten Frau, die ihre Hofeinfahrt kehrte, begegnete Angermüller keinem Menschen.

Auch im Biergarten von Steinleins Landgasthof war nur ein einziger Tisch besetzt, als er über den Hof den Weg zum Hoteleingang nahm. Angermüller wollte Paola um die Adresse von Steinleins junger Pflegerin bitten und sie nach Ottmar Fink fragen. Er war ein wenig nervös, denn wie würde Paola ihm begegnen? Was, wenn sie meinte, die letzte Nacht sei der Auftakt für eine Wiederauflage ihrer einstigen Beziehung gewesen? Das wäre natürlich ein absolut unglückliches Missverständnis! Was geschehen war, war einzig und allein der Situation geschuldet, einer Ausnahmesituation, und eine Ausnahme sollte es auch bleiben. Verdammt, ich wollte doch Astrid anrufen, fiel ihm wieder ein. Die Begegnung mit Paola hätte er gern aufgeschoben, doch er fand es wichtig, wenigstens diese beiden Punkte möglichst bald abzuarbeiten. Es gab eh so wenig, was er zur Klärung des Falles aktiv unternehmen konnte. Er hatte schließlich ein Versprechen gegeben, und wer weiß, vielleicht führte ein Besuch bei dieser Irina ja zu neuen Erkenntnissen oder

Paola wusste etwas über die Beziehung von Ottmar zu ihrem Vater.

Die Mitarbeiterin vom Vortag stand wieder hinter dem Rezeptionstresen, begrüßte ihn freundlich und schickte ihn gleich zu Paolas Büro. Als Angermüller Paola in ihrem mit Arbeit angefüllten Zimmerchen hinter dem Schreibtisch sitzen sah, verspürte er einen winzigen Stich in der Magengegend. Sie wirkte viel kleiner und schutzbedürftiger, als er sie in Erinnerung hatte.

»Hallo!«, sagte er, und seine Stimme klang ein wenig belegt.

»Ach Georg! Wie schön!«

Paola erhob sich und begrüßte ihn mit einer kurzen Umarmung. Sie schien sich zu freuen, ihn zu sehen, setzte sich aber gleich wieder hinter ihren Schreibtisch. Wie am Vortag musste er auf dem kleinen Hocker Platz nehmen.

»Was führt dich her? Gibt's was Neues?«

Sie klang ziemlich geschäftsmäßig, und er hatte das Gefühl, dass sie bewusst Distanz zu ihm hielt. Ob ihr die letzte Nacht vielleicht peinlich war? Fast war er nun doch ein wenig enttäuscht.

»Ich wollte einfach mal schauen, wie es dir heute so geht. Außerdem wolltest du mir die Adresse …«

»Das ist ganz lieb von dir, Georg. Es geht mir auf jeden Fall besser als gestern. Abgesehen davon habe ich zum Glück so viel zu tun, dass ich gar nicht zum Grübeln komme.«

Wie aufs Stichwort meldete sich das Telefon auf Paolas Schreibtisch mit einem nervtötenden Dauerton.

»Entschuldige bitte!«

Ein Gespräch auf Englisch mit einem Mister Sakamoto folgte, und als sie auflegte, erzählte sie Georg begeistert, dass sie seit Kurzem einen Vertrag mit einem japanischen Reiseveranstalter habe.

»Diesen Fisch hab ich vor ein paar Wochen erst an Land

gezogen«, sagte Paola, und man hörte ihr an, dass sie darauf stolz war. »Das bedeutet, dass zweimal im Monat eine Gruppe Japaner für zwei Tage bei uns logiert. Für uns ist das eine garantierte Einnahme, und solange wir unseren Sport- und Wellnessbereich noch nicht ausgebaut haben, sind wir auf so etwas angewiesen.«

Wieder klingelte das Telefon, und als sie auflegte, wirkte Paola leicht verärgert.

»Das Mädel, das ich als Tresenkraft für die Kutscherstube eingestellt habe, ist immer noch krank. Ausgerechnet heute!«

Georg konnte nichts anderes tun, als zustimmend zu nicken, und plötzlich sah Paola ihn an und griff nach seiner Hand.

»Bitte entschuldige, Georg, das tut mir leid! Jetzt lass ich dich hier nur warten. Aber das geht schon die ganze Zeit so. Hast du Neuigkeiten?«

Er schüttelte den Kopf.

»Nicht direkt. Ich war zwar so mutig, bei der Kripo in Coburg vorbeizuschauen und mir den Zorn des dortigen Kollegen zuzuziehen, aber auch diese Aktion hat mich leider nicht weitergebracht.«

»Es tut mir auf jeden Fall leid, dass du meinetwegen solche Unannehmlichkeiten hast. Die Kripo hat keinen konkreten Verdacht?«

»Ich fürchte nicht. Aber ich bin mir sicher, die finden den Täter. Du weißt doch: Es gibt kein perfektes Verbrechen.«

»Ist das so?«, fragte Paola zweifelnd, und Angermüller nickte und versuchte, ein ermutigendes Lächeln aufzusetzen.

»Trotzdem!«, meinte sie dann. »Entschuldige bitte den ganzen Ärger, den ich dir eingebrockt habe!«

»Quatsch! Ich mach das doch nicht nur deinetwegen. Das ist meine ganz persönliche Entscheidung! Abgesehen davon sind ja auch Rosi und Johannes davon betroffen und ihr seid alle meine Freunde und für die …«

Georg sprach den Satz nicht zu Ende und Paola senkte lächelnd den Kopf.

»Und was hast du sonst so gemacht heute?«

»Ich war mit meiner Mutter auf dem Friedhof – da hab ich übrigens Bea getroffen.«

»Ach ja. War sie wieder mal am Grab ihrer Mutter?«, Paola seufzte und sah aus dem Fenster. »Wenigstens hat sie ein Grab, das sie besuchen kann. Na ja«, sagte sie dann, und es klang nicht gerade freundlich. »Zu unserem Vater wird sie bestimmt nicht auf den Friedhof gehen, dem kann sie in diesem Leben wohl nicht mehr verzeihen.«

Georg wollte gerade nachfragen, was eigentlich Bea dem alten Steinlein vorwarf, da stand Paola plötzlich auf.

»Die Gäste kommen!«, sie zeigte auf den Hof und schüttelte den Kopf. »Jetzt schon! Das ist eine Silberhochzeitsgesellschaft, eigentlich haben die erst für 17 Uhr bestellt. Was hilft's, jetzt sind sie da. Ich fürchte, da muss ich mich drum kümmern!«, Paola stand schon in der Tür. »Möchtest du hier warten? Es wird vielleicht einen Moment dauern.«

»Ich wart auf dich.«

Kurz darauf sah Georg, wie Paola auf dem Hof ihre Gäste begrüßte und sie in Richtung Biergarten lotste. Er schaute sich in dem kleinen Büro um und sein Blick fiel auf das Pappmodell der Hotelanlage. Zu den bereits vorhandenen Gebäuden gesellten sich drei weitere, die um einen großen Garten oder besser Park gruppiert waren. Mehrere Wasserbecken waren zu erkennen und in einer Ecke eine Tennisanlage. ›Golf, Sport & Wellness Club in Steinleins Landhotel, Entwurf Steiger & Steiger, Architekten‹ war in geschwungenen Buchstaben auf den Rand des Modells geschrieben. Paola hatte wirklich große Pläne. Ein wenig glaubte er jetzt zu ahnen, was sie meinte, als sie sagte, sie sei mit dem Hotel verheiratet.

Er warf einen Blick auf die Uhr und sah dann nach draußen. Die Silberhochzeitsgesellschaft saß unter den Sonnenschirmen im Biergarten, und Paola lief zwischen den Tischen umher, dirigierte unauffällig ihr Personal und wechselte freundlich lächelnd mit allen Gästen ein paar Worte. Den ganzen Nachmittag wollte er hier nicht mit Warten verbringen, eigentlich hatte er vor, auch noch bei Bea in Coburg vorbeizuschauen. Er mochte sie und ihre Geschichte interessierte ihn. Außerdem schadete es nichts, auch mit ihr einmal zu reden, schließlich gehörte auch sie zum Kreis der Verdächtigen. Und heute war die letzte Gelegenheit zu einem Besuch. Der folgende Tag war mit den Geburtstagsfeierlichkeiten für die Mutter ausgefüllt. Sie sprach sich vorher zwar immer dagegen aus, groß feiern zu wollen, doch nun gab es doch ab spätem Vormittag zu Hause einen Empfang für Nachbarn und Freunde. Am Nachmittag wechselte man dann in Steinleins Landgasthof, wo die Verwandtschaft zur Kaffeetafel geladen war und man anschließend auch das Abendessen einnehmen würde. Bei dem Gedanken an den morgigen Tag fragte sich Angermüller, wie er dessen kulinarische Herausforderungen wohl überstehen würde.

Am Montagmittag jedenfalls nahm er den Zug zurück nach Lübeck. Er freute sich darauf. Auch wenn er am nächsten Morgen schon wieder zum Dienst musste, er freute sich sogar auf Jansen, Ameise und all die anderen Kollegen, er freute sich auf seinen Job. Er war immer noch mit Leib und Seele dabei, und die Arbeit im Team, mit fähigen Spezialisten, war nicht vergleichbar mit den laienhaften Versuchen, die er hier unternehmen konnte, um einen Fall aufzuklären. Und natürlich freute er sich auf Astrid und die Kinder.

Spontan nahm er sein Handy heraus und drückte Astrids Nummer.

»Hallo?«

»Hallo Schatz! Ich bin's! Wie geht's dir?«

»Georg! Mir geht's prima! Wir hatten richtig guten Wind und sind gerade in Kühlungsborn angekommen. Die Sonne scheint und wir wollen jetzt erst mal Kaffeetrinken gehen. Und du? Ich hab dich gestern ja leider nicht erreichen können …«

»Mir geht's auch sehr gut. Hab heute schon in Coburg auf dem Markt Bratwürscht gegessen«, Angermüller hörte seine Frau lachen. »Und wegen gestern, das tut mir leid. Da war doch dieser Brand und …«

»Hab ich mir doch gleich gedacht, dass der Herr Kommissar sich wieder nicht zusammenreißen kann und eigene Ermittlungen aufnehmen muss.«

Er versuchte, ihr zu widersprechen, doch sie ließ ihn gar nicht zu Wort kommen.

»Du bist eben unverbesserlich! Du wolltest dich doch erholen!«

»Mach ich ja auch! Heute Abend ist ein Hoffest bei Rosi und Johannes, schade dass ihr nicht hier seid. Ich freu mich auf zu Hause!«

Paola war zurückgekommen. Erst als sie ihm gegenüber wieder an ihrem Schreibtisch Platz nahm, bemerkte Georg ihre Anwesenheit.

»Ich freu mich auch, wenn du Montag wiederkommst. Schöne Grüße von Martin übrigens, der macht hier gerade klar Schiff und schießt die Schoten auf. Dann mach's gut, mein Bär!«

»Ich lass auch grüßen! Tschüss Schatz!«

Umständlich schob Angermüller sein Handy zurück in die Hosentasche. Dass Astrid ihn ›Mein Bär‹ genannt hatte, wie schon lange nicht mehr, hatte Paola bestimmt nicht gehört. Aber er wusste nicht, was sie sonst von seinem kurzen Telefonat mitbekommen hatte. In ihrem Gesicht stand ein undurchsichtiges Lächeln. War es spöttisch, war es mitleidig? Was dachte sie wohl über einen Mann, der gestern Nacht mit ihr im Bett war und heute in ihrem Büro saß und seiner Ehefrau erzählte, dass er sie vermisst?

»Als ich heute in Coburg war, weißt du, wer mir da über den Weg gelaufen ist?«, fragte er Paola etwas zusammenhanglos, die ihn mit dem interessierten Blick eines Insektenforschers beobachtete.

»Du wirst es mir sagen«, stellte Paola fest, ohne dass sich an ihrem Gesichtsausdruck etwas änderte.

»Den Finks Ottmar hab ich vorm Café am Tor getroffen.«

Nun war Paola doch überrascht.

»Ach. Und was hat er gesagt? Wie geht's ihm?«

»Ein richtiges Gespräch ist nicht zustande gekommen. Er war wie früher. Eigentlich interessiert ihn niemand so richtig. Es scheint ihm finanziell ganz gut zu gehen, ansonsten ist er geschieden und hat einen Sohn. Das war's. Aber er hat nach dir gefragt und ich soll dich grüßen.«

»Er lässt mich grüßen?«, Paola ließ ein abfälliges Lachen hören. »Ausgerechnet der Spinner!«

»Aber was viel interessanter ist: Der Ottmar ist vor ein paar Wochen hier im Ort mit deinem Vater gesehen worden, obwohl er mir gesagt hat, er sei ewig nicht mehr in der Ecke gewesen. Was meinst du, Paola, könnte es sein, dass dein Vater den Ottmar als juristischen Berater oder so was engagiert hat, um zum Beispiel sein Testament zugunsten von dieser Irina zu ändern?«

»Wer hat meinen Vater denn mit Ottmar gesehen?«

»Wäre ich jetzt im Dienst, würde ich sagen, das tut nichts zur Sache«, Georg lächelte. »Meine Schwester Marga kriegt manchmal mehr mit, als man denkt. So vor drei Wochen haben sich die beiden oben am Spielplatz beim Park getroffen. Ich nehme an, dein Vater hat dich darüber nicht informiert?«

»Natürlich nicht! Na, das muss ich erst mal verdauen. Ausgerechnet! Mein Vater und dieser Gangster!«

Die Vorstellung schien Paola ziemlich zuzusetzen.

»Wieso sagst du Gangster?«

»Der Ottmar hat einen furchtbar schlechten Ruf. Es werden ihm alle möglichen finsteren Geschäfte nachgesagt. Verbindungen soll der haben bis zur Mafia. Mein Gott!«

»Hast du denn den Ottmar in letzter Zeit mal gesehen?«

Sie schüttelte langsam den Kopf.

»Das ist bestimmt schon Ewigkeiten her.«

»Dieser Sache werde ich mal nachgehen. Ich hab da so ein Gefühl. Findest du es nicht auch eigenartig, dass die beiden sich getroffen haben?«

»Doch, natürlich!«

Paola nickte und sah ihn ernst an. Draußen auf dem Hof wurde es lauter. Sie schaute aus dem Fenster.

»Ach Gott! Meine Engländer kommen! Da hab ich ja überhaupt nicht mehr dran gedacht!«

Sie sprang auf.

»Entschuldige, Georg, ich muss sofort weg. Das tut mir jetzt wirklich leid! Aber wir haben heute zum Tee ein ganz besonderes Event. Ein paar Künstler vom Landestheater haben ein buntes Programm zusammengestellt mit dem Titel ›The Queen in Coburg county‹«, in Paolas Stimme schwang Begeisterung. »In einer Stunde geht's los und da muss ich unbedingt noch mal nach dem Rechten sehen und dann natürlich bei der Premiere dabei sein. Bei uns im Festsaal!«

Sie war schon im Flur, kam aber noch einmal zurück und fasste ihn an beiden Händen.

»Georg, ich danke dir für alles, was du für mich tust.«

Sie hauchte Georg, der inzwischen auch aufgestanden war, einen Kuss auf die Wange und eilte davon.

Im Coburger Hofgarten war es erstaunlich leer. Nur wenige Flaneure verloren sich trotz des milden, freundlichen Wetters auf den verschlungenen Wegen der großzügigen Parkanlage, die sich von der Altstadt bis hinauf zur Veste zog. Angermüller hatte Margas Wagen im Probstgrund geparkt. Wenigstens einen kurzen Spaziergang wollte er sich noch gönnen, bevor er Bea seinen Besuch abstattete. Er stieg den Weg hoch, der am Veilchental entlangführte, und bog dann ab in Richtung Schlossplatz, vorbei an dem Brunnen, vor dem er als Kind mit seiner Oma oft lange gestanden hatte, fasziniert von den Tier- und Menschenfiguren, die ihn schmückten. Auf den Arkaden über dem Schlossplatz verweilte er, um den einmaligen Blick auf das Ensemble von Theater, Stadtschloss und Altstadt zu genießen, und bedauerte einmal mehr, dass Astrid und die Kinder nicht hier waren, denen so ein Bummel sicherlich auch gut gefallen hätte. Mit den Armen schwer auf die Balustrade gestützt, gab er sich einem Augenblick der Muße hin – bis ihm Paola in den Sinn kam.

Er musste sich eingestehen, dass er eine gewisse Erleichterung empfand. Ihr Zusammensein letzte Nacht schien bei Paola keine Erwartungen an ihn oder die Art ihrer Beziehung hervorgerufen zu haben. Andererseits fühlte er sich durch die Hoffnung, die Paola und Rosi in seine Fähigkeiten als Polizist zu haben schienen, ziemlich unter Druck gesetzt. Er war nicht gerade optimistisch, als Privatdetektiv mit sehr begrenzten Möglichkeiten viel zur Aufklärung des Mordes an dem alten Steinlein beitragen zu können. Aber war das eigentlich wirklich so schlimm? Er war hier im Urlaub, und, wenn möglich, tat er Freunden gern einen

Gefallen, aber er war niemandem etwas schuldig. Das war nicht sein Fall und er war nicht im Dienst.

Doch er hatte Paola und Rosi etwas versprochen, und er war jemand, der seine Versprechen sehr ernst nahm. In seinem Innern wusste er auch, dass es für ihn selbst so einfach nicht war, die Sache wieder hinzuschmeißen. Schon viel zu lange hatte er sich mit den Vorgängen in Niederengbach beschäftigt, als dass ihm die Lösung des Rätsels um den Mord in der Felsengrotte egal gewesen wäre. Außerdem konnte er nicht leugnen, dass sich sein Ehrgeiz regte. Ob die Coburger Kripo von Ottmar Fink wusste? Vielleicht sollte er den Kollegen einen Tipp geben? Vielleicht sollte er das wirklich tun. Aber erst einmal zu Bea. Er richtete sich auf und hatte tatsächlich schon wieder das dumme Gefühl, dass die Pflicht nach ihm rief. Einen letzten Blick noch auf das Rondell, in dessen Mitte ein weiterer der Coburger Herzöge auf einem Denkmal stand, dann lenkte Angermüller seine Schritte in Richtung Festungsstraße und folgte ihr ein ganzes Stück den Berg hinauf.

Ein wenig aus der Puste stand er kurz darauf vor einem weitläufigen Grundstück, wo sich unter alten Bäumen eine geräumige Villa mit Veranda, Erkern und einem kleinen Turm mit Zinnen erstreckte, gebaut wahrscheinlich um die Jahrhundertwende im damals so beliebten neugotischen Stil. Er ging durch das offen stehende Tor, bewunderte den gepflegten Garten und klingelte am Fuß des Turmes, wo neben der Tür ein Schild angebracht war ›Weg zur Mitte – Zentrum für Meditation & Körperarbeit – Bea Steinlein 1. OG‹. Sogleich ertönte der Summer und er nahm die Wendeltreppe nach oben. Ein angenehmer Duft von fremdländischen Gewürzen stieg ihm in die Nase, und er merkte, dass sich sein Appetit regte. Zwei Bratwürste und ein Stück Apfeltorte hielten eben doch nicht so lange vor. Nach ein paar Stufen hörte er, wie sich eine Tür öffnete und Leute sich verabschiede-

183

ten. Als er um die Ecke bog, wusste er auch, woher er ihre Stimmen kannte.

»Grüß Gott!«, sagte er freundlich.

»Das glaub ich fei jetzt net! Du schon wieder, Angermüller! Was hast du hier bitteschön verloren?«

»Eigentlich geht dich das gar nichts an, Bohnsack. Aber weil du's bist: Ich besuche eine Freundin. Fertig.«

»So, eine Freundin! Findest du das nicht selbst merkwürdig, dass du immer dort auftauchst, wo wir gerade sind?«

»Hast du ein Problem, Bohnsack? Glaubst du vielleicht, ich will dir deinen Fall wegschnappen, oder was? Ich bin hier im Urlaub!«

Bohnsacks kleine Augen fixierten ihn feindselig. Seine feisten Backen hatten sich merklich gerötet, er schnaufte kurzatmig, aber sein Ton war erstaunlich ruhig, als er drohend sagte: »Ich kann auch Leute festnehmen lassen, die die Ermittlungen der Polizei behindern, Angermüller. In diesem Sinne: Angenehmen Urlaub noch!«, damit schob er sich energisch an Angermüller vorbei und polterte die Treppe hinunter. »Kommst du, Sabine?«, rief er von unten.

Angermüller schüttelte den Kopf und schlug sich mit der Hand auf die Stirn. Sabine Zapf grinste nur und zuckte mit den Schultern.

»Vielleicht können Sie dem Herrn Bohnsack ja gelegentlich erklären, dass es Menschen gibt, die Freunde haben, Frau Kollegin!«, meinte Angermüller zu ihr und er klang ziemlich genervt. »Und dass es nicht so erstaunlich ist, wenn man in der Metropole Niederengbach die meisten Leute kennt.«

Die Kommissarin lachte.

»Ich werd's versuchen. Wiedersehen!«

Bea, die in ihrer geöffneten Wohnungstür stand und den Wortwechsel mitbekommen hatte, sah Georg fragend an.

»Was war das denn? Aber komm doch erst mal rein, Schorsch! Schön, dass du mich besuchst!«

»Grüß dich, Bea. Ein unangenehmer Typ ist das!«

Obwohl er sich vorgenommen hatte, es nicht zu tun, ärgerte sich Angermüller über den Coburger Kollegen.

»Der Bohnsack war im Gymnasium zwei Klassen über mir und der war schon damals nicht mein Freund. Da wir uns jetzt zufällig mal bei Rosi und bei Paola über den Weg gelaufen sind, denkt der, ich misch mich in seine Ermittlungen, der Depp!«

Dass sie sich am Morgen schon in der Coburger Kriminalpolizeiinspektion begegnet waren, ließ er unerwähnt.

»Das hört sich doch stark nach Minderwertigkeitskomplex an!«, meinte Bea amüsiert, während sie sich eine Strähne ihrer hennaroten Haare feststeckte, die sich aus dem Knoten, den sie heute trug, gelöst hatte.

»Was wollten die Kollegen eigentlich bei dir?«

Bea verzog das Gesicht und hob abwehrend die Hand.

»Bitte Schorsch, nicht dieses Thema jetzt! Mir langt's damit für heute.«

»O. K., verstehe«, sagte Angermüller nur und hakte nicht nach, bestimmt würde sich noch die Gelegenheit ergeben.

Bea führte ihn durch den Flur, von dem fünf Türen abgingen, die zum Teil offen standen und den Blick in hohe, lichte Räume freigaben. In der Küche, die ziemlich groß und ebenfalls schön hell war, ließ Bea ihn an dem großen Tisch vor dem Fenster Platz nehmen. Der Fußboden war ausgelegt mit schwarz-weißen Fliesen, auf denen vor Herd und Spüle die Köchinnen und Köche früherer Jahrzehnte ihre Spuren hinterlassen hatten, denn sie waren dort deutlich abgetreten. Der Spülstein und der Vorratsschrank unter dem Fenster waren offensichtlich historisch, und diverse antike Küchenutensilien, die überall an den Wänden und auf Regalbrettern verteilt waren, komplettierten das Bild einer gemütlichen Küche aus Omas Zeiten. Bea, die eine lockere Hose und ein bequemes T-Shirt trug, stopfte sich ein Küchentuch in den Hosenbund.

»Ich muss dich hier in der Küche empfangen, denn ich hab für heut Abend noch einiges vorzubereiten. Ich hoffe, es stört dich nicht, wenn ich nebenbei ein bisschen was schnippel.«

Dass hier ausgiebig gekocht wurde, war nicht zu übersehen. Überall standen Schüsseln und Töpfe herum, ein Schneidbrett auf dem Tisch zwischen allerlei Gemüse und auf dem Herd eine Pfanne. Angermüller nahm den Duft, den er schon im Treppenhaus gerochen hatte, jetzt ganz stark wahr.

»Sag mal, was machst du hier Köstliches? Das duftet ja geradezu betörend!«

»Das sind die Gewürze, die ich für mein Spezialcurry gerade angeröstet habe. Riecht toll, gell?«

»Wunderbar! Was ist da alles drin?«

»Interessierst du dich fürs Kochen? Aber stimmt ja! Du hast ja schon damals als Teenager dafür eine Ader gehabt.«

»Und die hat sich stark weiterentwickelt! Kochen ist meine liebste Freizeitbeschäftigung – leider komm ich nur viel zu selten dazu. Also, ich rieche jedenfalls Kumin und Nelken, aber da ist noch mehr drin!«

»Da ist noch Kardamom drin, Pfefferkörner, Koriandersamen, Kokosnuss, Mandeln und es kommt noch viel mehr dazu. Das ist ein Rezept aus Mauritius, wo ich eine Zeit lang gelebt habe.«

»Das würd ich ja gern mal probieren.«

»Kannst du doch! Ich mach das für das Fest heute Abend bei Rosi. Da bist du doch bestimmt auch?!«

»Ich wusste nicht, dass du auch kommst.«

»Mahi feiert seinen Abschied zusammen mit seinem Cousin. Er geht ja auch weg zum Studium, nach Berlin.«

»Ja, natürlich! Dein erwachsener Sohn.«

»Fast erwachsen. Für mich wird er es wohl nie ganz sein«, lächelte Bea. »Leider ist er vorhin Fußball spielen gegangen, aber du lernst ihn ja heute Abend kennen. Hier hast du schon einmal ein Bild.«

Ein Junge mit ebenmäßigen Zügen, schwarzem, glattem Haar, das ihm bis auf die Schulter hing, lachte Angermüller auf dem Foto an. Er sah ein wenig asiatisch aus. An seine Mutter erinnerten höchstens die Mundpartie und die helle Farbe seiner ganz leicht schräg stehenden, mandelförmigen Augen.

»Ein hübscher Kerl! Sieht sympathisch aus.«

»Er ist der tollste Junge überhaupt!«

Bea breitete die Arme aus und lachte.

»Denkt natürlich jede Mutter über ihren Sohn! Aber Mahi ist wirklich ein Sonnenschein. Auch wenn ich mich von Lani getrennt habe, weil's letztendlich doch nicht mehr passte zwischen uns irgendwann, dieses sonnige Wesen hat er von seinem hawaiianischen Vater.«

»Du hast auf Hawaii gelebt?«

Ein herrlicher Duft nach frischem Ingwer, den Bea in eine Schüssel rieb, stieg Angermüller in die Nase.

»Hawaii ist ja eine ganze Inselgruppe. Genau gesagt war es auf Kauai, der ältesten und wie ich finde der schönsten Insel. Als ich damals weggegangen bin, hatte ich mir von hier aus schon einen Job als Au-pair in den Staaten gesucht und bin bei der Familie eines Regisseurs in Los Angeles gelandet. Und dann haben die ein größeres Filmprojekt auf Kauai gehabt und die ganze Familie ist für ein halbes Jahr dorthin umgezogen und ich mit. Da habe ich Lani kennengelernt. Der arbeitete als so eine Art Coach für die Filmleute, die von außerhalb dort drehen. Und dann war ich ziemlich bald schwanger …«

»Hört sich erst mal toll an, Hawaii, Kauai und dann die

spannende, internationale Filmwelt. War das nicht traumhaft?«

»Magst ein Brot?«, fragte Bea zwischendurch, die bemerkt hatte, wie Georg Angermüller immer wieder schnuppernd die Nase hob und interessiert in Töpfe und Schüsseln schielte. Sie hielt ihm einen kleinen, goldbraunen Fladen hin.

»Hab ich selbst gebacken. Ein Rezept, das ich von einer Freundin aus Indien mitgebracht habe. Um auf deine Frage einzugehen, von wegen traumhaft: So doll, wie sich das anhört, war das alles nicht. Ich war weit weg von zu Hause, hatte kein Geld, war schwanger – da ist es erst mal egal, ob du auf einer Trauminsel bist. Aber Lani war glücklich, dass wir ein Kind kriegten, und das war die Hauptsache, und so haben wir es miteinander versucht und eine Zeit lang war es ja auch gut.«

Das kleine Fladenbrot war noch ein bisschen warm und schmeckte leicht süßlich, mit einem Hauch von Kreuzkümmel.

»Hast du die Heimat vermisst?«

»Und wie! Nur alle paar Monate habe ich mal Post von Rosi oder meiner Tante bekommen. Internet und so was gab's damals ja nicht und Anrufen war umständlich und teuer. Ich hab schon gelitten, aber zurück wollte ich auch nicht. Das hätte ja wie ein Aufgeben gewirkt. Nach der Trennung von Lani bin ich dann nach Indien, nach Goa. Ich hatte schon auf Kauai angefangen, mich für traditionelle Körperarbeit zu interessieren, Kahuna heißt das dort. Und wenn du erst mal in diese spirituellen Techniken eingestiegen bist … Yoga, Meditation – du weißt schon …«

So genau wusste Angermüller nicht, was Bea meinte, aber er nickte verständig.

»Hast also einige schöne Ecken der Welt gesehen?«

Das Aroma frischer Zwiebeln verbreitete sich in der

Küche. Bea hackte ein ganzes Bund Lauchzwiebeln schnell und geschickt in feine Ringchen.

»Das kann man sagen, aber die haben auch ihre Kehrseiten, glaub mir! Jedenfalls habe ich mich berufsmäßig dann weiter in diese Richtung entwickelt, habe Kurse und Ausbildungen gemacht. Von Goa bin ich mit Mahi nach Sri Lanka gegangen für einige Zeit. Dort habe ich irgendwann einen Job in einem Hotel bekommen, das für seine Ayurveda-Kuren weltbekannt ist.«

»Und auf Mauritius warst du auch?«

»Ja, das war unsere letzte Station. Ich konnte mich beruflich verbessern und dort in einem Resort, das zur gleichen Kette wie das in Sri Lanka gehört, die leitende Position für den Wellness- und Ayurveda-Bereich übernehmen«, versonnen blickte Bea durchs Fenster nach draußen, wo die Sonne jetzt lange Schatten warf. »Und dann bin ich in Coburg gelandet.«

»Bereust du es, zurückgekommen zu sein?«

»Überhaupt nicht! Außerdem könnte ich ja jederzeit wieder weg, wenn ich das will. Mahi fängt jetzt sowieso an, seine eigenen Wege zu gehen – ich bin völlig frei. Aber ich fühle mich hier sehr wohl – jetzt sowieso.«

Bea ließ ihr lautes Lachen hören, an das Angermüller sich noch gut von früher erinnerte, und er versuchte, es zu deuten. Hin und wieder hatten sie damals mit der großen Schwester seiner Freundin zusammen etwas unternommen und er war ihr mit Sympathie, aber auch einem gewissen Respekt begegnet. Dass er sie wirklich kannte, konnte man nicht sagen, und heute wusste er erst recht nicht, wie er sie einzuschätzen hatte.

»Aber jetzt sag du, Schorsch: Was machst du so?«

Studium, Lübeck, Bezirkskriminalinspektion, Astrid, die Zwillinge – Angermüllers Stationen waren schnell erzählt.

»Und, fühlst du dich wohl im Norden?«

»Wenn ich in Lübeck bin, denk ich manchmal an Niederengbach, an zu Hause, und dann wäre ich gern da. Aber jetzt, wo ich hier bin, vor allem ohne meine Familie, merke ich, dass ich da oben viel mehr verwurzelt bin, als ich dachte, und irgendwie fehlt mir was. Ich hätt das nie gedacht, aber schon nach zwei Tagen freu ich mich wieder auf Lübeck, sogar auf meine Kollegen …«

»Ich kenne das, obwohl ich ja immer nur ein paar Jahre an den verschiedenen Orten gelebt habe. Immer gab es Momente, in denen ich Kauai vermisste, als ich in Goa war, und Goa, als ich in Sri Lanka war, und natürlich immer mal wieder diese Sehnsucht nach zu Hause. Aber jetzt, wo ich hier bin, denke ich manchmal wehmütig an das, was ich auf Mauritius aufgegeben habe. Selten, aber es kommt vor.«

Sie schwiegen beide einen Moment, und Angermüller überlegte, wie er noch mal auf Beas Mutter und den alten Steinlein zu sprechen kommen könnte.

»Kann ich dir noch irgendwas helfen bei deinen Vorbereitungen?«

Bea sah sich um.

»Meinen Poke habe ich fast fertig und dann muss ich nur noch das Curry kochen – das geht schnell. Nein, kannst mir nix mehr helfen.«

»Das hört sich ja alles ziemlich exotisch an, was du da zauberst! Poke? Was ist das denn?«

»Ein typisches Rezept aus Hawaii. Die Basis ist roher Thunfisch mit viel Zwiebel, Sesamöl, Kukuinuss und Algen mariniert. Sehr erfrischend! Mach ich ganz selten, du weißt schon, denn Thunfisch sollte man ja möglichst nicht mehr essen, aber heute ausnahmsweise für Mahi. Es ist eine seiner Lieblingsspeisen aus seiner Heimat. Da man die Nüsse und Algen hier nicht bekommt, variiere ich mit Sojasoße und Ingwer. Magst mal kosten?«

Erst gab Bea die in feine Ringe geschnittenen Lauchzwiebeln in die Schale zu dem gewürfelten Fisch, schmeckte noch mit einer Prise braunem Zucker ab und vermischte alles miteinander. Dann durfte Georg einen Löffel davon probieren. Es schmeckte wirklich wunderbar frisch und der Ingwer gab dem Ganzen eine fruchtige Schärfe. Georg nickte anerkennend.

»Sehr gelungen!«

»Das muss jetzt noch ein bisschen durchziehen, dann schmeckt es noch besser.«

Bea holte eine große Schüssel aus der Speisekammer, die sich in einer Ecke der Küche befand.

»Schau, das ist mein mauritischer Salat! Probier den doch auch mal!«

Angermüller nahm sich einen Löffel von dem hübschen, pinkfarbenen Gemisch, das mit einer milden Vinaigrette angemacht war und hauptsächlich aus Kartoffeln, Roten Beten, Möhren, Eiern und Zwiebeln bestand. Dieses im Grunde sehr einfache Gericht überzeugte ebenfalls durch einen ausgewogenen Geschmack.

»Schmeckt toll! Hätte ich nie gedacht, dass das ein Rezept von einer Insel im Indischen Ozean ist!«

»Ja, Kartoffeln und Rote Bete werden nicht nur bei uns gegessen!«

»Na, das wird ja heute Abend ein buntes Buffet – ich freu mich drauf!«

Eigentlich sollte er jetzt gehen, dachte Angermüller, doch da waren noch die Dinge, nach denen er Bea fragen wollte.

»Sag mal, worüber wir heute Morgen gesprochen haben …?«

Erstaunt sah Bea ihn an.

»Was meinst du?«

»Na ja, du hattest heute Morgen ja keine Zeit mehr: der

Tod deiner Mutter und was dein Vater damit zu tun hat«, sagte Angermüller geradeheraus.

»Eigentlich wollte ich daran überhaupt nicht mehr denken heute«, seufzte sie. »Warum interessiert dich das überhaupt?«

»Du selbst hast es mir gegenüber immer wieder erwähnt und Paola hat …«

»Ach, daher weht der Wind? Hat meine Schwester dir erzählt, dass ich allen Grund hatte, ihren geliebten Vater in die Grube zu stoßen?«

»Aber natürlich nicht! So hat sie das nie gesagt!«

»Natürlich nicht! Dazu ist sie viel zu geschickt!«

»Entschuldige Bea, ich wollte dir nicht zu nahe treten.«

Es war Angermüller nun doch unangenehm, Bea mit seinen Fragen so aufzubringen.

»Das bist du schon, Schorsch. Hat Paola dich als Bullen beauftragt, herauszufinden, ob ich es war?«

Da Beas Frage der Wahrheit zumindest in Teilen erstaunlich nahe kam, setzte Angermüller zu einer umständlichen Erklärung an. Aber Bea achtete gar nicht auf ihn. Sie setzte sich wieder neben ihn an den Tisch.

»Hör mir jetzt gut zu, Schorsch: Meine Mutter soll eine lebenslustige Frau gewesen sein. Bis zu meiner Geburt. Danach war sie ein total anderer Mensch. Aus heutiger Sicht kann ich sagen, sie litt an einer schweren Wochenbettdepression, aus der sie nie wieder herauskam. Kannst du dir vorstellen, wie sensibel mein Vater mit so einer Situation umging?«, fragte Bea, aber sie erwartete keine Antwort. »Natürlich war meine Mutter schwierig, hätte dringend psychiatrischer Hilfe bedurft. Aber der Steinleins Bernhard hatte doch keine Irre als Frau! Also hielt er sie von der Öffentlichkeit fern, ließ mich fast nur von seiner Mutter betreuen, weil er sein Kind nicht einer Verrückten überlassen wollte, und hatte ständig irgendwelche Frauengeschichten. Ich weiß das alles von meiner Tante, der Schwester meiner Mutter, denn ich konnte das natürlich damals noch nicht verstehen. Nur dass ich meine Mutter ganz selten sehen durfte und sie eigentlich immer vermisst habe, weiß ich noch wie heute.«

Sie hielt inne. In Beas Augen sah Angermüller Tränen glitzern. Das Erzählen schien sie sehr mitzunehmen, und jetzt tat es ihm leid, dass er so nachgebohrt hatte. Bea richtete sich auf und atmete tief durch.

»Und dann habe ich sie gefunden. Früher gab es im Gasthof oben einen großen Trockenboden. Da hing sie, ganz hinten in einer Ecke. Natürlich konnte ich als Dreijährige auch das nicht begreifen – zum Glück! Aber das Bild hatte sich in mein Unterbewusstsein eingebrannt, und als ich dann alt genug war zu verstehen, hat mir meine Tante, die mich, nachdem es passiert war, zu sich genommen hatte, die ganze Geschichte erzählt. Was auch bitter nötig war, denn du weißt, wie das im Dorf ist, wenn du von allen Seiten immer nur finstere Andeutungen und Gerüchte hörst. Ich dachte schon, meine Mutter hätte wer weiß was angestellt, und hab angefangen, mich ihrer zu schämen!«

Bea verschränkte die Arme vor der Brust und sah Angermüller ins Gesicht.

»Du kannst dir vielleicht vorstellen, welche Überwindung es mich kostete, nach 20 Jahren an Versöhnung mit meinem Vater zu denken. Jahrelang habe ich meine negativen Gefühle niedergekämpft und nur positive Energien an mich herangelassen und kam hierher mit den besten Vorsätzen und riesigen Erwartungen.« Sie machte eine Pause. »Aber er hat mich einfach hinausgeworfen, nach 20 Jahren! Er fand es unverzeihlich, dass ich damals so einfach fortgegangen bin«, sie schüttelte den Kopf. »Er selbst war sich überhaupt keiner Schuld bewusst.«

Georg wollte etwas dazu sagen, doch Bea war noch nicht fertig.

»All meine Spiritualität hat mir da nichts genutzt. In dem Augenblick habe ich ihn gehasst. Da Hass aber am meisten dem schadet, der ihn empfindet, hatte ich beschlossen, meinen Vater aus meinem Leben zu tilgen, nie mehr über ihn zu reden, einfach nicht mehr an ihn zu denken. Das ist mir natürlich nicht immer gelungen. Erst jetzt, da er wirklich tot ist, werde ich wohl meine Ruhe haben.« Bea sah Georg provozierend an. »Ein hervorragendes Motiv, nicht wahr, Herr Kommissar?«

»Ich weiß nicht, ob du einen Menschen umbringen könntest, Bea.«

»Ich weiß es auch nicht. Ich habe es noch nie versucht. Ich weiß nur, dass erst endgültig Ruhe einkehren wird in mir, wenn der Alte unter der Erde ist.« Bea stand auf. »So, jetzt weißt du alles. Mehr gibt es dazu nicht zu sagen.«

»Bitte entschuldige, dass ich mit meiner Fragerei alles wieder aufgerührt habe. Es tut mir leid!«

»Ist schon O. K., ich hatte ja gesagt, ich würde dir die Geschichte erzählen.« Sie klopfte Georg begütigend auf die Schulter. »Vielleicht hat es mir auch gutgetan, das heute noch einmal alles rauszulassen.«

Auch Georg war aufgestanden. Er hoffte, dass Bea meinte, was sie sagte, und ihm seine Fragerei nicht krummnahm. Er mochte sie und ihr offenes Wesen, und er hätte es sehr bedauert, ihr wehgetan zu haben.

»Dann werde ich mich mal verabschieden. Wir sehen uns ja nachher. Also noch mal, Bea: Nix für ungut!«

»Ja, ja, alles in Ordnung, Schorsch.«

Sie begleitete Angermüller zur Tür. Als er sich umdrehte, um ihr Ade zu sagen, spielte in ihrem Gesicht ein leicht spöttisches Lächeln.

»Übrigens: Die Polizei hat mich natürlich gefragt, wo ich gestern früh kurz nach sieben gewesen bin, und meine Hauswirtin konnte bestätigen, dass wir da zusammen gefrühstückt haben. Du kannst also Paola sagen, dass ich sogar ein Alibi habe.«

»Mensch Bea, das ist mir furchtbar unangenehm jetzt. Bitte, glaub mir: Das war nicht der Grund meines Besuches.«

»Aber irgendwie spielst du doch den Detektiv, oder?«

Bea konnte man so leicht nichts vormachen und nach einigem Zögern sagte er:

»Ganz Niederengbach denkt, dass ich als Kommissar im Urlaub mit links einen Fall klären kann.«

»Allen voran natürlich Paola, nehme ich an.«

»Die Rosi auch«, beeilte sich Angermüller zu sagen. »Und irgendwie interessiert's mich ja auch. Berufskrankheit wahrscheinlich.«

»Du kannst dir ja denken, dass mir das alles ziemlich egal ist. Für mich brauchst du überhaupt nichts herauszufinden. Und versprich mir: heute Abend darüber kein Wort mehr!«

Angermüller nickte erleichtert und gab Bea die Hand zum Abschied. Dabei fiel ihm ein, dass er jetzt zu Irina hatte fahren wollen, es aber nicht mehr geschafft hatte, Paola nach der Adresse zu fragen.

»Entschuldige, wenn ich doch noch mal davon anfange: Du weißt wahrscheinlich auch nicht, wo eine gewisse Irina wohnt, diese junge Pflegerin deines Vaters?«

»Du bist unmöglich, Schorsch! Weißt du das?«, Bea schüttelte den Kopf, aber sie schien nicht ernsthaft böse zu sein. »Impertinent, der Herr Kommissar, würde meine Tante sagen. Aber du hast Glück! Eine meiner Kursteilnehmerinnen hat mir brühwarm berichtet, als mein Vater ständig mit diesem jungen Ding gesehen wurde. Das war natürlich *der* Skandal! Die Frau kommt aus Oeslau und wohnt irgendwo in der Gothaer Straße. Ihr Haus hat eine so auffällig rot gestrichene Tür und das Mädel wohnt gleich bei ihr nebenan. Dir als Profi wird es ja ein Leichtes sein, herauszufinden, wo genau das ist. Jetzt hab ich dir aber mehr geholfen, als ich je wollte, und nun lässt du mich damit wirklich in Ruhe, ja?«

»Ich verspreche es dir.«

Sie sah ihn an und schien einen Moment zu überlegen.

»Wahrscheinlich bist du sogar ein ganz guter Bulle, gell?«, sagte sie dann und schloss die Tür.

9

Im Schritttempo fuhr Angermüller die Straße in Oeslau entlang, die Bea ihm genannt hatte, und spähte nach einer auffälligen roten Tür. Beim ersten Versuch fiel ihm kein derartiges Haus ins Auge, aber nachdem er dann noch einmal gewendet hatte und die Gegenrichtung absuchte, wurde er fündig. Er stellte Margas Wagen ab und überlegte, ob er bei Beas Kursteilnehmerin klingeln und nach Irinas Wohnung fragen oder ob er es einfach auf gut Glück versuchen sollte. Es gab ja nur zwei Möglichkeiten, rechts oder links von dem Haus mit der roten Tür.

Schon beim ersten Vorbeifahren war ihm ein älterer Mann in einer bunt gemusterten Strickjacke aufgefallen, der im Vorgarten arbeitete. Jetzt sah er, dass es der Garten nur zwei Häuser von der roten Tür entfernt war. Auf seine Harke gelehnt, beobachtete ihn der Mann sehr genau, als er aus dem Auto stieg. Sehr praktisch, dachte Angermüller und steuerte geradewegs auf ihn zu.

»Grüß Gott! Vielleicht können Sie mir helfen?«

Der Mann brummte einen unverständlichen Gruß und etwas wie »Kommt drauf an«.

»Ich suche eine junge Frau. Langes, blondes Haar, schlank, mittelgroß.«

»Das tun viele«, ungerührt starrte der Alte ihn an. »Und wieso suchen's die, wenn ich fragen darf?«

Schon bedauerte Angermüller, es nicht in dem Haus mit der roten Tür versucht zu haben.

»Ich bin von der Kripo«, sagte er automatisch, da diese fünf Worte oft als Türöffner dienten.

»Hams en Ausweis?«

Er wusste, das konnte ihn in Teufels Küche bringen, wenn Bohnsack davon Wind bekäme – aber warum sollte er. Also zog er seinen Dienstausweis hervor, auf den der Mann einen kritischen Blick warf.

»Ich kann's zwar net so gut erkennen ohne mei Brilln, aber der sieht echt aus.«

Es war Angermüller ein Rätsel, woran er das festmachte, wenn er nicht einmal merkte, dass es ein Lübecker Ausweis war, aber erleichtert steckte er ihn schnell wieder weg.

»Sie wolln zur Irina, gell? Was wollnsn von der? Wegen ihrm toten Chef wohl?«

Nanu, der Mann war voll im Bild.

»Ja, ich suche die Irina. Mehr darf ich Ihnen leider nicht dazu sagen.«

»Ihre Kollegen waren ja a scho da. Die wohnt dort im übernächsten Haus. Aber ich weiß fei net, ob die da ist. Ich hab vorhin des Auto von ihrem Freund wegfahren sehen.«

»Danke! Ich versuch's mal. Sie haben mir sehr geholfen.«

»Denken Sie an mich, wenn's e Belohnung gibt, Herr Kommissar!«, sagte der Alte mit einem schiefen Grinsen.

Auch als Angermüller gleich darauf vor dem sehr gepflegten kleinen Häuschen stand und an der Tür klingelte, ließ ihn die bunte Strickjacke nicht aus den Augen. Es dauerte einen Moment, dann hörte er Stimmen, Schritte und gleich darauf öffnete Irina. Sie blendete ihn fast mit ihrer Aura aus Blond, Weiß und Rosa, die sie umgab. Ihr blondes Haar floss offen um ihr Puppengesicht, und sie steckte in einem strahlend weißen Jogginganzug mit rosa Streifen an Kragen und Manschetten, der bestimmt noch nie ein Sportgerät oder eine Trainingsstrecke gesehen hatte.

»Guten Tag, Frau Saratov! Kann ich kurz mit Ihnen sprechen?«

Den Nachnamen hatte er sich vom Klingelschild gemerkt.

Irina sah ihn misstrauisch an.

»Mein Name ist Saratova – und bitte sprechen Sie leise. Meine Oma ist krank und regt sich so leicht auf.«

Die Stimme einer alten Frau rief etwas aus dem Hintergrund, das Angermüller nicht verstand.

»Alles in Ordnung, Oma!«, antwortete Irina ins Haus hinein und drehte sich wieder zu Angermüller. »Was wollen Sie von mir? Sie sind doch ein Freund von der Steinlein!«

Das war Pech. Hatte sie ihn also doch wiedererkannt!

»Ich bin vor allem bei der Polizei und muss deshalb mit Ihnen reden. Kann ich kurz reinkommen?«

Er hatte Glück und das Erwähnen der Polizei tat auch bei ihr seine Wirkung. Er winkte kurz dem Mann im benachbarten Vorgarten zu, der ihn die ganze Zeit nicht aus den Augen gelassen hatte, und Irina ließ ihn zumindest bis in den Flur kommen.

»Geht doch schnell, oder? Ich habe nämlich keine Zeit. Mein Freund kommt gleich wieder und holt mich ab.«

Dann ging es ganz bestimmt schnell. Angermüller hatte keine Lust, sich mit dem Schrank von gestern Nacht auseinandersetzen zu müssen.

»Es dauert bestimmt nicht lang, Frau Saratova.«

Er hatte sich vorher schon überlegt, was die sinnvollsten Fragen waren, die er ihr stellen konnte. Da ihr Alibi für ihn nur sehr umständlich nachprüfbar war und er davon ausging, dass das die erste Sache war, die von den Coburger Kollegen abgeklopft worden war, wollte er sich ganz auf Irinas finanzielle Interessen konzen-trieren.

»Sie haben den Kollegen ja schon Auskunft über vieles gegeben«, sagte er und Irina nickte. »Was mich jetzt noch interessiert, Sie sprachen gestern von Geld, das Sie Ihrer

Meinung nach noch zu kriegen haben. Was meinten Sie damit?«

Entgegen ihrer eigenen Bitte, doch möglichst leise zu sein, hob Irina selbst erregt ihre Stimme.

»Ich sollte einen Vertrag kriegen und doppelt so viel verdienen wie vorher, auch rückwirkend! Über zwei Monate war ich schon da! Das hatte er mir versprochen!«

»Der Bernhard Steinlein?«

»Ja, natürlich! Der arme, alte Mann!«, sie sprach plötzlich leise und klagend und tupfte sich dabei eine imaginäre Träne aus dem Augenwinkel. Doch dann kehrte sie zu ihrer vorherigen Lautstärke zurück.

»Diese alte Kuh will mir nicht geben, was mir zusteht! Die glaubt mir einfach nicht! Aber das lass ich mir nicht gefallen!«

»Haben Sie denn nichts Schriftliches darüber?«

Angermüller bemühte sich, seiner Stimme einen mitfühlenden Klang zu geben.

»Das ist ja das Furchtbare!«, Irina war jetzt ehrlich verzweifelt. »Gestern Nachmittag hatte der Bernhard eine Verabredung mit seinem Anwalt. Er wollte doch auch sein Testament ändern für mich!«

Die Tränen, die nun in ihren Augen schimmerten, waren wohl echt und galten ohne Zweifel ihrem eigenen Pech. Auf jeden Fall war es, wie Angermüller angenommen hatte: Irina hatte am allerwenigsten Grund, den Alten aus dem Weg zu schaffen, jedenfalls solange sie von seinem Geld profitierte und noch kein Erbe für sie in Aussicht war. Und ihr Freund hatte bestimmt nichts gegen so eine lukrative Beziehung zu einem alten, gelähmten Mann im Rollstuhl.

»Wissen Sie denn, wie der Anwalt heißt?«

»Das ist der Herr Fink.«

»Ah ja«, meinte Angermüller nur und machte innerlich einen Luftsprung. »Und wie hat sich der Herr Steinlein mit dem Anwalt verabredet? Haben Sie das für ihn gemacht? Er konnte doch nicht sprechen.«

»Mit seinem Handy.«

»Wie, mit seinem Handy?«, fragte Angermüller verwirrt.

»Er hatte doch so einen speziellen, kleinen Computer, und den konnte man auch an seinem Rollstuhl anbringen«, erklärte Irina geduldig.

Angermüller nickte verständig, obwohl er überhaupt nicht wusste, wovon sie sprach. Bei dem kurzen Blick, den er gestern aus der Ferne auf den Rollstuhl werfen konnte, war ihm nichts Derartiges aufgefallen.

»Damit hat er immer aufgeschrieben, was er wollte, und dann konnte man das auf dem Bildschirm lesen. Nur mit zwei Fingern, aber das konnte er gut. Und gleichzeitig war das auch wie ein Handy. Er konnte damit einfach eine SMS schicken, aber das war wie Telefonieren. Die Leute haben Sprache gehört und konnten auch gleich antworten.«

»Auch als SMS?«

»Nein. Das kam über einen kleinen Lautsprecher.«

Mit allem hatte Angermüller gerechnet, aber nicht damit. Sicherlich hatten die Kollegen den Computer auf die letzten Kommunikationsdaten überprüft – sofern beides nach dem Sturz noch vorhanden gewesen war und der Täter es nicht mitgenommen hatte! Plötzlich hatte er es eilig. Er musste unbedingt Sabine Zapf anrufen.

»Ja, Frau Saratova, das war es dann wohl«, begann Angermüller. Dann fiel ihm noch etwas ein.

»Sind Sie mal mit in dem Büro von dem Herrn Fink gewesen?«

Irina verneinte.

»Ich habe den nie kennengelernt, und ich weiß gar nicht, ob der überhaupt ein Büro hat. Ich nehme an, der Herr Fink ist immer nach Niederengbach gekommen.«

»Na gut«, meinte Angermüller aufgeräumt. »Dann erst mal vielen Dank! Sie haben uns sehr mit Ihren Auskünften geholfen. Schönen Abend noch!«

Die junge Frau sah ihn verdutzt an.

»Das war es schon? Und was ist mit meinem Geld?«

Ihre Stimme bekam wieder einen keifenden Unterton.

»Haben Ihnen denn meine Kollegen keinen Tipp gegeben?«

»Das hat die doch gar nicht interessiert.«

Irina machte eine wegwerfende Handbewegung.

»Die haben nur gesagt, wenn ich berechtigte Forderungen hätte, sollte ich mich rechtlich beraten lassen.«

Angermüller zuckte bedauernd mit den Schultern.

»Tja, ich fürchte, was anderes kann ich Ihnen auch nicht raten. Wiedersehen!«

Als er durch den Vorgarten ging, wurde die Tür heftig hinter ihm zugeknallt, und aus dem Haus hörte er Irina laut fluchen. Er fummelte in seiner Hosentasche nach der Karte mit den Telefonnummern, die Sabine Zapf ihm noch zugesteckt hatte, als sie sich in der Kriminalpolizeiinspektion verabschiedet hatten. Er fröstelte. Es wurde langsam kühl hier draußen. Die Sonne hatte sich hinter die Hausdächer zurückgezogen und auch der Nachbar mit der Strickjacke war nicht mehr zu sehen. Angermüller setzte sich ins Auto, holte sein Handy heraus und tippte Sabine Zapfs Nummer ein. Doch plötzlich zögerte er. Vielleicht sollte er doch erst noch einmal mit Paola darüber sprechen, sowohl über den Computer des Alten als auch über seine Beziehung zu Ottmar Fink. Außerdem sah er nach der weiteren unerfreulichen Begegnung mit Bohnsack eigentlich keine Veranlassung mehr, ihn in irgendeiner Weise zu unterstützen. Und schließlich hatte er das Gefühl, an einem Wendepunkt zu sein und immer mehr Teile des Puzzles um den Mord in der Felsengrotte vor sich zu haben. Vielleicht würde er sie ja auch bald zusammensetzen und mit seinen eigenen, wenn auch begrenzten Mitteln den Fall aufklären können. Georg Angermüller – Private Eye! Er setzte sich eine Frist bis Sonntagabend: Wenn er es bis dahin nicht geschafft hätte, würde er sich mit Sabine Zapf in Verbindung setzen. Er überprüfte noch einmal die Richtigkeit ihrer eingegebenen Handynummer und drückte auf ›speichern‹.

Ein angenehmer Geruch nach Butterschmalz empfing Angermüller, als er nach Hause kam, und er ahnte schon, welche Köstlichkeit hier hergestellt wurde. Er betrat die Küche und sah, wie seine Schwester dabei war, mit schnellen, geschickten Bewegungen elastische Hefeteigbällchen so auseinanderzuziehen, dass außen sich eine dicke Krempe bildete und innen nur ein hauchdünner Kreis vom Teig stehen blieb, der natürlich keinesfalls reißen durfte. Dann ließ sie das runde Teilchen vorsichtig in einen Topf mit siedendem Butterschmalz gleiten, der auf dem Herd stand. Das traditionelle Schmalzgebäck gehörte im Hause Angermüller zu jedem Festtag, ob Kirchweih oder Geburtstag, und Marga war berühmt für die Qualität ihrer ausgezogenen Krapfen.

»Na, war's schön bei der Bea?«, empfing ihn seine Schwester, ohne den Blick von Backbrett und Schmalztopf zu nehmen.

»Ja, war schön. Interessant vor allem! Die ist ja weit herumgekommen in der Welt, die Bea, und da hat sie natürlich einiges zu erzählen.«

Angermüller trat zum Herd, wo auf einem Blech mit Küchenkrepp schon ein ganzes Heer von den goldbraunen Krapfen mit dem typischen hellen Kreis in der Mitte aufgeschichtet war. Die paar Probierhäppchen bei Bea hatten ihn nicht satt gemacht und er war mittlerweile richtig hungrig.

»Kann ich mal probieren, ob die auch gut geworden sind?«

»Die sind doch erscht für morchn!«, protestierte seine Mutter, die am Tisch saß und mit geübten Händen von einer Rinderzunge die Haut abzog. Aber Marga hatte ihm schon einen Krapfen mit Vanille- und Puderzucker bestreut und auf einen Teller gelegt.

»Wunderbar, Schwesterherz! Ausgezogene backt niemand so gut wie du!«, lobte Angermüller mit noch vollem Mund und leckte sich die Zuckerkristalle von den Lippen. Die Krapfen waren noch warm und schmeckten so wie früher, nach Butter, nach Vanille, nach Hefe, nach Kindheit.

»Was gibt's denn sonst noch morgen, wenn die Leute zum Gratulieren kommen?«

»Mir machen nur kalte Sachen. Ich hab die Zunge gekocht, da gibt's en Meerch dazu, den kann man auch zur geräucherten Forelln essen. En kalten Schweinsbraten hammer auch«, zählte seine Mutter auf. War sie sonst nicht sehr gesprächig, so blühte sie bei diesem Thema richtig auf. »Mir machen en Grupften und ham e Käsplattn, e Eierplattn, eingelegte Bohne und Gürkle, Kartoffelsalat …«

Eines war klar: Da wurden keine zarten, verfeinerten Häppchen gereicht, sondern fränkische, schnörkellose Küche – deftig, ehrlich, gut. Der ›Grupfte‹, bei den Bayern ›Obatzter‹ genannt, war eine pikante Mischung aus Camembert, Butter und Zwiebeln, gewürzt mit Paprika und schmeckte hervorragend mit Salzgebäck, auch zum Frankenwein. Und ›Meerch‹, das war der Apfelsahnemeerrettich, den keiner so luftig und fruchtig-mild herzustellen verstand wie seine Mutter.

»Hör auf, Mamma! Ich kipp gleich um vor Hunger«, stöhnte Angermüller und rieb sich den Magen.

»Willste was essen? Ich könnt' dir den Rest Fleisch mit der Soßen von gestern warm machen und Eigschnittene dazu.«

Angermüller liebte übrig gebliebene Klöße, aufgeschnitten und in Butter in der Pfanne gebraten, aber bei dem Gedanken an das Fest mit seinem üppigen Buffet, das ihn erwartete, siegte dann doch die Vernunft.

»Danke, Mamma, aber ich bin heute Abend eingeladen und da wird's reichlich zu essen geben.«

»Wo gehstn scho wieder hin?«

»Bei Rosi und Johannes ist ein großes Fest, ein Abschiedsfest für ein paar junge Leute. Der Florian muss zurück nach München zum Studium, ein Praktikant geht weg und der Sohn von Bea fängt auch an zu studieren.«

»Da biste schon emal hier und dann biste nie da«, beschwerte sich seine Mutter. »Aber dass die heut e Fest feiern, wo gestern erscht der alte Steinlein gstorm is! Naa!«

Sie schüttelte in stummer Empörung den Kopf, und Angermüller unterließ es, seine Freunde zu verteidigen. Gegen den Sittenkodex von Niederengbach wäre er sowieso nicht angekommen.

»Morgen bin ich den ganzen Tag nur für dich da, Mamma!«

»Des wern ma ja sehn«, sagte sie nur.

In Coburg hatte Georg Angermüller noch einen dicken Strauß roter Rosen für seine Mutter erworben, den er jetzt ungesehen nach oben brachte und in dem kleinen Badezimmer ins gefüllte Waschbecken legte. Dann packte er die langstieligen, gelben Rosen, die für Rosi gedacht waren, und den Vogelbeerbrand, den er für Johannes in der Weinhandlung in der Johannisgasse gekauft hatte, in eine braune Papiertragetasche und machte sich zu Fuß auf den Weg. Die Dunkelheit war jetzt gänzlich hereingebrochen und es war herbstlich kalt. Im Schein der Straßenlaternen konnte Angermüller die feine Wolke seines Atems sehen.

Rund um Steinleins Landgasthof parkten die Autos dicht

an dicht. Er ging zum Hoteleingang und fragte an der Rezeption nach Paola. Ein freundlicher junger Mann, den er hier noch nicht gesehen hatte, verwies ihn in den Victoria & Albert-Salon. Auf dem Weg dorthin begegnete Angermüller dem kontaktfreudigen Engländer vom Vortag, der ihm auf sein »How are you?« sogleich enthusiastisch über das Programm im Festsaal erzählte, das ihnen vorhin geboten worden war.

»It was a wonderful show! Entertaining and interesting, with so many historical details.«

»That's good«, murmelte Angermüller höflich.

»Oh yes! We are quite pleased with our stay here in Coburg county!«

Sie waren vor dem Restaurant angekommen.

»Are you going to join us for the banquet tonight?«

»Oh no«, Angermüller schüttelte den Kopf. »I only want to ask something the lady – the boss here, you know. I wish you a nice evening!«

»Thank you Sir! Same to you!«

Die Gäste standen in einer Ecke des Raumes, nahmen ihren Aperitif und unterhielten sich angeregt. Paola befand sich mitten unter ihnen. Ihr knöchellanges Kleid hatte der Modemacher auch wieder einem Dirndl nachempfunden. Es war schwarz mit silberner Stickerei und wirkte sehr elegant und festlich. Das Haar trug sie hoch aufgesteckt, und wie immer sah sie fantastisch aus. Als sie Georg Angermüller in der Tür bemerkte, lächelte sie ihm kurz zu, ließ aber ihre Aufmerksamkeit nicht von der älteren Dame, die sie gerade mit Beschlag belegt zu haben schien und ohne Pause auf sie einredete. Georg zog sich in den Flur zurück in der Hoffnung, dass Paola wenigstens für einen Moment für ihn abkömmlich war.

»Georg! Was gibt es? Hast du Neuigkeiten?«

Sie stand plötzlich vor ihm, nachdem er eine Ewigkeit

ungeduldig gewartet hatte, wie er meinte. Er nickte nicht
ohne Stolz.

»Erzähl!«, sagte Paola gespannt.

»Ich war bei Irina.«

»Woher wusstest du, wo sie wohnt? Ich habe dir doch gar
nicht ihre Adresse gegeben«, meinte sie erstaunt und fügte
hinzu: »Das haben wir irgendwie völlig vergessen heute
Nachmittag in dieser Hektik.«

»Bea hat sie mir gegeben.«

»Bea?« Paola sah ihn befremdet an.

»Woher weiß denn Bea die Adresse?«

»Reiner Zufall! Aber das ist ja auch nicht so wichtig. Irina
hat mir von diesem Spezialgerät deines Vaters erzählt …«

»Wovon?«, fragte Paola etwas geistesabwesend. Während
ihrer Unterhaltung beobachtete sie zwischendurch auch
immer wieder, was sich im Restaurant tat, winkte einem
Kellner, damit er den Gästen nachschenkte, oder beantwor-
tete mit einem freundlichen Nicken den Gruß eines vorbei-
kommenden Gastes.

»Na ja, dieser spezielle Computer.«

»Ach so, natürlich! Sein Schreibcomputer.«

»Genau, mit dem er auch SMS schicken beziehungsweise
telefonieren konnte.«

»Tja, wir dachten, damit kann er wenigstens immer Hilfe
holen, falls ihm was passiert, wenn er mal wieder allein mit
seinem Rollstuhl unterwegs ist«, Paola seufzte und brach ab.
Sie presste drei Finger der rechten Hand gegen ihre Stirn.
Hinter ihrer strahlenden Erscheinung sah sie ziemlich angestrengt aus. Es wurde ihr aber auch verdammt viel abver-
langt, dachte Angermüller. Gestern hatte sie einen Todesfall
in der Familie, einen ungeklärten noch dazu, und trotzdem muss sie pausenlos funktionieren, ihr Personal diri-
gieren, für die Gäste da sein, und jetzt kam auch er noch
dazwischen.

»Entschuldige Paola! Ich will dich nicht lange belästigen.«

Paola griff nach seiner Hand, lächelte mühsam und schüttelte wortlos den Kopf. Sie bedeutete ihm weiterzureden.

»Also ich glaube, ich habe etwas Interessantes herausgefunden: Dein Vater hat mit Ottmar Fink tatsächlich eine geschäftliche Beziehung gehabt. Der sollte zum Beispiel einen neuen Vertrag für Irina machen – behauptet zumindest Irina.«

»Also doch: Mein Vater hat sich wirklich mit dieser zwielichtigen Type abgegeben! Hat ihm Geldangelegenheiten anvertraut. Alte Leute sind ja manchmal unheimlich vertrauensselig«, Paola war entsetzt. »Oh Gott! Wer weiß, auf welch finsteren Wegen der versucht hat, meinen Vater über den Tisch zu ziehen.«

»Tut mir leid, ich wollte dir nicht noch mehr Aufregung verschaffen. Aber ich dachte, es ist wichtig, dass du das weißt. Vielleicht ist dir ja in den letzten Wochen doch noch irgendwas aufgefallen, was in diesem Zusammenhang wichtig sein könnte. Ich weiß, du hast nicht viel Zeit jetzt. Eine Frage hab ich noch: Sag, Paola, hat die Polizei irgendwas von dem Computer deines Vaters erwähnt?«

Sie überlegte.

»Ich kann mich nicht erinnern, dass sie danach gefragt haben. Wahrscheinlich ist alles kaputtgegangen, als der Rollstuhl …«, sie sprach nicht weiter. Angermüller strich ihr beruhigend über die Schulter und verkniff sich zu sagen, dass Spezialisten auch aus den Trümmern solcher Geräte noch wichtige Informationen herauszufiltern in der Lage sind. Es wäre schon hilfreich gewesen, einfach bei der Coburger Polizei nachzufragen, was damit passiert war, überlegte er. Aber auf jeden Fall sollte er Paola jetzt nicht länger mit Details des grausigen Geschehens um ihren Vater belästigen.

208

»Du musst wieder zu deinen Gästen. Das war's auch schon. Ich lass dich jetzt in Ruhe.«

Paola straffte sich.

»Ja, ich muss wieder. Es ist die Hölle los.«

Sie klang nicht so, als ob sie sich heute über die gut laufenden Geschäfte freuen könnte. »Und was machst du jetzt?«

»Ich bin bei den Sturms. Da ist doch heute das Abschiedsfest für Florian und die anderen jungen Leute.«

»Stimmt ja. Rosi hat mich auch eingeladen.«

»Irgendwie geht mir der Ottmar Fink nicht aus dem Kopf«, meinte Angermüller auf einmal nachdenklich. »Vielleicht fahre ich zwischendurch noch mal nach Coburg. Du weißt nicht zufällig, wo der wohnt?«

»Tut mir leid«, Paola schüttelte bedauernd den Kopf. »Aber bitte sei vorsichtig, Georg! Ich hab dir ja gesagt, was der Ottmar für einen Ruf hat. Ich würde da nicht allein hinfahren, schon gar nicht nachts.«

»Keine Angst! Ein bisschen kenn ich mich mit so was aus«, Angermüller merkte, dass ihm Paolas Sorge nicht unangenehm war. »Ich weiß ja gar nicht, ob ich wirklich heute Abend noch dahin fahre. Womöglich ist er gar nicht da. Dann sehen wir uns vielleicht nachher bei Rosi?«

»Mal schaun, wenn mir danach ist. Erst muss ich den Abend hier überstehen. Ich danke dir, Georg. Und pass auf dich auf!«

Er wollte noch abwehren und fragen, wofür sie ihm dankte, aber da hatte Paola sich schon wieder unter ihre englischen Gäste im Victoria & Albert-Salon gemischt.

10

Ganz leise klangen Gitarrenmusik und Gesang über den gepflasterten Hof des Sturmschen Anwesens und hinter dem Dach des ehemaligen Schweinestalls war ein heller Schein zu sehen. Angermüller nahm wie immer den Weg um das Haus herum und durch den Garten. Auf der Wiese hinter dem Hofcafé loderte das Lagerfeuer und eine ganze Menge Leute saß und stand, zum Teil in Decken gehüllt, drum herum. Die beiden Praktikanten, Linus und Hanna, spielten auf ihren Gitarren alte Folksongs und die Runde sang und summte mit. Angermüller schob sich an die Feuerstelle heran und empfand die Wärme als sehr wohltuend. Unter den Umstehenden, deren Gesichter im Licht des Feuers leuchteten, entdeckte er neben den Bewohnern des Hofes und einer ganzen Reihe junger Leute ein paar Bekannte und den Pfarrer, der letzte Nacht so beherzt in die Schlägerei eingegriffen hatte. Gleich neben ihm stand Bea. Rosi, die dicht neben Johannes saß, schien völlig dem Mitsingen hingegeben. Als das Lied zu Ende war, klatschten alle sich und den Musikern begeistert Beifall. Johannes stand auf.

»So, Freundinnen und Freunde! Ich freue mich über euer Kommen. Schön, dass ihr alle die jungen Leute mit verabschieden wollt. Keine Angst, das wird keine lange Rede, aber ich denke, ich sollte was dazu sagen, bevor sich jetzt vielleicht jemand wundert, dass wir nach den gestrigen Ereignissen heute ein Fest feiern: So ist das Leben. Es ist Anfang und Ende in einem. Gestern war Ende und heute ist Anfang. Dieser Abschied von Florian, Linus und Mahi ist ja keineswegs ein trauriger Schlusspunkt, sondern sie gehen den Weg in ihre Zukunft. Florian ist ihn ja schon ein ganzes Stück gegangen und für Linus und Mahi ist es der Auftakt für ein neues, aufregendes Leben, ein verheißungsvoller Anfang! Dafür sind wir heute hier, um ihnen alle unsere guten Gedanken und Wünsche mit auf den Weg zu geben.«

Ein paar Leute spendeten Beifall. Johannes sah sich um und rieb sich die Hände.

»So, das war's schon. Jedenfalls wünsche ich uns allen einen wunderbaren Abend. Das Feuer wärmt ja schön, aber leider nur von vorn, und an meiner Kehrseite find ich's schon ziemlich frisch. Also mein Tipp: Im Hofcafé ist's warm und gemütlich und es gibt was zu essen und zu trinken. Und jetzt, wo ich gesehen hab, dass der Schorsch inzwischen auch gekommen ist, da können wir das Buffet ja eröffnen!«

Johannes erntete begeisterte Zustimmung und man strömte nach drinnen. Angermüller boxte seinem Freund leicht gegen den Oberarm.

»Wegen mir wird das Buffet eröffnet, ja?«

»Hast etwa keinen Hunger?«

»Aber wie!«

»Na also! Wusst ich doch.«

»Hier, für dich, auch wenn du falsche Behauptungen über mich in die Welt setzt!«

Johannes nahm den Vogelbeerbrand entgegen und besah sich interessiert das Etikett.

»Den testen wir aber zusammen! Danke, Schorsch!«

Angermüller hielt nach Rosi Ausschau. Er entdeckte sie hinter dem Tresen, wo sie sich um die Getränke kümmerte, und überreichte ihr seinen Blumenstrauß. Rosi freute sich sehr, und als sie ihn umarmte, um sich zu bedanken, flüsterte sie ihm ins Ohr: »Danke! Du hattest recht, dass wir feiern sollten, Schorsch. Mir geht's schon viel besser.«

Sie tauschten einen Blick des Einverständnisses. Wahrscheinlich lag es eher daran, glaubte Angermüller zu wissen, dass sich Rosis Angst, Johannes könne in den Mord

211

an ihrem Vater verwickelt sein, in Nichts aufgelöst hatte. Kaum hatte er wieder an den toten alten Mann gedacht, begannen in Angermüllers Kopf, trotz seines nicht mehr zu verdrängenden Hungergefühls, die Fragen zu kreisen, die ihn seit seinem Besuch bei Irina nicht mehr losließen. Der Fall Steinlein zog ihn fast schon genauso in seinen Bann, wie es manche Fälle in Lübeck taten, wenn er und die Kollegen sich nah am Ziel fühlten, es aber irgendwo hakte. Wie sollte er weiter vorgehen? Wie seine erworbenen Erkenntnisse optimal verwerten? Er musste zugeben, er vermisste den Dialog mit seinem Partner Claus Jansen, der manchmal eine ganz andere Sichtweise hatte, sodass sie harte Diskussionen führten. Oft erwies sich das aber als sehr fruchtbar und konstruktiv. War es zu riskant, Ottmar Fink einfach allein aufzusuchen? Sollte er das noch an diesem Abend tun? Was war wohl mit Steinleins Computer passiert?

Ein wenig ratlos stand Angermüller im Café herum und blickte geistesabwesend auf die Leute, die mit gefüllten Tellern an den Tischen Platz suchten. Schließlich siegte doch sein ziemlich leerer Magen und auch er begab sich zum Buffet und tauchte ein in die köstliche Vielfalt der Speisen, die auf einer langen Tafel aufgebaut waren. Jemand hob den Deckel von einem Topf auf der Warmhalteplatte und schöpfte sich Beas Spezialcurry auf den Teller. Es duftete märchenhaft. In einem Korb neben dem Currytopf lagen die kleinen indischen Fladenbrote bereit. Angermüller lugte in die große Suppenschüssel daneben. Sie enthielt Rosis cremige Kürbissuppe. Ihm lief das Wasser im Munde zusammen. Es wollte wohlüberlegt sein, womit er sein Mahl anfing, denn natürlich wollte er von den meisten Sachen wenigstens kosten.

In der Ecke vor der kleinen Küche des Hofcafés hatte sich eine Schlange gebildet, und Angermüller spähte, was es da wohl Besonderes gäbe. Er hörte Beas lautes Lachen, und ein fremdartiger, sehr delikater Duft zog ihm in die Nase. Er nahm sich einen Teller und Besteck und stellte sich hier erst einmal an. Etwas frisch Gemachtes war natürlich ein ganz besonderer Leckerbissen. Der große Mann mit den breiten Schultern, der vor ihm stand, drehte sich zu ihm um. Es war der Pfarrer, heute nicht in Motorradkluft, sondern in Jeans und dunkelblauem Troyer.

»Guten Abend! Ich bin der Henning Storbeck, der Pfarrer.«

Er hielt Angermüller seine beeindruckend kräftige Rechte hin und spähte neugierig in sein Gesicht.

»Na, hast ja gestern doch n büschen was aufs Auge gekriegt, was?«

Sie schüttelten sich die Hand.

»Angenehm, ich bin der Georg Angermüller. Wenn du gestern nicht eingegriffen hättest, sähe ich wahrscheinlich heute noch schlimmer aus.«

»Ich weiß doch, wer du bist. Der Schorsch, der Kriminaler aus Lübeck. Hat mir der Johannes doch alles schon erzählt.«

»Und du bist ein echtes Nordlicht – oder nennen sie dich hier nicht so?«

»Hin und wieder. Ich stamme aus Schleswig.«

»Und wieso hat's dich nach Oberfranken verschlagen?«

»Gegenfrage: Wieso bist du in Lübeck?«

»Ich bin zufällig während des Jurastudiums zu einem Praktikum in der Bezirkskriminalinspektion Lübeck gelandet, im Kommissariat für Mord und Kapitaldelikte. Plötzlich wusste ich, was ich beruflich machen wollte. Ja, und dann hab ich auch bald meine Frau kennengelernt.«

»Tscha, dann weißt du ja, wie das ist. Nur bei mir war's die umgekehrte Richtung. Wir haben uns beim Studium in

Erlangen kennengelernt. Meine Frau stammt aus Franken und wollte im Süden bleiben.«

»Und, lebst du gern hier?«

»Ich möchte hier nicht wieder weg. Das Einzige, was mir hier wirklich abgeht, ist ein ordentliches, schiffbares Gewässer. Einmal im Jahr muss ich mindestens an die Ostsee, um mal wieder einen Schlag zu segeln. Sonst werd ich krank.«

Angermüller wollte gerade antworten, dass bei ihm das Gegenteil der Fall war. Er wurde seekrank, sobald er schwankende Planken betrat, doch sie waren inzwischen bei Bea angekommen.

»Hallo Henning, schön dich zu sehen! Geht gleich weiter.«

Bea nahm mit einem großen Löffel etwas von einem weichen Teig aus einer Schüssel und gab ihn vorsichtig in eine Pfanne mit reichlich heißem Öl. Ein wenig sah es aus wie dicke, kleine Eierkuchen, aber irgendetwas war noch in den Teig eingearbeitet. Sie ließ die Teilchen von jeder Seite goldbraun werden, legte zwei davon auf den Teller und gab ein wenig von einer wasserklaren Soße darüber.

»Guten Abend, Herr Kommissar! Darf's auch was sein? Oder bist du dienstlich hier?«

»Hallo Bea! Ich bin hier im Urlaub, das weißt du doch«, sagte Angermüller und hielt ihr seinen Teller hin. Hinter ihrer witzigen Frage vermeinte er doch eine Spitze zu bemerken, die sich auf ihre Begegnung am Nachmittag bezog, und es war ihm ein wenig peinlich. Außerdem wollte er nicht die Aufmerksamkeit der anderen Gäste auf sich ziehen. Ebenso wenig wie im Dienst hatte er jetzt und hier Lust, neugierige Fragen zum Mord am Steinleins Bernhard zu beantworten und was er wohl als Fachmann dazu sagte.

»Außerdem verrate mir lieber mal, was du hier brutzelst.«

»Das sind croquettes crevettes, ein Gajack aus Mauritius,

also etwas, das man dort häufig als Vorspeise serviert. Ziemlich einfach herzustellen, und dazu sauce d'ail, eine Essig-Knoblauch-Soße.«

»Ich bin schon gespannt, wie die schmecken.«

»Guten Appetit! Ach übrigens, du musst unbedingt die kleinen Bouletten probieren. Auch ein Snack von Mauritius. Die sind lecker, die hat Mahi gemacht.«

»Mach ich, danke.«

Henning hatte auf ihn gewartet und sie suchten sich zusammen einen Platz an einem der Tische. Angermüller besorgte vom Tresen noch für jeden ein Bier und dann machten sie sich ans Essen. Die Krabbenküchlein waren schön knusprig, schmeckten nach frischem Koriander und hatten eine leichte Schärfe, die im angenehmen Kontrast zu der süßsäuerlichen Knoblauchsoße stand. Es war genau die richtige Wahl für einen Starter. Während Henning sich eine Portion vom Curry holte, stellte sich Georg einen Teller mit einer Auswahl Leckerbissen zusammen und kostete auch die von Bea empfohlenen kreolischen Bouletten. Sie mundeten hervorragend, die Gewürzmischung war toll, und er nahm sich vor, sich von Mahi das Rezept geben zu lassen.

»Schmeckt das klasse! Da merkt man richtig, dass es selbst gemacht ist und nicht so eine Currymischung aus der Packung hineingerührt wurde.«

Mit einem kleinen Fladenbrot genoss Henning sein Curry und war begeistert.

»Du und ich«, meinte er dann zwischen zwei Gabeln, »wir sind ja in gewisser Weise Kollegen!«

»Ach ja?«, fragte Angermüller erstaunt.

»Na ja, wir sind von den Guten. Wir kämpfen beide gegen das Böse. Ich vorher, du nachher.«

Henning ließ ein dröhnendes Lachen hören.

»Mit anderen Worten«, führte Angermüller den Gedanken weiter, »wenn ihr es nicht gepackt habt, die Leute zum Guten zu bekehren, sind wir dazu da, die Scherben hinter euch einzusammeln und die Täter ihrer gerechten Strafe zuzuführen.«

»So ähnlich«, nickte Henning. »Nur dass wir den Glauben an das Gute im Menschen nie verlieren. Jeder kann vom Saulus zum Paulus werden.«

»Ich erleb's meistens umgekehrt: Jeder kann zum Verbrecher werden, wenn die Voraussetzungen stimmen.«

»Macht dir der Job denn noch Spaß mit diesem Wissen?«

»Schon. Aber das Gleiche könnte ich dich auch fragen. Du weißt doch auch, dass die Menschen immer wieder sündigen werden.«

»Aber ich glaube auch an eine Vergebung der Sünden. Das gehört bei uns zum Job.«

»Und ich glaube, dass wir letztlich jeden Täter kriegen. Das gehört bei mir zum Job«, meinte Angermüller im Brustton der Überzeugung. Henning musste lachen.

»Na denn viel Erfolg und Prost! Auf weiterhin gute Zusammenarbeit!«

Sie stießen mit ihren Bierkrügen an.

»Na und? Was sagt der Profi zu unserem ersten Mord in Niederengbach seit – ja seit wann überhaupt? Seit 50 Jahren?«

»Ich kann mich nicht erinnern, dass es zu meiner Zeit hier einen Mord gegeben hat«, meinte Angermüller. »Und wenn danach was passiert wäre, hätten's meine Mutter und meine Schwester mir mit Sicherheit brühwarm erzählt.«

»Und, hast du einen Tipp, wer es gewesen sein könnte? Ich kann mir nicht vorstellen, dass dich als Kriminaler die Sache hier überhaupt nicht interessiert.«

»Mmh«, Angermüller zögerte ein wenig. »Ich bin im Urlaub und ich darf hier ja überhaupt nicht tätig werden.

Wenn ich eigenmächtig ermitteln würde und die Kollegen hier davon Wind bekämen, gäbe es einen Riesenärger.«

Hennings klare, blaue Augen sahen ihn prüfend an.

»Lässt dich der Fall denn wirklich völlig kalt?«

»Na ja – so einiges kriegt man ja sowieso mit, ob man will oder nicht. Und dann zieht man seine Schlüsse …«

»Und was hast du rausbekommen?«

»Du, Henning, ich denke nur über den Fall nach, ich ermittle nicht.«

»Aber in welche Richtung gehen deine Überlegungen?«, beharrte Henning. »Ich finde das unglaublich spannend. Ich würde ja erst mal das nähere Umfeld des Opfers untersuchen. Wer hat ein Motiv? Wer profitiert am meisten davon?«

Georg Angermüller lächelte und stand auf.

»Du kannst sicher sein, Henning, dass die Kollegen in Coburg genau diesen Fragen nachgehen. Und ich mach mir halt auch ein paar Gedanken dazu.«

Henning gab es auf, weiter nachzubohren. Er erhob sich ebenfalls und sie gingen beide noch einmal zum Buffet. Anschließend führte Henning ihn an den Tisch einer Runde von Frauen, die sich ausgezeichnet zu amüsieren schien, und stellte ihm seine Frau Regina vor, eine große, sympathische Person, die mit der gleichen Festigkeit wie ihr Mann Angermüllers Hand drückte. Dann nahm ihn Bea mit und präsentierte ihm stolz ihren Sohn. Mahi sah in Wirklichkeit fast noch besser aus als auf dem Foto in Beas Küche. Er war sehr offen und kommunikativ, und es machte Spaß, sich mit ihm zu unterhalten.

Als Angermüller sich am Tresen ein Wasser holte – ein Bier wäre ihm lieber gewesen, aber er wollte ja vielleicht noch Auto fahren –, winkten ihm einige der Bekannten, die er unter den Gästen gesehen hatte, und er gesellte sich zu ihnen. Man freute sich über das Wiedersehen nach langer

Zeit, fragte, wie es so ging – auch sein lädiertes Auge war immer wieder ein beliebtes Thema –, und tauschte Erinnerungen aus. Doch so ganz bei der Sache war Angermüller nicht. Innerlich kämpfte er die ganze Zeit mit sich, ob er jetzt noch nach Coburg fahren und versuchen sollte, mit Ottmar Fink zu sprechen. Er musste allerdings erst einmal herausfinden, wie und wo er Fink erreichen konnte. Johannes hatte nur einen uralten Rechner, wusste er, und er wollte ihn jetzt auch nicht danach fragen. Aber bestimmt gab es auch bei den jungen Leuten benutzbare Computer und er könnte die Daten im Internet recherchieren.

Er verabschiedete sich von seinen Gesprächspartnern und suchte nach Florian. Der stand mit Freunden draußen an den Resten des Lagerfeuers und führte ihn auf seine Frage hin sofort in sein Zimmer, wo der Laptop im Nu betriebsbereit war. Angermüller hatte Glück. Ottmar Fink fand sich samt Adresse im Online-Telefonverzeichnis, und ein Blick auf Google Maps zeigte ihm, dass er im Süden von Coburg wohnte, in einer kleinen Nebenstraße vom Marschberg. Inzwischen war es schon kurz vor zehn. Aber Ottmar hatte ja gesagt, er solle sich melden, um ein Bier mit ihm zu trinken, und dafür war es genau die richtige Zeit. Doch leider erreichte Angermüller nur einen Anrufbeantworter, der sehr knapp um das Hinterlassen einer Nachricht bat. Er legte auf. Trotz seiner Ungeduld und auch auf die Gefahr hin, sich großen Ärger mit seiner Mutter einzuhandeln, würde er wohl doch den Besuch bei Fink auf morgen verschieben müssen.

Nachdem das entschieden war, fühlte er sich etwas entspannter. Er schlenderte in Richtung Buffet, denn er verspürte jetzt Lust auf die süßen Verführungen, die er dort erspäht hatte. Die Auswahl fiel ihm nicht leicht. Es gab diverse Kuchen und eine dunkle Schokoladencreme, daneben lockte eine große Schüssel mit Obstsalat und

ein tortenartiges Gebilde mit Löffelbiskuit und Schlagsahne, das Angermüller irgendwie bekannt vorkam, stand
dahinter.

»Kannst dich nicht entscheiden, Schorsch? Wie wär's mit
einem schönen Stück Schnapskuchen?«

Johannes stand neben ihm und legte sich ein Stück von
besagtem Kuchen auf den Teller.

»Sag bloß, den hast du selbst gemacht?«, fragte Georg.
»Ist der so gefährlich wie früher?«

»Den hat die Rosi gemacht, und wie ich sie kenne, hat
sie wieder geknausert mit der wichtigsten Zutat.«
Der Schnapskuchen, ein Rezept aus Johannes' Studien-
zeit, war eine Mischung aus in Rum getränkten Löffelbis-
kuits, Moccabuttercreme und Sahne, schmeckte süß, sah-
nig-cremig und hatte je nach der Menge des verwendeten
Rums einen mehr oder weniger kräftigen alkoholischen
Nachgeschmack. Von übermäßigem Genuss war in jedem
Fall abzuraten, doch eine kleine Portion war die perfekte
Nachspeise nach einem üppigen Essen.

Sie setzten sich zu Henning, seiner Frau und ihrer
Freundin Birgit an den Tisch und ließen sich die süßen
Sachen schmecken. Danach unterhielt man sich über dies
und das und Georg und Johannes erzählten von ihrer
Jugend in Niederengbach und welchen Blödsinn sie damals
zusammen ausgeheckt hatten. Die anderen amüsierten
sich königlich und die Zeit verging wie im Fluge. Später
kam Thomas zu ihnen, der im Nachbardorf einen Biohof betrieb, und schließlich gesellte sich auch Bea zu der
Runde.

»Sag mal, ich hab gehört, du bist von der Kripo?«, fragte
Birgit, als einen Moment Stille herrschte. »Wer hat denn
nun den alten Mann umgebracht?«

»Keine Ahnung«, sagte Angermüller gelassen. »Ich mach
hier nur Urlaub.«

»Und der Fall interessiert dich überhaupt nicht? Das glaub ich nicht! Ich dachte, ihr Kommissare seid immer im Dienst.«

Birgit hatte eine etwas unangenehme, durchdringende Stimme und sprach dazu auch noch ziemlich laut. Angermüller, der das Thema klein halten wollte, zuckte nur mit den Schultern und sagte: »Ich sage es gleich noch einmal für alle, weil ich immer wieder gefragt werde: Ich darf hier nicht ermitteln. Ich bin bei der Lübecker Kripo und habe als Polizist hier überhaupt keine Legitimation. Punkt.«

»Freunde, ihr wisst doch: Wer's glaubt, der wird selig!«, sagte Henning mit pastoralem Tonfall und tätschelte Georgs Schulter. Bea, Johannes und auch Rosi, die inzwischen dazugekommen war, tauschten beredte Blicke. Aus unterschiedlichen Gründen hatte keiner der drei das Bedürfnis, die Ereignisse des Vortages jetzt aufzurühren.

»Nun lasst doch den Schorsch mit diesem Thema in Ruhe. Der will sich hier wirklich mal erholen!«, sprang Johannes seinem Freund bei. »Außerdem gibt es was viel Interessanteres. Oder wisst ihr schon, dass der Motschmann selbst seine Scheune angezündet hat?«

»Nein, wer sagt das?«, fragte Thomas überrascht.

»Die Polizei. Das ist bei der Untersuchung der Brandursache herausgekommen.«

»Das ist ja eine gute Neuigkeit! Ich muss ja zugeben, ich dachte schon, das wären die Jungs aus der Szene gewesen, diese ›Militanten Feldmäuse‹ oder wie die heißen, mit denen du dich unbedingt einlassen wolltest, Johannes.«

»Das sollten ja auch alle denken. So hatte sich der Motschmann das vorgestellt. Hat aber leider nicht geklappt«, meinte Johannes fröhlich. »Aber Thomas, meinst du nicht, wir wären blöd, wenn wir uns gegen die jungen Leute stellen, die voller Idealismus die Umwelt verteidigen wollen? Wir können jede Unterstützung gebrauchen. Glaubt nicht, dass diejenigen, die ein Interesse an der Gentechnik haben, ihre Pläne einfach so aufgeben!«

»Wahrscheinlich hast du recht. Ich finde die Typen halt zum Teil etwas gewöhnungsbedürftig«, meinte Thomas.

»Ich würde ein außerordentliches Treffen Anfang nächster Woche vorschlagen und die ›Militanten Feldmäuse‹ auch dazu einladen. Es wäre, glaube ich, wirklich sinnvoll, die in unsere Aktivitäten mit einzubinden. Dann können die auch weniger Mist machen«, schlug Johannes vor.

Thomas nickte.

»Wir müssen auf jeden Fall dafür sorgen, dass diese Brandstiftung vom Motschmann in der Öffentlichkeit im richtigen Kontext gesehen wird: dass er sich und andere gefährdet hat, um die Gentechnikgegner zu diskreditieren, und dass es letztlich bei der ganzen Geschichte mal wieder um eine Menge Geld geht.«

»Ich mein, ich hab keine Ahnung«, mischte sich Reginas Freundin Birgit ein. »Aber ist das denn wirklich so ein Problem mit dieser Gentechnik?«

»Liebe Birgit, würde die Gentechnik keine Gefahren bergen, bräuchten wir kein Gentechnikgesetz, denn es soll unter anderem ja den Verbraucher vor gentechnisch verunreinigten Produkten schützen. Für uns Erzeuger fängt das Problem aber schon da an, dass wir dafür haften, dass unsere Produkte frei davon sind, statt dass der zur Verantwortung gezogen wird, der die Verunreinigung verursacht. Das ist doch absurd!«, mit jedem Wort war Johannes lauter geworden. Birgit, die eigentlich noch etwas anfügen wollte, kam nicht mehr zu Wort, denn jetzt hatte sich Johannes in Fahrt geredet.

»Und dann gibt's in Niederengbach tatsächlich Mitmenschen, die den Camposano-Leuten ihr Land verkaufen wollen! Die denken überhaupt nicht darüber nach, was es bedeutet, so in die Natur einzugreifen und welche Folgen das für

Mensch, Tier und Pflanze haben kann. Folgen, die noch in keinster Weise erforscht sind!«

»Guten Abend! Nanu, wo bin ich hier denn gelandet?«

In ihrem eleganten, schwarzen Kleid stand Paola plötzlich vor ihnen. Ihr aufgestecktes Haar hatte sich ein wenig gelockert, sodass viele von den kleinen, schwarzen Löckchen in ihr Gesicht fielen, und auf den Wangen stand eine leichte Röte. Georg sah sie überrascht an. Sie sah bezaubernd aus.

»Ich dachte, hier wird gefeiert, und nun ist mein Herr Schwager bloß wieder beim Agitieren«, sagte sie und schenkte der Runde ein strahlendes Lächeln.

»Guten Abend, Paola«, antwortete Johannes. »Klar wird hier gefeiert, und dazu bist du herzlich willkommen!«

»Was ich gerade gehört habe, passt aber eher zu deiner alternativen Kampftruppe gegen die böse, böse Gentechnik.«

»Ach Paola«, jetzt klang Johannes verärgert. »Rede doch bitte nicht über Dinge, die dir sonst wurschtegal sind! Wir wissen doch beide, dass du von einem andern Stern kommst.«

Damit drehte er sich einfach weg und begann mit Henning zu reden. Paola lachte laut auf. Sie ließ sich nicht so einfach den Mund verbieten.

»Sag Johannes, wie ist das eigentlich so als edler Streiter für die gerechte Sache? Ist das ein gutes Gefühl?«

Doch Johannes unterhielt sich konzentriert mit Henning und gab zumindest vor, ihre spitze Bemerkung gar nicht gehört zu haben. Rosi ging zu ihrer Schwester und umarmte sie kurz. Wenn sie der Wortwechsel zwischen Paola und ihrem Mann irritiert haben sollte, so ließ sie es sich nicht anmerken. Sie sagte freundlich: »Schön, dass du da bist, Paola! Magst noch was essen?«

»Lieber was trinken! Bei euch gibt's doch bestimmt einen

Biowein? Der ist zwar vielleicht mehr Bio als Wein …«, Paola sprach lauter als eigentlich nötig, sodass auch Gäste an den anderen Tischen aufmerksam wurden. Offensichtlich wollte sie Publikum.

»Natürlich! Wir haben einen Riesling aus Franken und einen Rosso Toscano.«

»Ich nehm den Italiener – naturalmente!«, wieder ließ Paola ihr helles Lachen hören, als hätte sie einen guten Witz gemacht, und ging dann hinüber zu Georg. Thomas, der neben ihm saß, stand auf und bot ihr seinen Stuhl an.

»Grazie!«, bedankte sie sich überschwänglich mit einer Kusshand und setzte sich. »Ciao Giorgio!«

Sie strich ihm mit den Fingern über seine Locken und gab ihm einen zarten Kuss auf die Wange. Angermüller blinzelte verstohlen in die Runde, ob diese vertraute Geste von jemandem registriert worden war, und sah Beas spöttischen Blick auf sich ruhen.

»Paola, das ist ja schön, dass du es doch noch geschafft hast!«

Sie strahlte ihn an, und er bemerkte, jetzt da sie neben ihm saß, dass sie ziemlich stark nach Alkohol roch.

»Bist du schon in Coburg gewesen?«, fragte sie und sah ihn gespannt an. Georg bedeutete ihr, leise zu sprechen, verneinte und sagte nur, dass er sein Vorhaben auf morgen verschoben habe. Rosi brachte ein Glas Rotwein für Paola, sie prostete allen zu und nahm einen großen Schluck. Zwar versuchten die anderen Gäste, ihre Gesprächsfäden wieder aufzunehmen, doch es wollte nicht so recht gelingen, und ab und an legte sich ein peinliches Schweigen über die Runde. Nur Paola war noch zu hören, die Georg jetzt aufgekratzt schilderte, wie erfolgreich ihr Abend verlaufen war.

»Sagt mal, was seid ihr denn für ein trauriger Verein? Da sind ja meine ollen englischen Rentner besser drauf!«, unterbrach sie sich, als wieder so ein Augenblick der Stille eintrat. »Hier ist ja eine Stimmung wie auf dem Friedhof! Trinkt, seid lustig – da müssen wir noch bald genug hin.«

Sie leerte ihr Glas in einem Zug und stand auf, um sich am Tresen Nachschub zu holen.

»Noch ein Bier, Giorgio?«

Angermüller nickte und sah die Blicke, die die um ihn herum Sitzenden sich zuwarfen, und sofort tat Paola ihm leid. Im Gegensatz zu ihm wussten die anderen ja nicht, wie es in ihr aussah, dass sie schon den ganzen, anstrengenden Tag über die Tapfere spielte, weil sie sich nichts anmerken lassen durfte vor den Gästen, dem Personal. Und jetzt schien sie einen verzweifelten Versuch zu unternehmen, die schrecklichen Dinge zu vergessen, die passiert waren. Er erhob sich, um ihr zum Tresen zu folgen.

»Sie sollte besser nichts mehr trinken, Schorsch. Ich glaube nicht, dass ihr und uns das guttut.«

Bea stand neben ihm.

»Ich kümmer mich drum. Das ist einfach alles zu viel für sie.«

»Wenn du meinst. Auf jeden Fall ist es eindeutig zu viel Alkohol für sie«, antwortete Bea trocken.

»Na Schwesterherz, was willst du von meinem lieben Giorgio? Nicht dass du ihn bezirzt mit deinen Zauberkünsten! Ich weiß, dass du ihm schon auf dem Friedhof aufgelauert hast und er heute Nachmittag in deiner Hexenküche war.«

Mit ihrem Wein und einem Bier stand Paola vor ihnen und grinste. Bea hob nur die Brauen und antwortete nicht. Dann ging sie zurück an ihren Platz.

»Oh, hab ich was Falsches gesagt?«

Bea hatte recht. Ihre Schwester sollte wirklich nichts mehr trinken. Es tat ihr nicht gut und sie verdarb allen anderen die Stimmung. Er nahm ihr die Gläser ab.

»Wir sollten lieber gehen, Paola. Ich bring dich nach Hause. Du hast bestimmt morgen auch wieder einen anstrengenden Tag vor dir.«

»Ja, das stimmt. Du bist immer so vernünftig, Giorgio! Das liebe ich so an dir.«

Sie gingen in Richtung Tresen, wo Angermüller die vollen Gläser zurückstellte.

»Auf deine Vernunft und deine Zuverlässigkeit, Giorgio! Darauf müssen wir doch noch einen letzten Schluck nehmen!«

Ehe er es verhindern konnte, hatte Paola sich das Glas Rotwein gegriffen und trank es in einem Zug leer. Sie sah ihn versonnen an.

»Mein getreuer Giorgio.«

Angermüller, dem ihre Komplimente peinlich waren, lächelte unsicher und ging ihre Jacken holen. Er gab Rosi Bescheid, dass er gleich wieder zurückkommen würde, und trat mit Paola in die kalte Nachtluft. Kaum hatten sie das Hofcafé verlassen, wurde sie still, ihre vermeintliche Hochstimmung war verflogen. Er merkte, dass sie fror, und legte seinen Arm um sie.

»Fast wie früher, wenn du mich nach Hause gebracht hast«, sagte sie leise und drückte sich an ihn.

Sie gingen eine Weile schweigend. Paola schwankte leicht. Plötzlich blieb sie stehen.

»Mir ist auf einmal so komisch. Entschuldige!«

Sie machte sich los und übergab sich in den Straßengraben. Als es vorbei war, reichte Angermüller ihr ein Taschentuch.

»Und? Wie geht's dir jetzt?«

»Im Magen auf jeden Fall besser. Mein Kopf tut nur schrecklich weh.«

Er hakte sie unter, sie zitterte und schien ein wenig unsicher auf den Beinen zu sein.

»Ich hab wohl ein bisschen zu viel getrunken«, meinte sie kleinlaut.

In Steinleins Landgasthof brannte nur noch das Nachtlicht. Angermüller brachte Paola bis in ihre Wohnung und fühlte sich dabei nicht besonders wohl.

»Kann ich noch etwas für dich tun?«, fragte er, kaum dass sie im Flur waren, und versuchte, einen distanzierten Ton anzuschlagen. Paola sah blass aus und unter den Augen hatte sie dunkle Ringe, aber sie sagte: »Danke, du bist lieb. Ich schaff das allein.« Auch ihr war es offensichtlich recht, wenn er gleich wieder ging. »Ich leg mich sofort ins Bett, dann geht's mir morgen früh bestimmt wieder besser.«

»Na dann: Gute Besserung und schlaf gut!«

»Gute Nacht, Georg. Danke.«

Erleichtert verließ er ihre Wohnung und machte sich auf den Weg zurück zum Sturms-Hof. Dabei dachte er über Paolas Verhalten auf dem Fest nach. Auch wenn ihre Sprüche gegenüber Bea und Johannes ihrem Alkoholpegel geschuldet waren, ein Stück Wahrheit steckte dahinter. Manchmal war es auch die reine Wahrheit, die man im nüchternen Zustand nicht auszusprechen wagte. Das Verhältnis der drei war offensichtlich alles andere als harmonisch. Nur Rosi schien mit beiden Schwestern einigermaßen auszukommen. Eine Erklärung war natürlich, dass Paola die Einzige war, die beim alten Steinlein geblieben war. So war sie automatisch zur Verbündeten ihres Vaters geworden, und sowohl für Bea als auch für Johannes, die mit dem Alten endgültig gebrochen hatten, stand sie damit auf der falschen Seite.

Ein Blick zur Uhr sagte Angermüller, dass es schon halb zwei war, und er nahm sich vor, nicht mehr lange auf dem Sturms-Hof zu bleiben, damit er wenigstens einigermaßen frisch für die bevorstehenden Geburtstagsfeierlichkeiten wäre. Es kamen ihm ab und zu Autos und Leute entgegen, das Fest schien sich ohnehin seinem Ende zu nähern. Trotzdem war es ihm wichtig, sich noch einmal bei Rosi und Johannes zu zeigen, damit keine falschen Schlüsse gezogen würden.

11

Am Sonntag war es das erste Mal nach der langen Reihe goldener Oktobertage, dass sich der Hochnebel über Niederengbach nicht lichten wollte. Die Welt draußen war grau und kalt. Im kleinen Wohnzimmer von Georg Angermüllers Mutter war jede Sitzgelegenheit belegt, einige Leute standen, man tat sich an dem üppigen Buffet gütlich, schwatzte dabei, lachte, Besteck klapperte auf Geschirr und der Geräuschpegel in dem nicht sehr großen Zimmer war ziemlich hoch. Zigarrenrauch mischte sich mit Essensgerüchen und Parfumdunst und die Luft war zum Schneiden. Die Frauen trugen Kostüm oder festliches Kleid, die meisten Männer Anzug, und ihren geröteten Gesichtern nach zu urteilen, war ihnen ziemlich warm. Doch sie behielten ihre Jacketts tapfer an.

Angermüller hatte das seine längst abgelegt und ging in weißem Hemd und schwarzer Cordhose seinen Pflichten nach. Zusammen mit Marga kümmerte er sich ums Buffet, füllte Gläser, trug schmutziges Geschirr weg, suchte passende Vasen und wusch in der Küche ab. Seine Mutter hatte ihn schon in aller Frühe aus dem Bett geholt, um mitzuhelfen, damit alles gerichtet sein würde, wenn die Gäste kämen. Im Hinblick auf das reichhaltige Buffet hatten sie nicht gefrühstückt, sondern nur eine Tasse Kaffee getrunken. Als er ihr danach gratuliert, den Rosenstrauß und die Geschenke überreicht hatte – einen Morgenmantel und ein Eau de Toilette, beides von Astrid besorgt –, hatte sie einen prüfenden Blick auf seine Garderobe geworfen und an seinen widerspenstigen, braunen Locken herumgezupft, die ihr nie ordentlich genug frisiert waren.

»Dass du ausgerechnet an meim Geburtstag mit so eim Auge rumlaufen musst …«, hatte sie dann noch bedauernd gesagt, wobei es nicht ihr Sohn war, der ihr leidtat. Erst danach hatte sie sich für die Geschenke bedankt.

Wenn die Mutter sonst auch den Anschein erweckte, als sei sie durch nichts aus der Ruhe zu bringen, diese Geburtstagsfeier schien doch ein Ereignis zu sein, das sogar bei ihr eine gewisse Nervosität hervorrief und deutlich machte, dass der Schlaganfall vor einigen Monaten seine Spuren hinterlassen hatte. Sie war viel weniger belastbar als früher und auch ihr Gedächtnis hatte gelitten. Immer wieder stellte sie die gleichen Fragen nach dem Stand der Vorbereitungen, mehrfach ließ sie sich versichern, dass Frisur und Kleid richtig saßen, und darüber, dass Mannsbilder in der Küche eigentlich nichts zu suchen hatten, verlor sie heute kein Wort. Im Gegenteil, sie schien dankbar, dass Marga und Georg sich die Arbeit teilten, denn wie zu erwarten, kam Lisbeth mit ihrer Familie nicht so früh wie versprochen. Außerdem weigerte sich Angermüllers zweite Schwester sowieso, in der ihrer Ansicht nach vorsintflutlichen Küche in Niederengbach auch nur einen Finger krumm zu machen.

»Soll die Mamma sich doch eine Spülmaschine kaufen! Ich sag ihr das schon seit Jahren. Wir hätten ihr sogar eine zum Geburtstag geschenkt, aber sie will ja keine. Dafür mach ich mir im Spülwasser doch nicht meine Hände kaputt!«

Die Begrüßung zwischen Georg und ihr, die sich über zwei Jahre nicht gesehen hatten, fiel eher kühl aus.

»Was hast du da denn wieder gemacht?«, fragte sie verständnislos, zeigte auf das blaue Auge ihres Bruders und winkte ab, kaum dass er zu einer Erklärung ansetzte.

»Du hast dich ja schon immer in jeden Mist eingemischt«, stellte sie nur fest. Es folgte ein routinemäßig knappes »Wie geht's dir sonst?«, und, ohne die Antwort abzuwarten, erkundigte sie sich gleich nach Astrid und den Kindern und fragte, wo sie dieses Jahr Urlaub gemacht hatten. Als Georg ihr Auskunft geben wollte, unterbrach sie ihn bald und begann von ihren traumhaften Ferien auf Mallorca zu erzählen, von den Tennisturnieren, die sie in dieser Saison für ihren Verein bestritten hatte, und von den besten Kreisen Coburgs, in denen sie und auch ihre Kinder sich schon bewegten. Angermüller fühlte sich stark an seine Lübecker Schwägerinnen erinnert, die, wie auch seine Schwiegermutter, einem strengen Kastendenken verhaftet waren. Wenn er auch einmal zwischendurch zu Wort kam, nickte seine Schwester nur unkonzentriert und hörte kaum zu.

»Hast schon wieder ein bissle was zugenommen, gell, Schorsch«, stellte sie dann irgendwann noch mit kritischem Unterton fest und wandte sich jemand anderem zu.

Lisbeths Mann Manfred kannte Angermüller eigentlich kaum, so selten wie sie sich einmal bei einer Familienfeier trafen. Dann redeten sie meist über Autos und Fußball, obwohl Angermüller beides nicht brennend interessierte. Aber wenn es um seinen Job als Kriminalkommissar ging und Manfred darüber auf die Politik kam oder aber begann, über die Wirtschaft zu dozieren, waren die Gräben, die sie trennten, unüberwindlich, und Manfred neigte dazu, sich über die Maßen zu echauffieren, sodass Angermüller diesen Themen lieber aus dem Weg ging.

Friedrich und Sophia – sein Neffe, der im nächsten Jahr Abitur machen würde, und seine 13-jährige Nichte – hingen mit mürrischen Gesichtern in einer Ecke des Sofas. Sie waren ausgesprochen schick gekleidet und langweilten sich offensichtlich maßlos in der Gesellschaft der meist älteren Leute. Sie taten Angermüller leid, und er fragte sie, ob sie nicht Lust hätten, ihn ein bisschen beim Abräumen und Nachschenken zu unterstützen. Doch sie sahen ihn so pikiert an, als ob er sie aufgefordert hätte, nackt auf dem Tisch zu tanzen, und schüttelten nur stumm ihre Köpfe. Dann mussten sie eben weiterleiden.

Die Jubilarin saß in ihrem großen Sessel und nahm die Huldigungen entgegen. Nach einem Gläschen Sekt wirkte sie fröhlich und entspannt und schien die Feier auch zu genießen. Es war eine der wenigen Situationen, in der Angermüller zu spüren meinte, dass seine Anwesenheit und die seiner Schwestern die Mutter auf ihre Art glücklich machte.

Natürlich standen die dramatischen Ereignisse in Niederengbach im Mittelpunkt des Interesses. Nicht zuletzt war es Georgs immer noch gut sichtbares blaues Auge und wie es zustande gekommen war, das die Leute ihn immer wieder fragen ließ, wie er denn den Fall sehe und ob er nicht eine Idee habe, wer es gewesen sein könnte. Jedes Mal bedauerte er außerordentlich, hier nur ein Kriminalhauptkommissar auf Urlaub zu sein, dem die Hände gebunden waren und der nicht mehr als alle anderen über den schrecklichen Mord in der Felsengrotte wusste.

»Aber du bist doch mit dene Steinleins Töchter befreundet. Stimmt denn des, dass dem Bernhard sei Schwiegersohn was damit zu tun hat?«, fragte einer der Nachbarn trotzdem noch einmal nach.

»Der Johannes hat ganz bestimmt nichts damit zu tun! Wer sagt das denn?«

»Sagen halt welche. Wegen dera Gentechnik. Weil doch der Johannes da so dagegen is und der Steinleins Bernhard ja seine Felder an die verkaufen wollt!«

»Das sind doch alles nur Gerüchte. Außerdem ist Johannes ja nicht der Einzige, der gegen die Genfelder protestiert.«

»Un der Brand im Motschmann seiner Scheune? Was isn da damit? Des warn doch ach diese jungen Burschen!«

»Die Polizei hat eindeutig festgestellt, dass der Motschmann seine Scheune selbst in Brand gesteckt hat. Und weil er sich dabei auch noch ziemlich dumm angestellt hat, liegt er jetzt im Krankenhaus.«

»Hab ich mir doch gleich gedacht!«, sagte ein anderer. »Der Motschmanns Erwin wollt des Geld von der Versicherung für sei alts Gehötsch kassiern!«

»Und den Verdacht auf die Gentechnikgegner lenken«, nickte Angermüller. »Gut ausgedacht, aber leider schiefgegangen.«

»Ja, ja, die Gentechnik wird immer und überall verteufelt. Im internationalen Vergleich wird Deutschland immer weiter zurückfallen, weil wir wegen jedem Umweltfreund auf jeglichen technischen Fortschritt verzichten«, meldete sich Angermüllers Schwager zu Wort. »Heute wird eine Straße nicht gebaut, weil eine seltene Kröte dort laicht, morgen wird ein Flughafen verhindert, weil dort irgendein komischer Vogel nistet, und keiner kann erklären, was Gentechnik ist, aber jeder hat Angst davor und ist dagegen. Wo soll das hinführen?«

»Zu einer gesunden Umwelt, in der das Wohl von Mensch, Tier und Pflanze nicht den finanziellen Interessen internationaler Saatgutkonzerne geopfert wird«, antwortete Johannes ruhig, der gerade mit Rosi hereingekommen war. »Ich erzähle Ihnen gern noch mehr darüber, wenn es Sie interessiert. Aber Grüß Gott erst mal alle miteinander! Wo ist das Geburtstagskind?«

Johannes sah ungewohnt seriös und vornehm aus in dem dunklen Anzug, den er zu Ehren von Angermüllers Mutter trug, seine blonde Mähne war ordentlich zu einem Zopf gebunden. Auch Rosi war sehr elegant in ihrem naturfarbenen Leinenkleid, zu dem sie eine schlichte goldene Kette angelegt hatte. Sie überreichten der Jubilarin ihr Geschenk und einen riesigen Strauß bunter Herbstblumen. Georg hatte gar nicht damit gerechnet, seine Freunde hier zu treffen, doch er wusste, dass Johannes die dörfliche

Gemeinschaft sehr wichtig war. Und zumindest bei runden Geburtstagen war es in Niederengbach noch üblich, persönlich seine Glückwünsche zu überbringen. Seiner Mutter war anzusehen, dass sie sich geehrt fühlte und sich über den Besuch der beiden sehr freute.

Marga suchte nach einer passenden Vase für Rosis Strauß und Georg kümmerte sich um das leibliche Wohl seiner Freunde. Seine Hoffnung, sich bald einmal absetzen zu können, um nach Coburg zu fahren, würde wohl nicht so bald in Erfüllung gehen, denn zwar verabschiedeten sich bereits manche Gäste, aber es kamen auch immer wieder neue nach. Als er mit frisch gewaschenen Gläsern wieder in die Stube kam, war Johannes schon mit Manfred in eine lebhafte Diskussion verwickelt.

»Aber ihr wisst doch gar nicht, dass die Gentechnik all die Schäden verursacht, die ihr befürchtet. Das ist doch gar nicht bewiesen!«, sagte Manfred gerade, schon wieder ziemlich laut.

»Abgesehen davon, dass es schon einige Beispiele für die Schädlichkeit gibt, ist das Gegenteil aber erst recht nicht bewiesen, nämlich dass es eine völlig ungefährliche Angelegenheit ist. Was glauben Sie, warum wir hier ein Gentechnikgesetz haben?«, konterte Johannes. »Aber für uns Bauern gibt es noch ganz andere Aspekte: Wir würden uns mit Genpflanzen in die totale Abhängigkeit der Saatgutkonzerne begeben.«

»Das ist doch auch wieder nur so eine radikale Parole! Immer wenn internationale Firmen im Spiel sind, wittert ihr gleich Abhängigkeit und Ausbeutung.«

Trotz Manfreds platter Sprüche blieb Johannes ruhig und gelassen.

»Es gibt die Möglichkeit, mit der sogenannten Terminatortechnologie sterile Pflanzen mit unfruchtbaren Samen zu züchten. Nutzt ein Bauer so eine Sorte, zum Beispiel

Mais oder Weizen, die ansonsten vielleicht sehr wünschenswerte angezüchtete Eigenschaften hat, müsste er für jede Aussaat das Saatgut neu kaufen. Nehmen wir mal Indien: Da ist Camposano ganz dick im Geschäft. Jedes Jahr müssen die Baumwollbauern für viel Geld neue Samen kaufen. Die Pflanzen sind viel empfindlicher als die herkömmlichen Sorten, deshalb geht dann bei falschem Wetter oft die ganze Ernte kaputt, oder aber sie muss mit teurem Spezialdünger gepäppelt werden, und wer stellt den wohl her? Na, raten Sie mal!«, lächelte Johannes.

»Das sind doch Horrorgeschichten aus der Dritten Welt!«

»Das war nur ein klitzekleiner Ausschnitt dessen, was mit Gentechnologie möglich ist, auch bei uns möglich ist«, sagte Johannes und stand auf. »So, jetzt stärke ich mich erst mal mit einem von den köstlichen Krapfen, die es hier immer gibt.«

Damit ließ er Georgs anstrengenden Schwager erst einmal sitzen. So beseelt Johannes auch von seiner Mission als engagierter Biobauer war, bei Manfred ging auch ihm irgendwann die Puste aus. Manfred wollte gar nicht wirklich aufgeklärt werden, er wollte nur seine auf Vorurteile gegründeten Statements verkünden und dann ungestört damit weiterleben.

»Na, wollen wir mal einen Moment an die frische Luft?«, fragte Georg den Freund, als sie sich am Buffet trafen.

»Gute Idee! Hier drin ist's wirklich langsam unerträglich. Nicht nur wegen deines Schwagers«, antwortete Johannes leise.

Die Sonne war immer noch nicht zu sehen, obwohl es schon nach Mittag war. Wind war aufgekommen, und sie wurden von feuchter, kalter Luft empfangen, als sie vor die Tür traten.

»Dieser verspätete Sommer ist, glaub ich, endgültig vorbei. Das Wetter schlägt um«, meinte Johannes nach einem Blick in den düsteren Himmel. »Gestern war Vollmond.«

»Schön war's gestern bei euch!«

»Wenn du nicht in die Ferne gezogen wärst, altes Haus, könntest du das öfter haben. Wir machen so manches schöne Fest hier.«

»Ich bin ganz gern da oben in Lübeck und da verstehen wir übrigens auch Feste zu feiern.«

»In der Großstadt könnt' ich sowieso nie leben. Die Welt wird immer verrückter da draußen, da muss ich nicht auch noch hektisches Stadtleben haben.«

»Lübeck zählt zwar zahlenmäßig zu den Großstädten, aber das merkst du im Alltag gar nicht. Es hat einen sehr eigenen Charme und einen viel ruhigeren Rhythmus als andere Orte in der Größe.«

Angermüller geriet ins Schwärmen. »Und dann natürlich die Nähe zum Wasser! Auch wenn ich kein Seefahrer bin – ich liebe die Ostsee!«

»Trotzdem: Ich könnt' hier nie weg!«, sagte Johannes und man merkte ihm an, dass es aus tiefster Seele kam. »Wenn ich mal für ein paar Tage verreist war, dann packt mich so ein Gefühl, wenn ich hierher zurückkomm … Wenn ich um die letzte Kurve biege und das Dorf daliegen seh und dann unseren Hof, dann geht mir das Herz auf«, Johannes sprach zwar nicht den ausgeprägten Dialekt der Gegend, aber seine Sprache war melodisch und fränkisch weich, was seinen Worten eine freundliche Verbindlichkeit verlieh. »Ich glaub, mir würd' was fehlen woanders.«

»Was meinst du?«, fragte Georg seinen Freund. Johannes überlegte.

»Ich weiß auch nicht so genau, wie ich das sagen soll. Was würd' mir fehlen? Die Leut, die Landschaft, das Beschauliche – das Fränkische halt!«

Sie schwiegen einen Moment.

»Uh, wird kalt hier. Lass uns wieder reingehen!«, meinte Johannes dann und schlang fröstelnd seine Arme um sich.

»Sag mal, hast du den Ottmar Fink in letzter Zeit mal gesehen?«, fragte Angermüller plötzlich.

»Wie kommst jetzt ausgerechnet auf den? Mit dem haben wir doch schon früher nix zu tun haben wollen.«

Angermüller zögerte einen Moment, ob er Johannes in sein Wissen einweihen sollte, sah aber nichts, was dagegen sprach.

»Ich weiß zwar, dass dich das nicht interessiert, aber der muss in letzter Zeit als Anwalt oder Vermögensberater für deinen Schwiegervater tätig gewesen sein.«

»Der Finks Ottmar? Hat dir das die Paola erzählt, weil sie Angst um ihr Erbe hat?«

»Nein«, sagte Angermüller erstaunt. »Im Gegenteil! Sie wusste nichts davon. Du magst sie nicht besonders, die Paola?«

»Das beruht auf Gegenseitigkeit, glaube mir! Wir sind einfach zu verschieden. Und sie ist dem alten Steinlein ähnlicher, als man denkt. Du hast ja selbst mitbekommen, wie sie sich gestern Nacht benommen hat. Ich weiß immer nicht, ob das Neid ist, weil Rosi und ich eine glückliche Familie haben, ob sie die Feindschaftsgene gegen die Sturms-Sippe vom Alten geerbt hat oder ob sie Angst hat, wir wollen ihr den Gasthof streitig machen – keine Ahnung, ich versteh's nicht.«

»Wegen gestern – da muss ich Paola wirklich in Schutz nehmen, Johannes. Sie hat unheimlich viel um die Ohren mit dem Gasthof und der Tod ihres Vaters – oder schlimmer noch der Mord – hat sie wirklich sehr mitgenommen. Sie hat halt gestern Abend versucht, einfach mal alles zu vergessen, und hat sich betrunken. Ist doch verständlich. Hat natürlich nicht funktioniert. Du darfst nicht vergessen, sie ist ganz allein. Und jetzt hat sie nicht mal mehr ihren Vater.«

»Ob ihr der wirklich so fehlen wird – ich weiß ja nicht. Soweit ich weiß, hat der sich in alle Entscheidungen reingehängt. Na ja, das interessiert mich eigentlich auch nicht. Jetzt lass uns wieder reingehen, komm!«

»Ja, gleich. Ich habe nur keine Lust, drinnen vor den ganzen Leuten darüber zu reden. Nur noch mal kurz zu Ottmar Fink«, beharrte Angermüller. »Ich habe Paola erzählt, was ich herausgefunden habe, und sie war ziemlich entsetzt.«

»Ich mochte den Ottmar nie. Aber seine berufliche Qualifikation kann ich nicht beurteilen. Vielleicht ist die Paola da besser informiert als ich.«

»Und hast du ihn hier mal gesehen in letzter Zeit?«

»Hier schon sehr lange nicht mehr. Vielleicht vor Monaten mal an einem Samstag in dem Café vorm Tor in Coburg, wo er oft rumhängt.«

»Da hab ich ihn gestern auch zufällig getroffen. Leider wusst ich da noch nicht, was ich jetzt weiß«, bedauerte Angermüller. »Die Paola hat ihn mir als nicht sehr seriös geschildert. Jedenfalls ist er hier in Niederengbach wie ein Phantom. Niemand scheint ihn gesehen zu haben.«

»Vielleicht ist er immer nur im Schutz der Dunkelheit hier aufgetaucht. Würde ja passen, wenn er eine so zwielichtige Gestalt ist, wie Paola gesagt hat«, lachte Johannes.

»Stimmt! Als er neulich der Marga mal oben im Park über den Weg gelaufen ist, da war's auch schon dunkel, hat sie gesagt. Er hat sich da mit deinem Schwiegervater getroffen.«

»Da schau an! Deine Schwester passt auf. Jetzt aber rein ins Warme. Los!«

Langsam leerte sich das Angermüllersche Wohnzimmer und für Georg und Marga blieb nicht mehr viel zu tun. Endlich wollte Angermüller etwas von den heimatlichen Spezialitäten oder dem, was davon noch übrig war, zu sich nehmen.

Nachdem er bis jetzt tapfer ohne Frühstück den Gastgeber gespielt hatte, spürte er ein ziemliches Loch im Magen. Er nahm sich von der Rinderzunge, gab ordentlich Apfelsahnemeerrettich darauf, schnitt sich eine Scheibe Bauernbrot dazu ab und verzog sich ans Ende des Tisches, wo er in Ruhe sein Mahl genießen konnte.

»Nu lass es dir emal schmecken, Georg! Du hast so fleißig geerwed die ganze Zeit. Des haste dir verdient!«

Seine Mutter streichelte ihm mit ihrer rauen Hand die Wange. Es war das größte Zeichen von Zuneigung und Dankbarkeit, das er seit Langem von ihr erhalten hatte, und er freute sich darüber. Dann stand er auf, holte sich noch eine Portion vom Kartoffelsalat mit Speck, dazu eine Scheibe kalten Schweinebraten in Senfkruste und noch ein paar eingelegte Bohnen und Gürkchen. Alles mundete köstlich, wie bei seiner Mutter nicht anders zu erwarten und wie er es von den Familienfeiern seiner Kindheit gewöhnt war. Als er sich zum Abschluss noch einen Ausgezogenen und eine Tasse Kaffee gönnte, erntete er von Lisbeth einen missbilligenden Blick, was ihn nicht die Bohne interessierte. Er hielt seine Schwester ohnehin für eine unzufriedene, neidische Person, die einem nur leidtun konnte, da sie unfähig zum Genießen war und trotz all ihrer Wohlstandsinsignien im Grunde ziemlich unglücklich. Er jedenfalls fühlte sich hochzufrieden, als er das süße Hefegebäck vertilgt und einen heißen, starken Kaffee getrunken hatte.

Seine Mutter hatte sich wieder in ihren Sessel gesetzt. Sie unterhielt sich mit Rosi. Bis auf die Familie, Rosi, Johannes und zwei Frauen aus der Nachbarschaft waren alle Gäste gegangen. Das Geburtstagskind wirkte ein wenig erschöpft.

»Na, Mamma, willst dich gleich ein bisschen hinlegen?«, fragte Angermüller nicht ganz uneigennützig. Es wäre eine gute Gelegenheit gewesen, unbemerkt nach Coburg und zu Ottmar Fink verschwinden zu können.

»Nu vertreib doch net unsere Gäste, Georg!«

»Wir sind sowieso schon viel länger geblieben, als wir wollten, Frau Angermüller. Aber es war wirklich nett bei Ihnen. Und die guten Sachen, mit denen Sie uns bewirtet haben. Vielen Dank!«, beruhigte sie Rosi und stand auf. Johannes, den Angermüllers Schwager erneut in eine Diskussion verwickelt hatte, erhob sich ebenfalls. Wahrscheinlich war er froh, Manfred endlich entkommen zu können.

»Meinste denn, da hab ich die Zeit dazu? Mich hinzulegen?«, wandte die Mutter sich zweifelnd an Georg.

»Aber natürlich, Mamma! Die Marga und ich, wir räumen hier auf, und bis die Leut zum Kaffeetrinken in den Gasthof kommen, sind's noch fast zwei Stunden. Das tut dir bestimmt gut.«

Die Mutter nickte und war offensichtlich doch dankbar, sich ein wenig ausruhen zu können, bevor die Feier weiterging. Die Sturms verabschiedeten sich und Angermüller ging mit den Freunden nach draußen.

»Ich weiß gar nicht, ob wir uns vor meiner Abfahrt morgen noch mal sehen werden. Die Geburtstagsfeierlichkeiten werden sich ja heute bis in die Nacht hinziehen.«

»Wann geht denn dein Zug morgen?«, fragte Johannes.

»So gegen halb eins erst. Aber ich wollt ein bissle eher in die Stadt und noch ein paar Sachen besorgen.«

»Und eine Bratwurscht essen, wie ich dich kenn.«

»Du bist bald nicht mehr mein Freund!«, drohte Angermüller.

»Komm her Schorsch, lass dich umarmen! Wann kommst denn mal wieder?«

»Ich fürchte, das wird eine Weile dauern. Aber ihr könnt ja auch mal ein bisschen Ostseeluft schnuppern. Ihr habt mich noch nie in Lübeck besucht, obwohl ich euch schon so oft eingeladen habe!«

Georg und Johannes umarmten sich.

»Ich weiß halt nicht, ob ich mich zu den Nordlichtern da droben trauen kann …«

»Ich würde gern mal nach Lübeck fahren«, meinte Rosi. »Das muss eine sehr schöne Stadt sein.«

»Ich würd mich jedenfalls freuen. Mach's gut, Rosi!«

»Du auch Georg!«

Sie hielten sich an den Händen.

»Übrigens …«, Angermüller zögerte ein wenig. »Falls ich noch was rausfinde, soll ich mich noch mal bei dir melden, Rosi?«

Rosi warf einen Seitenblick auf ihren Mann und ihre Miene wurde ernst.

»Doch, schon. Auch wenn sich manches Gott sei Dank inzwischen für mich geklärt hat – man möchte ja schon wissen, was da genau passiert ist«, seufzte sie. Johannes schaute unbeteiligt in die Ferne und schob mit der Spitze seines guten schwarzen Lederschuhs einen Stein hin und her.

»Er war schließlich mein Vater.«

Nach ein paar Sekunden der Stille wünschten sie sich untereinander alles Gute, sagten sich noch einmal Ade und trennten sich dann endgültig. Georg winkte den Freunden nach und ging wieder ins Haus, um Marga zu helfen, die eifrig am Abräumen war. Sein Handy meldete sich.

»Hallo Papa! Ich will der Oma gratulieren.«

»Hallo Judith! Die Oma wollt' sich gerade ein bisschen hinlegen. Ich schau mal, ob ich sie noch erwische. Wie geht's denn deinem Bein, meine Kleine?«

»Och, da ist ein dicker Gips drum. Ich glaube, gut. Aber mir ist so langweilig hier im Krankenhaus.«

»Wann kommst du denn nach Hause?«

»Vielleicht Mittwoch. Aber ich gebe dir noch mal die Mama, die weiß das besser.«

Angermüller sah, dass seine Mutter mit den beiden Frauen aus der Nachbarschaft im Wohnzimmer vor dem Tisch mit den Geschenken stand. Man begutachtete die zahlreichen Kosmetika, Pralinenkästen, Weinflaschen und anderen Gaben und es wurde lebhaft geplaudert.

»Hallo Georg! Na, habt ihr eine schöne Feier?«, meldete sich Astrid am Handy.

»Hallo Schatz! Es war hier ganz schön was los! Ja, war nett. Rosi und Johannes waren auch hier zum Gratulieren. Im Moment haben wir gerade eine kleine Pause. Erst um halb vier geht's mit Kaffeetrinken weiter. Wann kommt Judith raus?«

»Die Ärzte meinen, am Mittwoch. Soll ich dich morgen Abend vom Bahnhof abholen?«

»Das fänd ich schön – gern!«

»Na gut. Dann gib uns beiden mal das Geburtstagskind. Julia kommt erst heut Abend von Fehmarn zurück. Tschüss dann und gute Heimreise!«

»Danke und Tschüss!«

Angermüller signalisierte seiner Mutter, dass jemand sie am Telefon sprechen wollte, und die Frauen aus der Nachbarschaft verstanden dies endlich auch als ein Zeichen zum Aufbruch. Er übergab ihr das Handy und brachte die Nachbarinnen zur Tür. Gerade wollte er sie wieder schließen, da kam Rosi angelaufen.

»Na, das ist ja eine Überraschung! Hast du was vergessen, Rosi?«

Sie war vom schnellen Laufen außer Atem und ihr Gesicht war etwas gerötet. Sie schüttelte den Kopf.

»Puh! Jetzt ist mir aber warm geworden!«, Rosi fächelte sich Luft zu und knöpfte ihre Jacke auf. »Ich wollte dich nur noch was fragen.«

»Komm doch rein!«

»Lass uns lieber hier auf der Veranda bleiben. Es dauert ja nicht lange und hier sind wir ungestört.«

»Na gut. Also, was gibt's?«

»Der Johannes hat mir das von Ottmar Fink erzählt. Und da sich das so anhörte, als ob du es nicht weißt, wollte ich dich einfach mal danach fragen: Die Paola hat dir nicht erzählt, dass sie und der Ottmar mal zusammen gewesen sind?«

»Wie? Zusammen gewesen sind?«

»Na ja, sie waren mal ein Paar.«

»Ach«, sagte Angermüller nur und machte ein ziemlich verdutztes Gesicht.

»Sie hat es dir also nicht erzählt«, meinte Rosi nachdenklich und schaute betreten. »Das ist mir jetzt schon ein bisschen peinlich, die Beziehungsgeheimnisse meiner Schwester auszuplaudern. Aber ich dachte, es könnte unter diesen besonderen Umständen jetzt vielleicht wichtig sein ...«

Angermüller räusperte sich. Er bemühte sich um einen möglichst unbeteiligten Tonfall. »Wie lange ist das denn schon her?«

»Ich habe es so um die Osterzeit mitbekommen.«

»Hat Paola dir davon erzählt?«

»Was denkst du?«, Rosi sah ihn erstaunt an. »So eng ist unser Verhältnis nicht, dass Paola mir von ihren Liebhabern erzählen würde.«

»Verstehe«, murmelte Angermüller.

»Das war reiner Zufall! Ich war bei einer Freundin eingeladen. Die wohnt in Coburg, in der Gegend am Marschberg. Es wurde ziemlich spät, und als wir uns verabschiedeten, sah ich Paolas Wagen dort stehen. Meine Freundin erzählte mir, dass die Frau mit dem Auto seit einiger Zeit mehrmals die Woche beim Ottmar übernachtete. Einmal hatte sie sie am Morgen gesehen, als sie sich vor der Tür verabschiedeten. Sie kennt Paola nicht, aber die Beschreibung stimmte haargenau.«

»Hast du denn mit Paola darüber gesprochen?«

»Natürlich nicht! Sie ist in solchen Dingen sehr empfindlich, und ich weiß nicht, wie sie reagiert hätte.«

»Woher weißt du denn, dass es vorbei ist?«

»Meine Freundin fand die Geschichte überaus spannend und hat dann richtig darauf geachtet, und jedes Mal wenn wir uns gesehen haben, hat sie mir haarklein berichtet, wie oft sie das Auto oder sogar Paola wieder in ihrer Gegend gesehen hatte. Und irgendwann, das ist noch gar nicht so lange her, meinte sie, dass ihr jetzt immer eine andere Frau mit Ottmar begegnet und das Auto meiner Schwester nicht mehr in ihrer Straße zu sehen ist.«

»Kannst du sagen, wann ungefähr das gewesen ist?«

Rosi überlegte einen Moment.

»Ich glaube, das war im August oder so, vielleicht auch Anfang September.«

Angermüller sagte nichts. Er war in ein tiefes Nachdenken versunken.

»Ist das denn irgendwie von Bedeutung, Schorsch? Dich scheint das ja ziemlich zu beschäftigen …«, fragte Rosi fast schüchtern und holte dann tief Luft. »Ich hoffe, ich habe jetzt keinen Fehler gemacht.«

»Mach dir keine Gedanken, Rosi! Ich bin halt überrascht, das ist alles«, beruhigte er die Freundin und setzte ein aufmunterndes Lächeln auf.

»Na gut. Dann sag ich dir jetzt noch einmal Auf Wiedersehen, Schorsch.«

Sie umarmten sich.

»Und du weißt ja, dass du dich melden sollst, wenn …«

»Mach ich, Rosi, versprochen.«

Langsam ging er zurück zur Küche, wo Marga dabei war, die Reste des Buffets im Kühlschrank zu verstauen.

»Viel is ja net übrig geblieben. Des is doch gut – den Leuten hat's halt geschmeckt! So, jetzt simmer gleich fertig mit dem Aufräumen. Kommst noch e bissle mit an die Luft, Georg? Noch regnet's net und vorm Kaffeetrinken e bissle Bewegung, des tut doch gut!«

»Ich glaube nicht«, antwortete ihr Bruder unkonzentriert. »Ich hab noch was zu tun. Hat die Mamma sich hingelegt?«

»Was hast du denn zu tun? Du bist doch im Urlaub!«, wunderte sich Marga. »Ja, die Mamma hat sich hingelegt. Dann geh ich jetzt mal e Stückle in den Park. Lisbeth und ihre Leut komme ach mit.«

Angermüller stieg die Stufen zu seiner Kammer hoch, um sich seine Jacke zu holen. Was Rosi ihm erzählt hatte, änderte seine Planung völlig. Bevor er Ottmar Fink in Coburg zu treffen versuchte, musste er jetzt unbedingt noch einmal mit Paola sprechen. Ständig ging ihm die Frage im Kopf herum, warum Paola ihr Verhältnis mit Ottmar vor ihm geheim halten wollte. Er konnte es sich nur damit erklären, dass ihr die Geschichte peinlich war – vor allem ihm gegenüber. Sie wusste, dass er noch nie viel von Ottmar gehalten hatte. Und dass sie nun besonders schlecht über ihn redete, war auch logisch und passierte häufiger. Wenn Beziehungen auseinandergingen, ließen die ehemaligen Partner kein gutes Haar am anderen. Der Gedanke, Paola jetzt mit seinem Wissen konfrontieren zu müssen, war ihm alles andere als angenehm, doch er hielt es für unvermeidlich.

Als er auf die Straße trat, wehte ihm ein scharfer Wind entgegen. Ein ganzes Stück weiter vorn sah Angermüller seine Schwestern, Manfred und die Kinder gehen. Bis sie hinter der nächsten Kurve verschwunden waren, hielt er sich nah an den Zäunen, damit sie ihn nicht doch noch entdeckten und ihm dumme Fragen stellen würden. Fragen hatte er weiß Gott selbst genug im Kopf jetzt. Er holte tief

Luft. Der Himmel hatte sein Gesicht verändert. Der Hochnebel war gewichen, dafür schoben sich violettgraue Wolkenwände ziemlich schnell von West nach Ost. Es sah nach Regen aus.

12

Auf dem Parkplatz von Steinleins Landgasthof waren nur
noch wenige Autos abgestellt. Der sonntägliche Betrieb
zum Mittagessen war beendet und wahrscheinlich hatten
die meisten Wochenendgäste schon ihre Fahrt nach Hause
angetreten. Auch der Bus der englischen Reisegruppe war
nicht mehr zu sehen. Inzwischen hatte der Wind stark auf-
gefrischt und zerrte an den geschlossenen Sonnenschirmen
des kleinen Biergartens vor der Brauerei. Einige der Stühle,
die vornüber gekippt an den Tischen standen, hatte er bereits
umgerissen. Wenn sich Johannes' Aussage über den Wetter-
umschwung als richtig erwies, dann war die Biergartensai-
son für dieses Jahr nun wohl endgültig vorbei. Schwärme
herbstlich gelber Blätter wirbelten über den Hof und trotz
seiner Lederjacke war Georg Angermüller ziemlich kalt.
Er nahm mit zwei großen Schritten die Treppe hinauf zum
Hoteleingang und fragte den jungen Mann an der Rezeption nach Paola.

»Grüß Gott, Herr Angermüller! Ich glaub, die Chefin
ist in der Küche und bespricht sich mit dem Koch. Wir
haben ja heute noch mehrere Familienfeiern hier. Sie kommen doch auch nachher mit der Familie zur Geburtstagsfeier von Ihrer Mutter, gell?«

Angermüller nickte. Der junge Mann hatte ihn sofort
wiedererkannt und war bestens informiert, obwohl er ihm
nur einmal begegnet war. Entweder er stammte aus Niederengbach und war deshalb über ihn auf dem Laufenden,
oder aber er war ein echter Profi und speicherte jeden Gast,
den er einmal gesehen hatte, sofort in seinem Gehirn ab,
mit allen dazugehörigen Details, deren er habhaft werden

konnte, um ihn beim nächsten Mal ganz persönlich ansprechen zu können.

In der Restaurantküche fand Angermüller nur zwei
junge Burschen, von denen der eine Töpfe schrubbte und
der andere Gemüse schnitt. Die Chefin war vor einer Vier-
telstunde hier gewesen, hieß es, um sich mit dem Küchenchef zu beraten. Dann sei so ein großer Blonder aufgetaucht,
der sie sprechen wollte, und mit dem sei sie weggegangen.
Wohin, das wussten sie nicht. Angermüller, der sich sofort
sicher war, dass es sich bei dem blonden Mann nur um Ottmar Fink handeln konnte, begab sich hastig durch den langen
Flur zu den Gasträumen, wo nur noch wenige Tische mit
Gästen besetzt waren und zwei Bedienungen unbeschäftigt
am Tresen standen und schwatzten. Keine Paola. Vielleicht
war sie inzwischen ja wieder in ihrem Büro. Also nahm er
den Weg an der Rezeption vorbei, die gerade unbesetzt war,
zu dem kleinen Zimmerchen, das gleich dahinter lag.

Je länger es dauerte, Paola endlich zu finden, zu sprechen, zu fragen, warum sie ihm ihre Beziehung zu Ottmar verschwiegen hatte, desto nervöser wurde Angermüller, zumal er jetzt wusste, dass auch Ottmar Fink sich in der
Nähe befand. Die verschiedensten Szenarien gingen ihm
durch den Kopf. So, wie Paola ihm den Ottmar geschildert
hatte, schien er ein skrupelloser Typ zu sein. Wahrscheinlich hatte sie das leider zu spät erkannt. Schließlich sah er
ja recht gut aus, konnte sich charmant und unterhaltend
geben – warum sollte nicht auch Paola dafür empfänglich
sein? Er fand das durchaus verzeihlich. Kurz nach Beginn
der Beziehung war Ottmar Fink dann klar geworden, welches finanzielle Potenzial der Steinleinsche Besitz darstellte.
Oder war es vielleicht von Anfang an sein Antrieb gewesen,
sich an Paola heranzumachen?

Dann hatte Bernhard Steinlein die schöne Irina kennengelernt, und es war zu befürchten, dass der verliebte Alte alle

bereits verabredeten Geschäfte wieder rückgängig machen würde. Ottmar Fink sah seine Felle wegschwimmen und brachte ihn deshalb kurzerhand um. Die Gier nach Geld war von jeher ein gängiges Motiv für einen Mord. Oder der schöne Ottmar machte sich gar nicht selbst die Finger schmutzig und ließ Bernhard Steinlein umbringen, was durchaus denkbar war, wenn er sich in den Kreisen bewegte, die Paola angedeutet hatte. Wenn er nur wüsste, was für Geschäfte oder Verträge Ottmar Fink dem Alten untergeschoben hatte!

Die Tür zu Paolas kleinem Büro stand wie immer offen, doch der Stuhl hinter dem Schreibtisch war leer. Gleich nebenan lag ihre Wohnung. Auf sein Klingeln und Klopfen öffnete niemand. Angermüller spürte, wie seine Unruhe wuchs. Er wollte Paola unbedingt finden, nicht nur mehr wegen seiner offenen Fragen, sondern auch, weil er sie in Gefahr wähnte. Ihm fiel der Gruß ein, den Ottmar ihm bei ihrer zufälligen Begegnung in Coburg an Paola aufgetragen hatte. War das vielleicht schon als versteckte Drohung gemeint gewesen?

Unschlüssig sah er sich um. Schräg gegenüber gab es auch eine Tür. Sie war etwas breiter als die von Paolas Wohnung. Auf dem Klingelschild stand ›B. Steinlein‹. Angermüller klingelte auch hier, und als niemand kam, versuchte er zu klopfen, und wie von selbst öffnete sich die Tür bei der ersten Berührung. Sie war nur angelehnt gewesen.

»Paola?«

Als er auch darauf keine Antwort bekam, betrat er leise den kleinen Flur. Es gab hier keine Schwellen, die Türausschnitte waren verbreitert worden, sodass man bequem mit einem Rollstuhl manövrieren konnte, und die Wände waren etwa bis Ellbogenhöhe abgepolstert. Zu seiner Linken stand eine Tür offen. Dahinter lag die Küche. Auf dem Tisch stand ein Krug mit Astern. Der Tisch war an der Wand unter dem

Fenster so befestigt, dass man auch mit einem großen Rollstuhl gut daran sitzen konnte. Wenn der Schnitt der Wohnung der gleiche wie bei Paola war, dann lag gegenüber das Wohnzimmer. Schlafzimmer und Bad waren am Ende des Flurs untergebracht, erinnerte sich Angermüller.

So war es auch. In dem hellen, freundlichen Raum, der als Schlafzimmer diente, sah es sauber und aufgeräumt aus, als ob sein Bewohner wieder erwartet würde. An alles war gedacht. Das Bett war in allen Varianten verstellbar. Auch eine komplizierte Apparatur gab es, die wohl dazu diente, den gelähmten alten Mann dort hinein- und auch wieder herauszubefördern. Auf dem Nachttisch stand eine ganze Sammlung von Medikamenten neben einer Vase mit einer roten Rose. Das Bett war sehr akkurat gemacht. Am Kopfende hing eine Schnur mit einem Alarmknopf, den der im Bett Liegende nur kurz drücken musste, um Hilfe zu holen. Skurril wirkten der Büchsenschrank voller Jagdwaffen in der Ecke und die Trophäensammlung an der dem Bett gegenüberliegenden Wand. Sie passten so gar nicht zur übrigen Einrichtung, aber einen Mann, der früher einmal ein passionierter Jäger gewesen war, wie Paolas Vater, erfreute wahrscheinlich ihr Anblick.

Auch das Badezimmer, in das Angermüller kurz hineinschaute, war mit sämtlichen zur Verfügung stehenden Möglichkeiten behindertengerecht ausgestattet. Sogar hier stand in der Fensternische ein Blumenstrauß in einem aus Porzellan gefertigten Gefäß in Form eines Schwanes. Paola hatte wirklich an alles gedacht, um dem kranken alten Mann das Leben zu erleichtern und angenehm zu gestalten. Nun allerdings nutzte dem Steinleins Bernhard ihre umfassende Fürsorge gar nichts mehr.

Im Gegensatz zu den modern und praktisch, trotzdem aber ansprechend eingerichteten anderen Räumen wirkte das Wohnzimmer wie aus einer anderen Zeit übrig geblie-

249

ben. Eine massige Polstergarnitur in flaschengrünem Leder stand an einer Wand, umgeben von Möbeln aus dunklen Hölzern mit Messingbeschlägen, alles massiv und teuer, aber nicht unbedingt schön. Auch hier hingen eine ganze Reihe Rehbockgehörne und ein großes Hirschgeweih über dem Sofa. Auf dem Couchtisch ein Tablett mit einer geschliffenen Karaffe und Whiskygläsern, daneben ein schwerer Kristallaschenbecher. Englisches Herrenzimmer nannte man so etwas früher und schien anzunehmen, dass sich Männer in der düsteren Atmosphäre am wohlsten fühlten. Für den alten Steinlein verkörperte die museale Ansammlung wohl die Erinnerung an bessere Zeiten.

Vor den mit Gardinen verhängten Fenstern stand ein mächtiger Schreibtisch. Die Lampe darauf beleuchtete eine grünlederne Arbeitsunterlage und eine aus Alabaster gefertigte Schreibtischgarnitur. Die unverschlossene Tür und das eingeschaltete Licht ließen Angermüller vermuten, dass sich vor Kurzem hier jemand aufgehalten hatte. Er trat näher an den Schreibtisch heran. Eine Mappe aus dickem, silbergrauem Karton lag darauf. Nicht nur gedruckt, sondern aufwendig geprägt war der Schriftzug ›Ottmar Fink – Anwalt/ Attorney – Vermögensberatung/Investment Counselling – Coburg/München, Germany – Clearwater, Florida‹. Solch edler Accessoires bedurfte es wohl in der Branche, in der Ottmar sich bewegte, wenn man gutgläubige Leute über den Tisch ziehen wollte. Voller Ungeduld schlug Angermüller den Deckel der Mappe auf. Endlich hatte er den handfesten Beweis für die betrügerischen Machenschaften vor sich, in die der alte Mann geraten war. Zuoberst lag ein Brief, adressiert an Bernhard Steinlein. Nach den üblichen Höflichkeitsfloskeln stand da zu lesen:

›… lege ich Ihnen heute den aktualisierten Entwurf für den Kaufvertrag mit der Camposano International Sàrl zur gefälligen Kenntnisnahme vor. Ihrem Wunsch entsprechend sind nun auch die Grundstücke, die direkt an das Gelände von Gasthof und Brauerei anschließen (siehe Skizze 2a) Bestandteil des zu veräußernden Grundes.

Der Gesamtverkaufswert beläuft sich somit auf 1,98 Mio. Euro.

Ich hoffe, das Verhandlungsergebnis entspricht Ihren Erwartungen. Sollte alles zu Ihrer Zufriedenheit sein, könnte bereits für kommenden Montag ein Termin zur Leistung der Unterschriften mit den Herren der Camposano International Sàrl vereinbart werden.

Eine Rechnung über die durch meine Kanzlei erbrachten Leistungen sowie Gebühren und Auslagen erlaube ich mir beizulegen.

Hochachtungsvoll!‹

Der Brief trug das Datum von Freitag. Aufmerksam sah Angermüller die restlichen Papiere aus der Mappe durch. Die Skizze 2a zeigte einen Plan von Niederengbach, in dem die Grundstücke des alten Steinlein blau umrissen eingezeichnet waren. Einige waren zusätzlich noch durch rote Linien gekennzeichnet. Das waren die neu hinzugekommenen, die rund um Brauerei und Landgasthof lagen. Inklusive aller Auslagen und Gebühren belief sich die Rechnung von Ottmar für seine Vermittlertätigkeit auf fast 100.000 Euro. Das war ein hübsches Sümmchen und wahrscheinlich kassierte er bei den Camposano-Leuten auch noch einmal ordentlich ab. Trotzdem war Angermüller erstaunt. Dieses Traumhonorar war zwar vielleicht eine Unverschämtheit und nicht in Ordnung im moralischen Sinne, doch soweit er das beurteilen konnte, gab es keine Anzeichen für unredliche oder kriminelle Praktiken bei diesem Geschäft. Aber wer weiß, vielleicht waren da ja noch ganz andere Dinge gelaufen. Er begann, systematisch die Schublade und die Fächer des Schreibtisches zu durchsuchen, doch sie waren größtenteils leer und enthielten nur ein paar alte Akten und Bankauszüge aus der Zeit, als Steinlein noch gesund und in der Lage war, die Geschäfte von Gasthof und Brauerei selbstständig zu führen.

Angermüller schob die Schublade zu und schloss sämtliche Türen des Schreibtisches, dann sortierte er die Papiere wieder ordentlich in die Mappe und rückte sie zurück in die Mitte der Schreibunterlage. Dabei kam darunter so ein kleiner, gelber Notizzettel zum Vorschein, wie man sie auf Schriftstücke kleben und rückstandslos wieder lösen kann.

›Liebste Paola!‹, stand darauf. ›Nur damit du selbst siehst, was mir jetzt entgeht. Ich habe nicht übertrieben, oder? Gruß, OF.‹

Während er mit dem Zettel in der Hand so stand und überlegte, was diese Nachricht an Paola, die ja wohl eindeutig von Ottmar Fink stammte, zu bedeuten hatte, meinte Angermüller plötzlich, hinter sich ein Geräusch ausgemacht zu haben. Aufmerksam lauschend und ohne sich etwas anmerken zu lassen, legte er langsam den Notizzettel zurück auf die Arbeitsunterlage und schob die silbergraue Mappe darüber. Hinter ihm bewegte sich jemand, dessen war er sich jetzt ganz sicher. Ein heftiger Schlag auf den Hinterkopf beendete das Rätselraten, wer es wohl sein könnte. Angermüller ging zu Boden.

Wie viel Zeit er auf dem dicken Orientteppich zugebracht hatte, wusste der Lübecker Kommissar nicht, als er mit schmerzendem Kopf erwachte. Langsam rappelte er sich hoch, und nach und nach kam ihm ins Gedächtnis, was sich

vor dem Sturz in die Dunkelheit zugetragen hatte: der Notizzettel, den er auf dem Schreibtisch gefunden hatte, und dass
jemand hinter ihm in den Raum gekommen war. Jetzt war
der Schreibtisch jedenfalls leer. Angermüller meinte, gleich
würde seine Schädeldecke platzen, solch rasende Kopf-
schmerzen hatte er. Außerdem war ihm im Magen ziemlich flau. Trotzdem konnte er nicht aufhören über die Worte
auf dem Notizzettel nachzudenken. Der einzige Schluss,
den er schließlich zog, war der, dass Paola und Ottmar vor
Kurzem miteinander gesprochen haben mussten.

Er wankte ins Badezimmer, setzte sich auf den neben
dem Waschbecken angebrachten Spezialsitz und ließ das
kalte Wasser laufen. Auch wenn der erste Kontakt mit dem
eiskalten Nass höllisch unangenehm war, hielt er entschlossen seinen Kopf darunter, bis er sich halb betäubt anfühlte.
Er schüttelte das Wasser aus seinem dichten Haarschopf
und erschrak, als er im Spiegel hinter dem Becken sein
blasses Gesicht sah, in dem immer noch das mittlerweile
anthrazitfarbene Veilchen prangte. Doch zum Ausruhen
war keine Zeit. Sein Blick fiel auf den Porzellanschwan mit
den Blumen, und plötzlich war es, als ob ein Schleier sich
hob: Natürlich! Die beiden Personen, die er am Abend
des Tattages am anderen Ufer im Nebel des Schwanen-
sees beobachtet hatte – der große, schlanke Mann, den er
für seinen Freund Johannes gehalten hatte, und die zier-
liche, kleine Person daneben – das waren Paola und Ottmar gewesen!! Kurz darauf war ihm Paola ja sogar im Park
begegnet! Wie hatte er nur so blind sein können?

Die Übelkeit ignorierend, trocknete er Gesicht und Haare
so gut er konnte und machte sich daran, Steinleins Wohnung zu verlassen. ›Moment‹, dachte er, als er schon im Flur
war. ›Hab ich eben richtig gesehen?‹ Er ging noch einmal
zurück. Tatsächlich! Der Waffenschrank im Schlafzimmer
des Alten stand offen und in der Reihe der eingestellten

Büchsen war ein Platz leer. Vor dem Schrank glänzte eine Handvoll Patronen auf dem Fußboden. Verdammt, was war da im Gange? Eine böse Ahnung griff in seinen Gedanken Platz. Er musste Paola so schnell wie möglich finden, bevor ein weiteres Unheil geschah.

Angermüller spürte seinen brummenden Schädel nicht mehr. Hoch konzentriert und angespannt trat er den Rückzug aus Steinleins Wohnung an, immer vorsichtig um sich spähend, ob sich irgendwo jemand mit einer Waffe verbarg. Paolas Wohnungstür war nach wie vor verschlossen, das kleine Büro leer. An der Rezeption war der junge Mann wieder zurück. Beschäftigt mit zwei Hotelgästen, die gerade ihre Rechnung bezahlten, warf er dem Kommissar mit den tropfnassen Haaren und der vom Wasser fleckigen Lederjacke einen höchst erstaunten Blick zu. Noch einmal eilte Angermüller suchend durch die Galerie. Nur zwei alte Damen, die ihn sogleich misstrauisch musterten, saßen jetzt in der Kutscherstube an einem Tisch bei Kaffee und Kuchen. Von den Bedienungen war keine zu sehen.

Schließlich stand er im Freien vor dem Eingang zu den Restaurants und schaute suchend über den Hof. Inzwischen regnete es und der Wind trieb ihm dicke Tropfen ins Gesicht. Da drüben lag die Brauerei. Vielleicht sollte er auch dort einmal nach Paola suchen? Unschlüssig rieb er sich die Stelle am Hinterkopf, wo sich ein dickes Horn ausbreitete. Da fiel ihm ein, dass es hinter den Restaurants noch ein Gebäudeteil gab, das er bisher noch gar nicht betreten hatte.

Am Ende des langen Flures, der an Kutscherstube, Victoria & Albert-Salon und den anderen Gasträumen vorbeiführte, lag der Vorraum zum Festsaal mit Garderobe und Toiletten und einer Treppe, die hinauf zur Zuschauergalerie führte. Vorsichtig öffnete Angermüller die eine Hälfte der großen Flügeltür. Die dicken Vorhänge vor den hohen

Fenstern des Festsaals waren geschlossen und der Zuschauerraum lag im Halbdunkel.

Die Bühnenscheinwerfer waren eingeschaltet und strahlten die Kulisse an, die im Hintergrund unverkennbar den Coburger Schlossplatz mit der Ehrenburg zeigte. Eine Reihe hübscher Amphoren mit Blumenschmuck zierte die Rampe am vorderen Bühnenrand, und es hätte nicht verwundert, wenn die Queen und ihr Hofstaat sogleich singend auf der Bühne erschienen wären. Doch von heiterer Operette keine Spur. Erst jetzt bemerkte Angermüller die Gestalt, die sich unten vor der Bühne befand und einen ziemlich bangen Eindruck machte. Er sah angestrengt in den schummrigen Saal, um zu ergründen, was sich dort wohl so Angsteinflößendes befand.

Gerade hatte er in der Mitte der Stuhlreihen eine Bewegung ausgemacht, als er es genau dort blitzen sah und zugleich ein ohrenbetäubender Knall die Stille im Saal zerriss. Die Amphore rechts neben dem Mann vor der Bühne zersplitterte und rosa Blüten stoben durch die Luft.

»Bitte, hör auf damit! Ich hab doch schon gesagt, dass ich dich in Ruhe lasse. Bitte, nicht mehr schießen!«

Die Antwort war ein Schuss auf die linke Amphore, die in Kleinteilen zu Boden ging.

»Das hat doch alles keinen Sinn! Denk doch mal nach, Paola!«

Ottmar Finks Stimme war von Satz zu Satz in eine höhere Tonlage geklettert. Er gab ein ziemlich bejammernswertes Bild ab, wie er sich da vorn so angsterfüllt an den Bühnenrand drückte.

»Ich habe nachgedacht und ich glaube dir kein Wort.«

Paola klang völlig emotionslos. Angermüller, der gleich hinter der Tür stehen geblieben war, wurde von Entsetzen gepackt. Gerade erst hatte er erfahren, dass Ottmar und Paola sich viel besser kannten, als er dachte. Er war sich soeben darüber klar geworden, dass sie sich erst vor zwei Tagen getroffen hatten – wer weiß, was alles sonst er nicht wusste! War Paola auf einem irrwitzigen Rachefeldzug gegen einen vermeintlichen Mörder, oder war es ein anderer, weit schlimmerer Grund, der hinter dieser Jagd auf Ottmar steckte? Es nahm ihm fast den Atem, als er an die zweite Möglichkeit dachte. In jedem Fall musste er Paola jetzt unbedingt daran hindern, eine Riesendummheit zu begehen!

»Paola?«, rief er so harmlos und freundlich, wie es ihm in dieser vertrackten Situation möglich war.

»Giorgio?«

Sie klang überrascht, drehte sich jedoch nicht um und hatte sich sofort wieder im Griff.

»Bitte, geh! Das hier ist meine Sache.«

»Aber ich will dir doch helfen, Paola!«

In Angermüllers Hirn fuhren die Gedanken Karussell, und er hatte Angst vor dem Moment, da es anhalten würde. Doch natürlich hielt es an, und die vielen kleinen Streiflichter, die an ihm vorübergerauscht waren und die er nicht hatte erkennen können, nicht hatte erkennen wollen, setzten sich plötzlich zu einem Bild zusammen. Ganz langsam bewegte er sich von der Tür weg, hinein in den Saal in Paolas Richtung.

»Bitte, misch dich nicht ein! Du kannst mir nicht helfen!«

»Doch Paola«, widersprach Angermüller ruhig. »Wir übergeben Ottmar der Polizei und die kümmert sich um alles Weitere. So einfach ist das.«

»Ach, Giorgio!«, zwischen Mitleid und Hoffnungslosigkeit schwankte Paolas Seufzer. »Du hast ja keine Ahnung!«

Ottmar Fink, der den kurzen Dialog zwischen den beiden als seine Chance sah, um sich in Sicherheit zu bringen, versuchte, zur Treppe am linken Bühnenrand zu gelangen.

Er hatte nicht mit Paolas Wachsamkeit gerechnet. Mit der Präzision der geübten Sportschützin setzte sie einen weiteren Schuss und wieder ging direkt neben Ottmar eine blütengefüllte Amphore zu Bruch. Im gleichen Augenblick ließ sich Ottmar Fink einfach zu Boden fallen und war so zumindest für den Moment aus der Schusslinie.

»Angermüller, du Idiot!«, schrie er von dort unten mit vor Angst kippender Stimme. »Kapierst du denn gar nichts? Die Paola hat den Alten umgebracht! Ich war's nicht!«

»Ich weiß«, antwortete Angermüller ruhig. Er hatte sich inzwischen vorsichtig in die Stuhlreihe vorgearbeitet, die hinter Paola aufgestellt war. Sanft legte er ihr eine Hand auf die Schulter.

»Komm, Paola«, sagte er leise. »Es ist vorbei.«

Mit der anderen Hand hatte er mit festem Griff die Waffe gepackt. Doch diese Maßnahme erwies sich als überflüssig. Paola leistete keinerlei Gegenwehr.

Ein paar Stunden später saß Georg Angermüller mit der Verwandtschaft im Victoria & Albert-Salon und wurde als Held des Tages gefeiert, was ihm alles andere als angenehm war. Am meisten beeindruckt war sein Schwager Manfred, der gar nicht aufhören konnte, lobende Trinksprüche auf ihn auszubringen. Auch seine Mutter war mächtig stolz auf ihn. Ihr Sohn hatte ganz allein den Mord in der Felsengrotte aufgeklärt! Nur er selbst fühlte sich ziemlich mies und das lag nicht nur an den Nachwirkungen des Schlages mit dem Gewehrkolben, den Paola ihm versetzt hatte.

Die Schüsse im Festsaal waren im übrigen Landgasthof nicht ungehört geblieben und der smarte junge Mann von der Rezeption hatte geistesgegenwärtig die Polizei alarmiert. Als Angermüller Sabine Zapf auf ihrem Handy erreichte, waren die Coburger Kollegen schon längst auf dem Weg und trafen wenige Minuten später ein. Natürlich war Bohnsack ziemlich knurrig gegenüber dem Kommissar aus dem Norden, der ihm ständig in die Quere kam und hier ja überhaupt keine Legitimation hatte zu ermitteln. Angermüller bemühte sich zu erklären, dass er ohne sein Zutun in die Ereignisse verwickelt worden war, und da er nun ein wichtiger Zeuge war, musste Bohnsack notgedrungen mit ihm zusammenarbeiten. Der Einsicht in die Notwendigkeit geschuldet, siegte professionelle Sachlichkeit über seine persönliche Abneigung, und nach Angermüllers kurzem Bericht hatte Bohnsack die Lage schnell erfasst und organisierte kompetent die weiteren Maßnahmen.

Paola und Ottmar wurden jeweils getrennt kurz zu dem Vorfall im Festsaal gehört, und dann entschied Bohnsack, dass man die Vernehmungen besser in der Kriminalpolizeiinspektion fortsetzen wollte. So vermied man weiteres Aufsehen im Dorf und unter den Hotelgästen und konnte Schreibkräfte anfordern, die die Vernehmungen in Coburg gleich mitschrieben. Ein paar Beamte blieben noch zur Sicherung der Spuren im Gasthof zurück. Als Georg zu Hause anrief, um Marga Bescheid zu sagen, dass er etwas später zu den Geburtstagsfeierlichkeiten kommen würde, bekam seine Mutter das natürlich sofort mit und er hörte sie im Hintergrund schimpfen.

»Du bist doch ein alter Freund von der Paola Steinlein, wie sie neulich gesagt hat?«, hatte Bohnsack ihn auf der Fahrt nach Coburg gefragt. »Ich fänd's nicht schlecht, wenn du an ihrer Vernehmung teilnehmen würdest, sofern sie nichts dagegen hat. Es könnte ganz hilfreich sein, wenn sie eine Vertrauensperson dabeihat.«

Nach kurzem Nachdenken hatte Angermüller zugesagt.

Noch vor einer guten Stunde hätte er nicht im Traum daran geglaubt, einmal hochoffiziell die Räume an der Neustadter Straße betreten zu dürfen. Der Tross nahm den Weg durch das weite Treppenhaus der Coburger Dienststelle, an der umfangreichen Waffensammlung im Foyer des ersten Stocks vorbei in den zweiten, wo man sich zu den Vernehmungen auf zwei Sachbearbeiterzimmer verteilte. Paola hatte nichts gegen Angermüllers Anwesenheit einzuwenden – im Gegenteil, sie schien dankbar für den in Aussicht gestellten Beistand zu sein.

Auch wenn man sich jetzt der Auflösung eines Falles annährte, die Stimmung war alles andere als euphorisch, und Angermüller war Bohnsack direkt dankbar, als der versuchte, die Atmosphäre etwas aufzulockern, indem er Getränke anbot. Fast alle nahmen Kaffee oder Wasser.

Paola lehnte ab. Sie wirkte sehr gefasst. Sie war nicht nervös und sie weinte nicht, blickte nur hin und wieder zu Georg, wie um sich zu versichern, dass er in ihrer Nähe blieb. Nachdem Sabine Zapf den Formalitäten Genüge getan hatte und Paolas Personalien aufgenommen waren, fragte Bohnsack, ob sie bereit sei, zu schildern, was sich zugetragen hatte. Paola nickte und fragte, ob sie von Anfang an erzählen solle.

»Wir haben Zeit, Frau Steinlein. Fangen Sie da an, wo Sie es für richtig halten«, erwiderte Bohnsack und Paola begann ihre Sicht der Ereignisse zu schildern. Sie berichtete, wie sie als einzige der drei Töchter bei ihrem Vater geblieben war, ihm zuliebe ihre ganzen anderen Pläne aufgegeben und im Gasthof mitgearbeitet hatte. Langsam hatte ihr die Arbeit angefangen Spaß zu machen und sie hatte sich voll und ganz hineingekniet. Da sie dabei sehr erfolgreich war, kam sie auch mit dem alten Steinlein gut aus, was man sonst von kaum jemandem behaupten konnte. Paola hatte immer mehr Verantwortung übernommen, immer weniger Freizeit gehabt, irgendwann fast gar kein Privatleben mehr und sich nur noch ums Geschäft gekümmert.

Der Erfolg war ihr Belohnung genug. Für Bernhard Steinlein war ihre Mitarbeit im väterlichen Betrieb ohnehin eine Selbstverständlichkeit, und dass Paola irgendwann seine Nachfolgerin würde, stand für ihn außer Frage. Lernte sie einmal einen netten Mann kennen, schaffte er es immer wieder, die Beziehung auseinanderzubringen, denn er sah in jedem nur einen Betrüger, der es auf den Reichtum der Steinleins abgesehen hatte.

Paola griff nach Georgs Hand. Er wusste, dass sie ihr Innerstes hier nach außen kehrte, Dinge aussprach, über die sie sonst mit einer ironischen Bemerkung hinweggeeilt war, und dass ihr das nicht so leichtfiel, wie es den Anschein hatte.

»Und dann hatte mein Vater den schweren Schlaganfall vor einigen Jahren. Er war schon immer ein schwieriger Mensch gewesen, aber danach wurde er schier unerträglich. Natürlich tat er mir furchtbar leid, und ich habe versucht, ihm den Alltag so angenehm wie möglich zu machen. Es muss entsetzlich sein, mit einem wachen Geist in so einen bewegungslosen Körper eingeschlossen zu sein! Ich hatte das Gefühl, weil er so leiden musste, konnte er es noch weniger ertragen, andere Menschen glücklich zu sehen.«

Sie hatte ihre Hand wieder zurückgezogen und sprach jetzt wie zu sich selbst. Als ob sie sich ihr eigenes Denken und Handeln klarmachen wollte.

»In seinem Zustand war es ihm nicht mehr möglich, sich so wie zuvor um die Geschäfte zu kümmern, sodass ich letztlich die alleinige Verantwortung trug, auch wenn er natürlich nach wie vor über alle wichtigen Entscheidungen informiert werden wollte. Ich habe dann angefangen, den alten Gasthof in das gepflegte, kleine Landhotel umzuwandeln, das es heute ist. Mit Erfolg, wie Sie wissen!«

Man merkte Paola an, wie stolz sie auf ihre Leistung war. Sie reckte sich und sah ihr Publikum an, als ob sie einen Werbevortrag hielte.

»Natürlich habe ich bald die Entwicklungsmöglichkeiten gesehen, die in der Anlage von Hotel, Brauerei und der Umgebung stecken. Vor ein paar Monaten beauftragte ich ein angesehenes Architekturbüro mit dem Entwurf für ein Wellness- und Golfresort. Steiger & Steiger, falls Ihnen das was sagt.«

Alle Anwesenden schüttelten bedauernd die Köpfe und Paola begann begeistert von ihren Plänen zu berichten.

»Wir planen mehrere Schwimmbäder im Innen- und Außenbereich, drei unterschiedliche Saunen, ein Dampfbad, einen Massagebereich, eine Schönheitslounge und hinter dem Hotel einen japanischen Zen-Garten. Direkt anschließend, quasi zwischen Hotel und Schlosspark, werden wir einen 18-Loch-Golfplatz anlegen sowie einen 9-Loch-Kurzplatz und eine Driving Range. So können wir uns ganz neue Zielgruppen erschließen. Was die Restaurants betrifft …«

»Frau Steinlein, entschuldigen Sie bitte«, unterbrach Bohnsack Paolas Schilderung. »Was hat Ihr Vater zu Ihren Plänen gesagt?«

Irritiert ob der Unterbrechung sah Paola ihn an.

»Mein Vater? Nun ja, er wollte zunächst nichts davon wissen. Er war allem Neuen gegenüber erst einmal skeptisch.«

»Müsste man nicht eher sagen, er war grundsätzlich dagegen?«

»Oh, ich hätte ihn von meinen Plänen schon noch überzeugen können! Aber dann habe ich dieses Mädel eingestellt. Das war mein größter Fehler!«

Sie schüttelte bedauernd den Kopf und ihr Blick wanderte hinaus durch das einzige Fenster im Raum. Aber wahrscheinlich nahm sie die Garagen und Werkstätten, die sich unten um das Karree des Hofes gruppierten, gar nicht wahr. Angermüller wandte sich mit einer fragenden Geste an Bohnsack, ob er sich einmischen dürfe, und nach einem kurzen Zögern signalisierte der Coburger Kommissar nickend seine Zustimmung.

»Paola, warum glaubst du, dass es falsch war, Irina einzustellen?«

»Du hast es doch selbst mitbekommen, Georg! Sie war nur hinter seinem Geld her. Irina hat ihn völlig um den Verstand gebracht! Er war drauf und dran, unseren ganzen Grund und Boden zu versilbern, um ihre Ansprüche erfüllen zu können. Sogar sein Testament wollte er zu ihren Gunsten ändern! Er war doch dieser Schlampe total verfallen!«

»Hast du mit ihm über die Grundstücksverkäufe gesprochen?«

»Ich habe es versucht. Aber er wollte nichts davon hören. Ich habe ihn gewarnt, habe gesagt, wenn du an Camposano verkaufst, sind all unsere Zukunftspläne hinfällig, dann haben wir überhaupt keine Reserven mehr, falls wir umbauen oder erweitern wollen. Es hat ihn überhaupt nicht interessiert. Im Gegenteil!«

»Was meinst du damit?«

»Am Donnerstagabend hat er mir erklärt, dass er nun auch die an den Gasthof grenzenden Grundstücke mitverkaufen wolle, er brauche halt Geld und habe seinem Anwalt schon entsprechende Anweisungen gegeben.«

»Wie hast du reagiert?«

»Ich war natürlich entsetzt und habe versucht, ihn davon abzubringen. Was soll denn aus unserem Hotel und der Brauerei werden, habe ich gefragt, du weißt, wir müssen erweitern und modernisieren, wenn wir im Wettbewerb bestehen wollen. Die Grundstücke sind doch unsere einzigen Reserven! Er hat mich angesehen mit seinem schiefen Gesicht – mit so einem bösen Grinsen, verstehst du! Dann hat er mir klargemacht, dass ihm das alles egal ist«, Paola sah Georg an. »Dass auch ich ihm völlig egal bin …«

Sie verstummte und drückte sich eine Faust gegen den

Mund. Ihre anfängliche Gelassenheit war geschwunden, je länger ihre Erzählung andauerte. Sie war auf ihrem Stuhl merklich zusammengesunken.

»Was genau hat sich am Freitagmorgen zugetragen, Frau Steinlein?«, mischte sich Bohnsack nach einem kurzen Moment der Stille wieder ein. Paola war müde und erschöpft, das war ihr deutlich anzusehen. Doch selbst in dieser für sie bestimmt nicht einfachen Lage siegte ihre Selbstdisziplin. Sie setzte sich auf, straffte sich und bemühte sich um Konzentration.

»Ich wusste, dass er am Freitagnachmittag den neuen Vertrag vorgelegt bekommt, und bin ihm am Morgen in den Park gefolgt. Vielleicht wollte ich noch einmal versuchen, ihn umzustimmen, ich weiß es nicht.« Sie sprach langsam, als wolle sie sich die Szene noch einmal ganz deutlich ins Gedächtnis rufen. »Große Hoffnung hatte ich nicht, dass ich etwas erreichen würde, und als ich sah, wie er zum Rand der Felsengrotte rollte, wo das Geländer zerbrochen war, da dachte ich … ich weiß es nicht mehr so genau. Irgendwas wie: Das ist die letzte Gelegenheit, deine Zukunft zu retten, oder so. Ich bin hinter den Rollstuhl getreten, hab die Hände auf seine Schultern gelegt und dann …«

Nur eine ganz kurze Unsicherheit war Paola anzumerken, aber sogleich sagte sie klar und deutlich: »Dann habe ich einfach zugedrückt, und als der Rollstuhl in der Grotte verschwunden war, fühlte ich mich im ersten Moment wie befreit.«

Kerzengerade mit im Schoß gefalteten Händen saß Paola da und schien ihren eigenen Worten nachzulauschen, so als ob ihr selbst das Geschehen heute noch nicht ganz erklärlich war. Bohnsack holte sie in die Gegenwart zurück.

»Eins müssen Sie uns jetzt noch erklären: Welche Rolle spielte Ottmar Fink bei der Sache?«

Angermüller horchte auf, denn dieser Punkt interessierte

ihn vor allem ganz persönlich. Paola behielt ihre kerzengerade Haltung und referierte, als verlese sie einen Geschäftsbericht. Dabei vermied sie es, in Georgs Richtung zu blicken, und sah unbewegt aus dem Fenster.

»Ich hatte mit Herrn Fink eine kurze Beziehung, etwa von Ostern bis Anfang September. Er war in meine Pläne zum Hotelausbau eingeweiht und wusste über unseren Grundbesitz Bescheid. Dass er für den Camposano-Konzern Grundstücksgeschäfte tätigte, hat er mir nicht erzählt. Ich beendete die Beziehung, als ich erfuhr, dass er in Kontakt mit meinem Vater stand, um unseren Grund an Camposano zu verkaufen.«

»Warum haben Sie ihn vorhin mit der Waffe bedroht?«, fragte Bohnsack.

»Das habe ich Ihnen doch schon vorhin gesagt: Herr Fink wollte mich erpressen.«

»Können Sie uns das bitte trotzdem noch einmal etwas genauer erklären?«

»Als ich am Freitagabend im Park joggte, lauerte er mir beim Schwanensee auf. Er war sich sicher, dass ich es war, die … Ich habe versucht, ihn davon abzubringen, aber er glaubte mir nicht. Noch zweimal tauchte er an diesem Abend bei mir im Gasthof auf. Ich merkte, er würde nicht lockerlassen, und vertröstete ihn auf heute. Er kam und brachte den Kaufvertrag mit, um mir zu zeigen, wie viel er durch das Nichtzustandekommen des Geschäftes verloren hat. Hunderttausend verlangte er als Schadenersatz, wie er es bezeichnete – fürs Erste, sagte er noch. Da wusste ich, es würde nie aufhören, und sah keine andere Möglichkeit mehr …«

Für einen Moment war es still im Raum. Alles war gesagt. Sabine Zapf stand auf und kippte das Fenster an. Nicht nur sie hatte das Bedürfnis nach frischer Luft. Angermüller merkte erst jetzt, wie verkrampft er auf seinem Stuhl gesessen hatte, streckte seine Arme von sich und bewegte die Finger.

Sanft fasste Paola nach seiner Hand.

»Mi dispiace, Giorgio!«, sagte sie leise zu ihm. Er wusste nicht, was er darauf sagen sollte. Schließlich nickte er kaum merklich, ohne sie dabei anzusehen.

»Ja dann«, Bohnsack stemmte sich schwer von seinem Stuhl hoch. »Wenn Sie jetzt was trinken wollen, Frau Steinlein? Einen Kaffee vielleicht?«

»Danke, gern«, nickte Paola höflich.

»Dann lassen wir Sie mal mit der Kollegin allein und der Herr Angermüller verabschiedet sich am besten gleich.«

Das kam so plötzlich, dass Georg fast ein wenig erschrak. Was sollte er ihr zum Abschied sagen? Oft schon hatte er Verdächtige auf diesen Weg geschickt. Aber wie verabschiedete man sich von jemandem, zu dem man eine private Beziehung hatte und dem jetzt Untersuchungshaft, Prozess und wahrscheinlich eine Verurteilung wegen heimtückischen Mordes bevorstanden? Paola kam ihm zuvor.

»Ciao, Giorgio!«, sagte sie mit einem schwachen Lächeln und gab ihm die Hand. »Ci vediamo …«

»Ciao, Paola!«

Er drehte sich schnell um. Wir sehen uns, hatte sie gesagt, als ob sie sich morgen schon auf einen Kaffee irgendwo wieder treffen würden. Eine uniformierte Beamtin postierte sich neben der Tür und er folgte den anderen nach draußen. Der Anblick Paolas, wie sie auf ihrem Stuhl im Vernehmungszimmer zurückblieb – Angermüller ahnte, dass er ihn so bald nicht vergessen würde. Er begleitete Sabine Zapf und Bohnsack in das Büro des Leitenden, das er von gestern schon kannte und das den beeindruckenden Ausblick auf die Veste Coburg bot.

»Tja, Angermüller, nicht dass du meinst, uns hätte die jüngste Entwicklung im Fall Steinlein überrascht. Du bist uns höchstens um eine Nasenlänge voraus gewesen«, meinte Bohnsack und ließ sich ächzend in den komfortablen Schreibtischsessel fallen.

Angermüller, dem in diesem Augenblick nichts ferner lag als ein Gefühl des Triumphes, zuckte nur gleichgültig mit der Schulter. Zu sehr war er mit seiner persönlichen Verwicklung in die Dinge beschäftigt, als dass er nun Genugtuung empfinden konnte, dem Coburger Kollegen zuvorgekommen zu sein. Außerdem gab es etwas, dass nur er allein wusste: Im Grunde hatte er kläglich versagt.

»So, Kollege. Jetzt brauchen wir nur noch deine Aussage. Das macht die Frau Zapf mit dir. Bist so freundlich, gell, Sabine?«, Bohnsack griff zum Telefon und vermittelte wieder einen deutlichen Eindruck seiner Wichtigkeit. »Ich hab zu tun, muss mich um den Staatsanwalt und den Haftbefehl kümmern, sehen, was mit dem Ottmar Fink ist, muss mit der Presse sprechen. Falls wir uns nicht mehr sehen, Angermüller: Gute Heimfahrt zu deinen Nordlichtern! Du fährst doch morgen?«

Angermüller nickte. Letztendlich schien Bohnsack doch erleichtert, ihn bald wieder weit weg zu wissen.

»Na dann! Ade, Kollege!«

Zu einem ›Auf Wiedersehen!‹ ließ Bohnsack sich nicht hinreißen. Immerhin reichte er Angermüller über den Schreibtisch hinweg die Hand. Aber nur kurz, denn am anderen Ende der Leitung meldete sich sein Gesprächspartner und er durfte wieder betriebsame Geschäftigkeit demonstrieren.

Angermüller war froh, seine Zeugenaussage bei Sabine Zapf machen zu können. Sie beschränkte sich auf die für den Fall wesentlichen Details und stellte keine Fragen, die seine eigenen Recherchen beleuchtet hätten. Wahrscheinlich lag es auch nicht in ihrem Interesse, ihre nicht ganz zulässige kollegiale Auskunftsbereitschaft gegenüber Angermüller offiziell zur Sprache zu bringen. Auf welchen Pfaden Angermüller bei der Aufklärung gewandelt war oder besser, auf welchem Holzweg er sich befunden hatte – das wusste sie ja glücklicherweise nicht, und so sagte er einfach, Paolas Beziehung zu Ottmar Fink habe ihn auf die richtige Spur gebracht. Was ja irgendwie sogar stimmte. Dass dies erst vor wenigen Stunden passiert war, behielt er für sich.

Als er seine Aussage unterschrieben hatte und Sabine Zapf ihn zum Ausgang brachte, wo schon ein Streifenwagen bereitstand, um ihn nach Niederengbach zu bringen, fragte er doch noch nach, wie denn die Coburger Kollegen auf Paola gekommen waren. Er war zu sehr Profi, als dass ihn das nicht interessiert hätte.

»Zum einen durch Paola Steinleins Handy.«

»Wie? Durch ihr Handy? Ist sie abgehört worden oder was?«

Lachend schüttelte Sabine Zapf den Kopf.

»Nein, das nicht. Paola Steinlein hatte behauptet, der Akku ihres Handys sei leer gewesen und man habe sie deshalb nicht erreichen können, als sie am Tag der Tat mit dem Auto in der Bamberger Gegend unterwegs gewesen ist. Aber ich hatte gesehen, dass sie in ihrem Auto ein Ladegerät hat.« Die Kommissarin machte eine dramatische Pause. »Das konnte natürlich defekt sein. Aber mir ließ das irgendwie keine Ruhe. Ich habe dann gestern Nacht ihre Handyverbindungen gecheckt und sie hat den ganzen Freitag über von ihrem Handy aus mit Leuten telefoniert. Zwischendurch hat sie es immer ausgeschaltet, um nicht erreichbar zu sein. Warum hatte sie das gemacht? Und warum hatte sie uns belogen? Was hatte sie zu verbergen?«

Angermüller nickte beeindruckt.

»Nicht schlecht, Frau Kollegin!«

»Und dann bekamen wir heute von den Spezialisten die rekonstruierten Nachrichten von Steinleins Kommunikationscomputer: die Anweisungen an Fink zum Verkauf der am Gasthof gelegenen Grundstücke, die Verabredung mit ihm am Freitag Nachmittag und was Steinlein seiner Tochter geantwortet hatte, als sie ihn danach fragte. Rolf und ich wollten der Paola Steinlein heute deswegen sowieso auf den Zahn fühlen und da kam Ihr Anruf …«

Das Gespräch stockte.

»Dann will ich Sie nicht länger aufhalten, Frau Zapf. Sie haben wohl noch eine Weile zu tun hier. Wünsche trotzdem noch einen schönen Sonntag!«

»Danke ebenfalls! War nett, Sie kennengelernt zu haben, Herr Kollege.«

»Ganz meinerseits«, Angermüller kramte in seinem Portemonnaie. »Hier ist meine Karte – falls Sie mich mal in der Bezirkskriminalinspektion Lübeck besuchen wollen!«

Sabine Zapf schaute interessiert auf das Papier mit der schleswig-holsteinischen Landesflagge und sie gaben sich die Hand.

»Wer weiß, vielleicht komm ich wirklich mal vorbei. Schöne Geburtstagsfeier noch und gute Heimfahrt!«

Das Team von Steinleins Landgasthof war gut eingearbeitet und funktionierte auch ohne die Chefin perfekt, wenn auch allen Mitarbeitern der Schock über die Festnahme Paolas in den Knochen saß. Als Angermüller am frühen Abend aus Coburg zurückgekommen war, hatte man die Kaffeetafel natürlich längst aufgehoben. Er bedauerte es nicht, denn noch war ihm sein Magen wie zugeschnürt und in seinem Kopf meldete sich immer wieder ein pochender Schmerz. Die Geburtstagsgesellschaft im Victoria & Albert-Salon, zu der noch eine Reihe Onkel und Tanten, Cousinen und Cousins gestoßen waren, begrüßte ihn freudig erregt. Man bestaunte und kommentierte sein blaues Auge und fast alle Anwesenden warteten in wohliger Sensationslust auf die

Schilderung des spannenden Krimis, der sich vor ihrer Tür zugetragen hatte.

Ihre Hoffnung wurde bitter enttäuscht, denn Angermüller empfand sich überhaupt nicht als heldenhaft und nach Erzählen war ihm schon gar nicht zumute. In ein paar dürren Worten erklärte er, dass Paola verdächtig des Mordes an ihrem Vater in Untersuchungshaft genommen worden war, und das war's. Er bestellte sich einen Kutschertrunk, saß stumm bei seinem Bier, antwortete einsilbig auf neugierige Fragen und ertrug wohl oder übel die Lobreden seines Schwagers.

Als er es gar nicht mehr aushielt, stand er auf – er brauchte einfach Bewegung. Während er den Gang hin-auf in Richtung Rezeption ging, wurden die Bilder des Nachmittags wieder lebendig: seine vergebliche Suche nach Paola, die Entdeckung in der Wohnung des Alten, der Schlag auf seinen Hinterkopf und schließlich die Szene mit Ottmar im Festsaal. Ganz in Gedanken war er vor dem kleinen Büro angelangt und zuckte unwillkürlich zusammen, als der Platz hinter dem Schreibtisch nicht leer war.

»Bea!«

»Schorsch! Gut, dich zu sehen! Wie geht's Paola? Sie hat vorhin bei Rosi angerufen und die hat mir Bescheid gegeben. Und dann haben die Leute vom Gasthof sich bei mir gemeldet und gefragt, ob ich nicht herkommen könnte.«

Bea machte eine Pause und sah Georg nachdenklich an. »Wahrscheinlich musste es irgendwann so kommen, oder?«

Angermüller platzierte sich auf dem kleinen Hocker, so, wie bei seinen früheren Besuchen in diesem Raum, und zuckte resigniert mit den Schultern. Dann berichtete er, dass Paola scheinbar ganz gefasst die Situation ertrug.

»Sie wollte niemanden von uns sehen – noch nicht«, meinte Bea. »Rosi hat auf jeden Fall den Anwalt gebeten, dass er sich gleich um sie kümmert«, sie unterbrach sich einen Moment. »Nicht dass du mich für sensationslüstern hältst, aber magst du mir erzählen, was sich da eigentlich genau abgespielt hat? Schließlich ist sie meine Schwester …«

So knapp und präzise wie möglich schilderte Angermüller die Vorgänge des Nachmittags und was er über den Tod von Bernhard Steinlein wusste. Bea nickte, als er geendet hatte.

»Wenn ich ehrlich bin: Ich kann es Paola nicht verdenken, dass sie so gehandelt hat«, seufzte sie. »Wer weiß, wäre ich damals nicht rechtzeitig von hier weggegangen, vor dem Alten geflohen, dann wäre ich vielleicht heute an Paolas Stelle. Was glaubst du, wie lange muss sie ins Gefängnis?«

»Schwer zu sagen. Das kommt ganz auf das Gericht an, inwieweit die sich erlauben, für Paolas Situation Verständnis zu zeigen. Ein paar Jahre werden's ganz bestimmt …«

»Sie wird das durchstehen. So, wie ich sie kenne, mit ihrem eisernen Willen – sie schafft das.«

Angermüller nickte.

»Da kannst du recht haben. Und du wirst sie hier im Gasthof vertreten?«

»Das muss man sehen. Erstens habe ich andere Verpflichtungen und dann – du weißt, unser Verhältnis ist auch nicht gerade das beste, wer weiß, ob Paola das recht ist. Aber als man mich vorhin anrief, bin ich natürlich sofort gekommen. Die Leute sind halt alle ein wenig nervös, wie es hier jetzt weitergehen wird.«

Sie schwiegen einen Moment.

»Ja, Schorsch, ich will dich nicht länger aufhalten. Du musst ja jetzt noch Geburtstag feiern – nicht, dass du wegen mir noch Ärger mit der Verwandtschaft kriegst.«

»Das ist mir so was von wurscht im Moment! Nach Feiern ist mir jetzt echt nicht zumute. Ich glaub, ich schau gleich bei der Rosi vorbei. Ich hatt' ihr versprochen, mich noch mal zu melden.«

»Das ist gut! Die freut sich bestimmt. Unsere kleine Schwester ist nicht so abgeklärt. Die hat die Sache bestimmt wieder ganz schön mitgenommen.«

»So schnell sieht man sich wieder.«

Angermüller versuchte, möglichst aufgeräumt zu klingen, als er die Küche auf dem Sturms-Hof wie gewohnt durch den Hintereingang betrat. Er umarmte Rosi, die dabei war, das Abendessen vorzubereiten. Tatsächlich sah Rosi ein bisschen verheult aus, aber sie freute sich über seinen Besuch.

»Ich hab schon auf dich gewartet. Schön, dass du gekommen bist.«

»Das hab ich dir doch versprochen!«

»Ich find's auch gut, dass du da bist, Schorsch! Wenigstens ein Lichtblick an diesem Scheißtag«, meinte Johannes, der am Küchentisch saß, zu seinem Freund. »Erst das Wetter, dann der Abschied von Linus und Florian und dann die Sache mit Paola – mehr Mist an einem Tag geht gar nicht!«

Rosi und Angermüller kamen zu ihm an den Tisch.

»Ich habe nur ganz kurz mit Paola gesprochen und die Polizei hat mir auch nichts weiter sagen wollen«, Rosi sah ihn ängstlich und gespannt gleichzeitig an. »Kannst du mir erzählen, was genau passiert ist, Schorsch?«

Zum letzten Mal an diesem Tag und sehr ausführlich schilderte Angermüller die Vorgänge in Steinleins Landgasthof und was sich am Freitagmorgen in der Felsengrotte im Park zugetragen hatte. Auch Rosi wollte wissen, wie es ihrer Schwester ging.

»Den Umständen entsprechend würde ich sagen. Sie reißt sich sehr zusammen.«

»Das hat sie immer schon getan«, nickte Rosi. »Ich weiß

gar nicht, was ich denken soll. Einerseits bin ich einfach traurig, dass er tot ist. Er war mein Vater und ich habe nicht nur schlechte Erinnerungen an ihn.«

Johannes sagte nichts, atmete nur laut hörbar aus.

»Ich weiß, du siehst das anders, Johannes. So empfinde ich das nun mal!«, blieb Rosi dabei. »Ich habe mich ja auch von ihm losgemacht und dich geheiratet, obwohl ich hätte wissen müssen, dass er mir das nie verzeiht. Aber die Paola, die hat noch viel mehr unter ihm gelitten, als wir uns alle vorstellen können«, sie machte eine Pause und sagte dann leise: »Irgendwie kann ich sie schon auch verstehen, die Paola. Sie ist bei ihm geblieben, hat nur gearbeitet, den alten Gasthof in Schwung gebracht, hatte nie ein richtiges Privatleben. Sie hat für ihn gesorgt, als er krank wurde, und dann zerstört er so mir nichts dir nichts ihren großen Lebenstraum …«

»Auch wenn die Paola und ich nicht gerade ein herzliches Verhältnis haben: In diesem Fall muss ich meiner klugen Frau zustimmen: Paola hatte wirklich am meisten unter dem Bernhard zu leiden, und der ganze geschäftliche Erfolg war dafür bestimmt kein Ausgleich. So richtig glücklich hat sie jedenfalls noch nie ausgeschaut.« Johannes betrachtete versonnen seinen Freund. »Außer vielleicht, als sie damals mit dir zusammen war, Schorsch.«

Unwillig schüttelte Angermüller den Kopf. Darüber wollte er jetzt am allerwenigsten reden.

»Was ich im Nachhinein ziemlich eigenartig finde«, mischte sich Rosi ein und ersparte ihm eine Antwort: »Warum hat ausgerechnet Paola dich gebeten, nach dem Mörder zu suchen, Schorsch?«

»Ist doch klar! Weil sie von ihrer Spur ablenken wollte!«, versetzte Johannes sofort.

Angermüller nickte nur. Auch dieses Thema traf einen wunden Punkt, mit dem er erst noch selbst ins Reine kommen musste.

Obwohl es ihn keineswegs zurück zu der Geburtstagsfeier zog, sagte er bald den Freunden Ade, denn sicherlich registrierte seine Mutter jede Minute seiner Abwesenheit, und er bekäme diesen Umstand noch jahrelang zum Vorwurf gemacht.

Im Victoria & Albert-Salon servierte man gerade den ersten Gang. Etwas lustlos begann Angermüller in der Fränkischen Hochzeitssuppe zu rühren, die vor ihm in einer Suppentasse dampfte. Ihr Duft war berauschend. Und wie so oft in vielen grauen Stunden, wenn er sich vom Leben arg gebeutelt fühlte, brachten ihn die feinen Speisen, die man in Steinleins Landgasthof auftischte, wieder ein Stück weit in seine Mitte. Die gehaltvolle Suppe, in der Leberknödel, Markknödel und Eierkuchenstreifen schwammen, schmeckte köstlich und wärmte ihm die Seele. Danach schmeichelte ein Rehbraten seiner Zunge, in dessen zartem Fleisch er die aromatischen Kräuter und Gräser des Waldes zu schmecken vermeinte. Die seidigen Coburger Klöße, die in der sämigen, tiefbraunen Soße ruhten, teilten sich wie von selbst unter seiner Gabel, und das Rotkraut, das dunkelviolett daneben glänzte, erfreute ihn mit seiner süßsäuerlichen Note und einem Hauch Gewürznelke. Gekrönt wurde das Festmahl von einem Dreierlei aus Süßspeisen: Goldbraun gebackene Arme Ritter in luftiger Weinschaumsoße, hausgemachtes Preiselbeereis und ein kleiner Coburger Mohrenkopf, dessen bittersüße Schokoladenhülle in herbem Kontrast zu der sanften Vanillesahne stand, konkurrierten um die Gunst von Angermüllers Gaumen. Ohne sich für einen Sieger entscheiden zu können, gab sich der Kommissar den süßen Verführungen mit allen Sinnen hin.

Während des Essens beschränkte sich die allgemeine Unterhaltung auf lobende Kommentare zu den genossenen Speisen. Auch danach war man nicht zum Tischgespräch verpflichtet, denn es folgten mehrere Festreden auf die Jubilarin. Eine Cousine hatte sich sogar als Marktfrau verkleidet und gab ein selbst verfasstes Gedicht auf ihre Tante im feinsten Fränkisch zum Besten. Angermüller und der Mord in der Felsengrotte waren zu seiner Erleichterung ein wenig aus dem Mittelpunkt der Aufmerksamkeit gerückt. Dann sprach auch er als Sohn ein paar launige, lobende Worte auf das Geburtstagskind und musste zu seinem Erstaunen feststellen, dass seine Mutter tatsächlich so etwas wie Rührung zeigte.

Die Feier ging schneller vorbei, als er dachte. Als er um Mitternacht die Treppe zu seiner Schlafkammer hochstieg, war er todmüde. Nicht zuletzt machten sich auch die zahlreich genossenen Obstbrände bemerkbar. So fiel er in sein Bett, und der beruhigende Gedanke, am nächsten Abend wieder zu Hause in Lübeck zu sein, ließ ihn sofort einschlafen.

NACH HAUSE

Endlich saß Angermüller im Zug, der sich durch den grauen Oktobermontag nach Südwesten bewegte, obwohl sein Reiseziel ziemlich genau im Norden lag. Sämtliche direkten Verbindungen in das nördlich angrenzende Thüringen waren in den Zeiten deutscher Zweistaatlichkeit nach dem Krieg gekappt worden und das Coburger Land hatte sein Dasein in einem verschlafenen, abgelegenen Winkel gefristet. Zwar war die Teilung mittlerweile aufgehoben, doch die alten Verbindungen noch lange nicht wiederhergestellt. Dreimal musste Angermüller den Zug wechseln, bis er endlich in Würzburg den Intercity bestieg. Mehr als drei Stunden lagen vor ihm bis Hamburg.

»Schö, dass de ma wieder da gewesen bist! Aber des nächste Mal, wenn de kümmst, passiert mir fei net gleich wieder e Mord!«, hatte seine Mutter zum Abschied gesagt, mit dem Finger gedroht und es auch genau so gemeint. Winkend stand sie dann unter dem Dach der Veranda, als er am Vormittag mit Marga nach Oeslau zum Bahnhof aufbrach. Beim letzten Blick zurück auf die alte Frau fragte sich Angermüller, wann er sie wohl wiedersehen würde und wie es ihr dann wohl ginge. Ja, selbst der Gedanke, ob er sie wiedersehen würde, ging ihm durch den Kopf.

Das Wetter war zum Abreisen gemacht. Die Veste verbarg sich über dem Bausenberg hinter dicken Nebelschwaden, und als er noch ein letztes Mal durch Coburgs Gassen schlenderte, um seinen Lieben daheim ein paar Mitbringsel zu besorgen, kroch ihm eine feuchte Kälte unter die Jacke. Endlich hatte er Coburger Goldschmätzchen, feinste Confiserie aus dem Frankenwald, ein paar Gläser fränkischer

Hausmacher Wurst und edle Bocksbeutel zusammen. Zum Abschied verzehrte er noch eine Bratwurst auf dem Markt, die ihm erstaunlicherweise auch bei dieser Witterung, im Freien genossen, bestens mundete.

Der Zug nach Hamburg war ziemlich leer. Von den Weinbergen bei Würzburg bis in die Lüneburger Heide begleiteten ihn schwere, dunkle Wolkenwände und der Regen malte von außen winzige Perlenschnüre an die Fenster des Abteils. Angermüller war mit sich und seinen Gedanken allein. Sie kreisten alle um dasselbe Thema und es gab jetzt kein Ausweichen mehr. Er musste sich mit dem Part auseinandersetzen, den er im Mordfall Steinlein gespielt hatte. Nun gut, er konnte für sich in Anspruch nehmen, unfreiwillig als Privatperson in die Angelegenheit verwickelt worden zu sein – aber war das wirklich eine Entschuldigung? Natürlich war er allein auf sich gestellt gewesen, hatte nicht die Recherchemöglichkeiten der Coburger Kollegen, nicht den ganzen Apparat von Spurensicherung und Kriminaltechnik – doch genau wie sie verfügte auch er über seinen Verstand, seine Erfahrung und die Fähigkeit zu nüchterner Analyse.

Er hatte sich wie ein Anfänger benommen und den wohl größten Fehler in seiner Zeit als Kriminalist gemacht. Es war, wie Sabine Zapf gemutmaßt hatte: Aufgrund seiner persönlichen Beziehungen zu potenziell Verdächtigen aus dem Umfeld des Opfers hatte er diese von vornherein als infrage kommende Täter ausgeklammert. Hatte er sich bei Johannes und Bea noch bemüht, seine Unschuldsvermutung bestätigt zu erhalten, so hatte er bei Paola nicht einmal die Notwendigkeit dafür gesehen. Sie hatte auf der Klaviatur seiner männlichen Eitelkeit gespielt und er war dem Wunsch nach Bestätigung vollkommen erlegen. Paola hatte erreicht, was sie erreichen wollte: Er hatte sich völlig blind gegenüber der Realität verhalten. Natürlich hätte er die Schuld an seinem Versagen allein ihr und ihrer berechnenden Umgarnung zuschieben können, doch er wusste, es gehörte auch immer jemand dazu, der bereit war, sich umgarnen zu lassen. Und schließlich schaffte er es nicht einmal, Paola für ihr Verhalten ihm gegenüber böse zu sein. Letztendlich empfand er einfach nur ganz großes Mitleid mit ihr. Sein angekratztes Selbstbewusstsein würde sich wieder erholen, aber was war mit ihr, wenn sie in einigen Jahren aus dem Gefängnis kam?

Es waren keine angenehmen Stunden, die er mit all den Analysen seiner unrühmlichen Rolle im Fall Steinlein, peinlichen Selbsterkenntnissen und vielen Grübeleien zubrachte. Erst als er für sich beschloss, dass Fehler auch eine Chance und dazu da waren, um daraus zu lernen, kam er wieder mit sich ins Reine: So etwas würde ihm bestimmt nicht noch einmal passieren! Die Zeit war wie im Fluge vergangen. Schließlich stand er auf dem Hamburger Hauptbahnhof, und wie meist war es hier kalt und zugig und auf den Bahnsteigen herrschte betriebsames Gewusel. Als er dann im Regionalexpress nach Lübeck saß, in der Dämmerung Felder, Knicks und Wiesen vorbeizogen, auf denen friedlich die Schwarzbunten grasten, und ab und zu kleine Ansiedlungen roter Klinkerhäuschen auftauchten, machte sich grenzenlose Vorfreude auf zu Hause breit.

Obwohl sich Lübeck bei der Annährung mit dem Zug nicht gerade von seiner Schokoladenseite zeigte, war ihm der Anblick eine große Freude. Schon entdeckte Angermüller in der Ferne einige der berühmten Türme seiner Wahlheimat. Der Zug rollte in den Bahnhof, der nach Jahren als unansehnliche Baustelle mittlerweile mit seiner Mischung aus restaurierten historischen Elementen und heller Modernität wieder einen einladenden Eindruck machte.

Dann sah er Julia und Astrid am Bahnsteig stehen und ein warmes Glücksgefühl durchfuhr ihn. Julia, die suchend an den Wagen entlangschaute, hüpfte aufgeregt von einem

Bein aufs andere. Als der Zug endlich hielt, sprang Angermüller heraus und umarmte die beiden stürmisch.

»So lange warst du doch gar nicht weg«, freute sich Astrid
mit erstauntem Lachen.

»Papi! Papi! Toll, dass du wieder da bist! Huch, was ist
denn mit deinem Auge? Hast du uns was mitgebracht?«,
sprudelte es aus Julia.

Angermüller war überglücklich, und er war fast ein wenig
überrascht, dass Martin nicht hier war. Sogar über Martins Anwesenheit hätte er sich heute gefreut, so froh war
er, wieder in Lübeck zu sein. Jetzt konnte er das finstere
Kapitel über den Mord in der Felsengrotte endgültig ad
acta legen.

So einfach, wie er sich das vorstellte, war es allerdings
nicht. Astrid gratulierte ihm sogleich leicht ironisch zu seinem kriminalistischen Erfolg in der alten Heimat. Natürlich hatte Marga die Kunde seiner Heldentaten längst nach
Lübeck verbreitet. Mit einem unguten Gefühl wehrte
Angermüller ab und hoffte, dass die Geschichte nicht auch
noch in der Lübecker Bezirkskriminalinspektion die Runde
machen würde. Schon die Gratulationen der Coburger Kollegen waren ihm äußerst unangenehm gewesen. Selbst Bohnsack hatte ja eine gewisse Hochachtung für die Leistung des
Kommissars aus dem Norden durchblicken lassen.

Angermüller allein wusste, dass er im Grunde all die
Lobeshymnen und Glückwünsche nicht verdiente, und er
schämte sich dafür. Aber damit würde er leben müssen, denn
natürlich sollte die Welt nie erfahren, wie einst der Sachver-
stand und die Professionalität eines Lübecker Kriminal-
hauptkommissars in den Herbstnebeln von Niederengbach
auf der Strecke geblieben waren.

ENDE

Oberfränkisch ist ein Dialekt, der in sehr vielen Spielarten vorkommt und sich manchmal bereits von einer Ortschaft zur nächsten unterscheidet. Um den Nichtfranken einen annähernden Eindruck dieser Sprechweise zu geben und gleichzeitig noch verständlich zu bleiben, wurde auf eine originalgetreue Dialektwiedergabe verzichtet. Die Dialektkundigen unter den Lesern mögen dies der Autorin nachsehen.

ANHANG

Zu Gast auf dem Sturms-Hof

Rosis Zwiebelkuchen

Zutaten für den Teig für ein großes Blech:

300 g Mehl
20 g Hefe
1/8 l lauwarme Milch
75 g weiche Butter
1 TL Salz

für den Belag:

1,5 kg Zwiebeln, gewürfelt
150 g durchwachsener Speck, fein gewürfelt
1 TL Zucker
3 Eier
1 Prise Salz
Pfeffer
300 g saure Sahne
1 EL Kümmel
60 g Butter

Das Mehl in eine Schüssel geben, eine Vertiefung hineindrücken und einen Teil des Mehls mit der Milch und der
zerbröckelten Hefe zum Ansatz verrühren. Wenn sich
kleine Bläschen bilden, nach ca. 10–15 min, Salz und Butter zugeben und alles zu einem elastischen, glatten Teig
verkneten. Diesen nochmals 30 min gehen lassen, dann
auf ein gefettetes Backblech drücken und mit den Fingern einen kleinen Rand formen.

Den gewürfelten Speck in einer großen Pfanne ein wenig
ausbraten lassen, die Zwiebeln zugeben, den Zucker und
glasig dünsten. In einer Schüssel die Eier verquirlen, sal-
zen, pfeffern, die saure Sahne zufügen und die abgekühlte
Speck-Zwiebel-Mischung unterrühren, mit Salz abschmecken. Die Masse auf den Hefeteig geben, mit Butterflöck-
chen belegen und mit dem Kümmel bestreuen. Im vorgeheizten Backofen bei ca. 180 Grad ungefähr 30 min backen
(aufpassen: jeder Backofen ist anders!). Heiß servieren.

Mit einer Salatbeilage ist diese Menge Zwiebelkuchen
für vier bis sechs Personen als Hauptmahlzeit ausreichend. Gut passt dazu beispielsweise ein Kopfsalat oder
ein Endiviensalat mit

Angermüllers Zitronen-Knoblauch-Dressing

Zutaten für einen Kopf Salat:
3 EL gutes Olivenöl
1,5 EL Zitronensaft
1 reichliche Prise Salz
1–3 frisch gepresste Knoblauchzehen, nach Geschmack

Alle Zutaten gut miteinander verrühren (falls zu sauer, ein wenig Wasser zugeben) und kurz vor dem Servieren über den vorbereiteten Salat geben, gut untermischen. Dieses Dressing passt gut zu allen Blattsalaten aber auch zu einem Kartoffelsalat, dem man mit Oliven, Tomaten, Ölsardinen und ein wenig Oregano einen mediterranen Touch geben kann.

Roter Krautsalat nach Georg A.

Zutaten für eine große Schüssel:
1 kg Rotkohl
1 süßer Apfel, gewürfelt
100 g durchwachsener Speck, gewürfelt
1–3 Handvoll Rosinen, nach Geschmack
1 EL Zucker
Salz
Pfeffer
½ TL Nelke, gemahlen
3–4 EL Rotweinessig oder Balsamico
max. 100 ml Apfelsaft
1–2 EL Rapsöl

Den geputzten, gewaschenen Kohlkopf vierteln, Strunk und sehr dicke Blattrippen herausschneiden und den Rest in feine Streifen hobeln. Den Speck in einem großen Topf auslassen, Zucker dazugeben, Apfel und Rosinen und das Ganze kurz andünsten und mit dem Essig ablöschen. Nun den geschnittenen Rotkohl dazugeben und unter Rühren ein wenig zusammenfallen lassen, etwas Apfelsaft zufügen, mit den Gewürzen abschmecken und ca. 10 min bei mittlerer Hitze bedeckt garen. Das Kraut soll auf jeden Fall noch bissfest sein und der Geschmack säuerlich-lieblich. In eine Schüssel geben und das Rapsöl untermischen.

Kann sofort warm, aber auch später kalt genossen werden.

Dieser Salat ist gut geeignet als Bestandteil eines Buffets oder als Beilage zu gebratenem Fleisch oder Würsten.

»Schnapskuchen« nach dem Rezept von Johannes

Wie der Name schon sagt, ist dies ein Kuchen, oder besser, eine Torte, für Erwachsene und sollte in Maßen genossen werden. Wegen seines Alkoholgehaltes ist er als Dessert ein guter Abschluss für ein üppiges Menü und ersetzt glatt den Digestif.

Zutaten für eine Springform von 28 cm Durchmesser:
ca. 300 g Löffelbiskuits
Rum
200 g weiche Butter
200 g brauner Rohrohrzucker
4 Eigelb
1 EL Kaffee, gemahlen
200 g Schlagsahne

In eine passend große Schüssel ein Fingerbreit Rum geben, Löffelbiskuits nacheinander mit der zuckerfreien Seite nach unten hineinlegen, sich voll saugen lassen und dann nebeneinander sternförmig mit der gezuckerten Seite nach unten in die Tortenform legen, bis der ganze Boden bedeckt ist. Ideal ist eine Springform mit Glasboden, auf dem Sie die Torte gleich servieren können. Die Biskuits saugen sehr schnell die Flüssigkeit auf – deshalb immer nur wenige gleichzeitig in die Schüssel mit dem Rum legen, und wenn Sie es nicht so kräftig haben wollen, einfach schneller wieder herausnehmen.

Die Butter mit dem Zucker schaumig rühren, die Eigelb dazugeben, das Kaffeepulver, und unter Rühren alles zu einer lockeren Buttercreme verarbeiten. Diese auf die ausgelegten Löffelbiskuits streichen und rundherum halbierte Löffelbiskuits als Rand stellen, mit der Zuckerseite nach außen. Etwas nach unten andrücken. Auf die Creme noch eine Lage eingeweichte Löffelbiskuits schichten, mit der Zuckerseite nach oben. Die Schlagsahne steif schlagen und auf die Torte streichen. Kalt stellen.

Natürlich können Sie dieses Grundrezept variieren. Lassen Sie das Kaffeepulver weg und nehmen Sie stattdessen 2 EL Kakaopulver oder mischen Sie zwei Handvoll Maraschino Kirschen unter die Buttercreme. Dann würde ich die Sahne mit 2–3 EL Trinkschokoladenpulver aromatisieren. Verwenden Sie für die zweite Lage Löffelbiskuits einen Orangenlikör anstelle von Rum und mischen Sie kleine Orangenstückchen oder 2 EL Orangenmarmelade unter die Sahne. Lassen Sie Ihrer Fantasie freien Lauf!

Mutter Angermüllers fränkische Küche

»Grupfter« oder »angemachter Käs«

Zutaten für eine große Portion bei einem Buffet:
250 g nicht zu frischer und nicht zu reifer Camembert
250 g weiche Butter
2 Zwiebeln, fein gehackt
1 EL scharfes Paprikapulver, nach Geschmack auch mehr
Salzgebäck

Den Käse mit der Gabel etwas zerdrücken und dann mit dem Handrührgerät mit der Butter zu einer Creme verrühren. Zwiebel und Paprika untermischen. Aus der Masse auf einer kleinen Platte eine Halbkugel formen und z.B. mit Salzstangen wie einen Igel bestecken – das sieht so schön altmodisch aus. Kühl stellen.

Sie können den »Grupften«, der durch das Paprikapulver eine schön orange Farbe bekommt, auch in einem Schüsselchen glattstreichen und mit Laugengebäck anbieten.

Coburger Klöße oder Rohe Klöße

Sie finden hier drei Varianten zur Zubereitung von Kartoffelklößen, dieser wirklich urtypischen Spezialität aus Oberfranken, sodass Sie entweder ganz authentisch, oder aber auf etwas modernisierte, einfachere Weise das »Klößmachen« ausprobieren können. Viel Spaß dabei!

Zutaten für das traditionelle Verfahren:
2 kg stärkereiche Kartoffeln, gewaschen, geschält
Salz
1 altbackenes Brötchen
Butter

Das Brötchen in kleine Würfel schneiden und diese in ausreichend Butter goldbraun rösten.

Die Hälfte der geschälten Kartoffeln in Stücke schneiden und mit Salzwasser knapp bedeckt zum Kochen bringen. Wenn sie weich gekocht sind, mit dem Wasser zu einem Brei verarbeiten (z.B. mit dem elektrischen Handrührquirl), in dem sich keine Kartoffelstückchen mehr finden sollten.

Unterdessen die andere Hälfte der Kartoffeln roh auf der Reibe in eine Schüssel mit etwas Wasser reiben. Anschließend in ein passendes Stoffsäckchen füllen und dieses in eine Schüssel ausdrücken. Früher gab es zu diesem Zweck extra aus Metall gefertigte Pressen,

in denen man wie in einem Schraubstock die Flüssigkeit aus dem Säckchen herausdrücken konnte. Nach ein
paar Minuten das Wasser abgießen. Die Stärke hat sich
abgesetzt. Sie wird in eine ausreichend große Schüssel gegeben, mit den Händen verrieben und gut mit
dem rohen Geriebenen vermischt. Darüber gießt man in
drei Schritten den kochend heißen Kartoffelbrei (noch
einmal aufkochen!) und verrührt beides so exakt und
so schnell wie möglich. Am besten macht man diesen
Arbeitsschritt zu zweit – der eine hält die Schüssel, der
andere rührt –, denn man muss schon eine gehörige Portion Kraft dafür aufwenden. Der Teig sollte eine feste,
aber elastische Konsistenz haben. Je nach Bedarf kann
man natürlich noch Wasser oder Kartoffelmehl hinzufügen.
In einem großen Topf Salzwasser zum Kochen bringen, daneben einen Topf mit kaltem Wasser stellen. Die
Hände in das kalte Wasser tauchen, eine Handvoll von
dem heißen Kloßteig nehmen, in die Mitte eine Vertiefung machen, ein paar von den gerösteten Brotbröckchen
hineindrücken und schnell zu einer etwa apfelgroßen
Kugel formen, evtl. die Hände zwischendurch im kalten Wasser immer wieder kühlen. Den fertigen Kloß in
das heiße Wasser gleiten lassen. So weiter mit dem ganzen Teig verfahren und die Klöße bei schwacher Hitze
im geöffneten Topf 10 bis 15 min ziehen lassen – sie dürfen nicht kochen.

Diese fränkische Spezialität passt gut zu allen Braten. Die hier angegebene Menge ist als Beilage ausreichend für sechs Personen. Aus meiner Kindheit erinnere ich mich allerdings gut an die unglaublichen Geschichten von Onkeln und anderen Mannsbildern, die regelmäßig sechs und mehr Klöße am Sonntag verdrückt haben sollen. Aber das können wohl nur echte Oberfranken! Sollten Klöße übrig bleiben: Am nächsten Tag einfach in Scheiben schneiden und in Butter braten – die »Eingeschnittenen« sind in Franken sehr beliebt.

Faule Hausfrauenklöße

(mit freundlicher Genehmigung meiner Cousine Irmgard)

Die Klöße bestehen zwar nur aus Kartoffeln und Salz, das gute Ergebnis ist jedoch von mehreren Faktoren abhängig.

Es sollten gleichmäßig große, mehlig kochende, riesige Back- oder Grillkartoffeln sein, drei Stück auf ein Kilo. Das ergibt drei bis vier Klöße, je nach ›Handschuhnummer‹. Wenn die Kartoffeln nicht mehlig genug sind, muss man ein bis zwei gehäufte EL Kartoffelstärke oder Maizena und einen Schöpf kochendes Wasser an die geriebenen Kartoffeln geben.

Die Art der Reibe spielt auch eine Rolle. Die Originalkartoffelreibe mit den ausgestanzten Löchern ist sehr Fingerknöchel-unfreundlich. Die normale Küchenreibe für Karotten hat auch den Nachteil, dass einem die halb garen, außen weichen Kartoffeln aus der Hand rutschen. Ich verwende also die feine Reibe in meiner Küchenmaschine. Das gefahrlose Zerkleinern dauert darin nur fünf Minuten.

Ganz wesentlich ist es, den richtigen Zeitpunkt der Gare zu erwischen. Ich koche die großen Kartoffeln ungeschält acht Minuten lang im Schnellkochtopf und schrecke sie unter kaltem Wasser ab. Dann sind sie tatsächlich nur am Rand 1 cm tief gegart. An die geriebenen Kartoffeln gebe ich einen gestrichenen Teelöffel Salz und verknete den Teig, der nur lauwarm ist, mit den Händen. In den allermeisten Fällen hat der Teig auf diese Weise die richtige Konsistenz. Wenn dies nicht der Fall ist, wenn er vielleicht zu roh schmeckt, muss man ihn mit halber Kraft ca. drei bis fünf Minuten in der Mikrowelle nachgaren oder noch etwas kochend heißes Wasser darüber geben. Zwischenzeitlich habe ich Toastbrotwürfel in etwas Butter für die ›Bröggelä‹ geröstet.

Die geformten Klöße lasse ich etwa 15 Minuten in Salzwasser ziehen, bis sie aufschwimmen.

Das wär's! Vom Schälen der Kartoffeln bis zum Servieren der Klöße habe ich eine knappe Stunde gebraucht.

Rutschklöß, eine weitere Variante »Faule-Weiber-Klöß«
(Originalrezept meiner Mutter)

Zutaten für vier bis sechs Personen:
  15 normal große Kartoffeln
  250 g Kartoffelmehl
  3 EL Grieß
  1 Handvoll Salz
  1 altbackenes Brötchen
  Butter

Das Brötchen in kleine Würfel schneiden und diese in Butter goldbraun rösten.

In einer ausreichend großen Schüssel Kartoffelmehl, Grieß und Salz gut miteinander vermischen.

Die Kartoffeln schälen, in Scheiben schneiden und knapp mit Wasser bedeckt weich kochen.

Anschließend mit dem Wasser zu einem Brei verarbeiten (z.B. mit dem elektrischen Handrührquirl), in dem sich keine Kartoffelstückchen mehr finden sollten.

Über die in der Schüssel vermischten Zutaten vorsichtig den kochend heißen Kartoffelbrei (noch einmal aufkochen!) geben und so schnell wie möglich zu einem glatten Teig verarbeiten. Auch bei Rutschklößen empfiehlt sich: Man macht am besten diesen Arbeitsschritt zu zweit – der eine hält die Schüssel, der andere rührt.

Der Teig sollte eine nicht zu feste, aber elastische Konsistenz haben. Ist er zu flüssig, einfach noch etwas Kartoffelmehl hinzufügen.

In einem großen Topf Wasser zum Kochen bringen, daneben einen Topf mit kaltem Wasser stellen. Die Hände in das kalte Wasser tauchen, eine Handvoll von dem heißen Kloßteig nehmen, in die Mitte eine Vertiefung machen, ein paar von den gerösteten Brotbröckchen hin-eindrücken und schnell zu einer etwa apfelgroßen Kugel formen, evtl. die Hände zwischendurch im kalten Wasser immer wieder kühlen. Den fertigen Kloß in das heiße Wasser gleiten lassen. So weiter mit dem ganzen Teig verfahren und die Klöße bei schwacher Hitze im geöffneten Topf ziehen lassen – sie dürfen nicht kochen. Wenn die Klöße hochsteigen, sind sie fertig.

Die Rutschklöße sind eher weich und fließen auf dem Teller etwas auseinander – »schön flütschrig«, wie der Franke sagen würde – und nehmen gerne köstliche Bratensoßen auf.

Angermüllerscher Sauerbraten

Zutaten für vier Personen:
1 kg mürbes Rindfleisch
80 g fetten Speck zum Spicken

¼ l Essig
¼ l Wasser
1 Zwiebel, geviertelt
1 Möhre, geviertelt
1 TL Salz
1 TL Zucker
1 Lorbeerblatt
5 Pfefferkörner
3 Wacholderbeeren
2 Nelken
Schmalz zum Anbraten
200 g saure Sahne
1 EL Mehl
Salz
Pfeffer

Den Speck in 5 mm breite Streifen von 2 cm Länge schneiden und mit diesen das gewaschene, abgetrocknete Stück Fleisch rundherum spicken. Aus Wasser, Essig und Gewürzen die Marinade aufkochen und über das Fleischstück geben. An einem kühlen Ort drei Tage bedeckt stehen lassen, ab und zu wenden.

Das Fleisch aus der Marinade nehmen, abtrocknen und in heißem Schmalz bei guter Hitze von allen Seiten scharf anbraten. Mit der Hälfte der Marinade mitsamt den Gewürzen angießen und in ca. 90 min garen, wenn nötig hin und wieder von der Marinade zugeben. Ist das Fleisch gar, nimmt man es heraus und hält es, mit Folie bedeckt, im Ofen warm. Nun den Bratenfond loskochen, die saure Sahne mit dem Mehl verrühren und in die Soße geben. Gut verquirlen, aufkochen, mit Salz und Pfeffer abschmecken und anschließend durch ein feines Sieb passieren. Den Braten in Scheiben schneiden, auf einer vorgewärmten Platte anrichten und die Soße getrennt dazu servieren.

Bei Mutter Angermüller gibt es dazu selbstverständlich Klöße. Außerdem passen als Beilage gut Salate wie z.B. gekochter Möhrensalat, Gurkensalat, Kopfsalat, Salat aus gekochtem Sellerie oder grüner Bohnensalat, am besten zwei bis drei Sorten als gemischter Salatteller.

Coburger Bratwürste mit Kraut

Was gibt es heutzutage nicht über das Internet? Sogar die echten Coburger Bratwürste können Sie aus diversen Quellen beziehen: Bereits gebraten und in Folie vakuumverpackt, sodass man auch das typische Kiefernzapfenaroma schmeckt. Sollte es Ihnen also gelingen, an Coburger Bratwürste zu kommen, empfehle ich dazu Sauerkraut nach dem folgendem Rezept.

Zutaten:
1 kg frisches Sauerkraut
100 g durchwachsener Speck, klein gewürfelt

8–10 Wacholderbeeren
1 TL Kümmel
Apfelsaft
Zucker

In einem Topf den Speck auslassen, Sauerkraut zugeben und kurz anschmoren. Die Gewürze hinzufügen, etwas Apfelsaft zugießen und auf kleiner Flamme in ein bis zwei Stunden langsam gar schmoren, wenn die Flüssigkeit verdampft ist, immer wieder etwas Apfelsaft zugießen. Das Kraut soll aber am Schluss eher trocken sein und nicht in Flüssigkeit schwimmen. Wenn das Kraut gar ist, noch einmal mit Zucker abschmecken. Es sollte einen mild-säuerlichen und gleichzeitig leicht süßen Geschmack haben. Der alten Weisheit folgend, schmeckt Sauerkraut natürlich am besten, wenn es bereits am Vortag zubereitet wurde.

Zum Verzehr der Bratwürste das Sauerkraut aufkochen, dann auf kleine Flamme stellen, die Bratwürste aus der Folie nehmen, einlegen und in ca. 15 min erhitzen. Dazu schmeckt ein milder Senf und eine Scheibe kräftiges, fränkisches Bauernbrot.

Natürlich passt das Sauerkraut auch hervorragend zu Rippchen, Schäufele und allen anderen kräftigen Fleischgerichten. Oder servieren Sie es unter gebratenem Fisch, z.B. Zander, mit einem Klecks saurer Sahne, dazu Salzkartoffeln – köstlich!

Köstlicher »Käskuchn« aus Niederengbach

Zutaten:
300 g Mehl
1/16 l Milch, lauwarm
½ Päckchen Hefe
75 g weiche Butter
1 Prise Salz
1 Ei
2 EL Zucker

500 g Magerquark
50 g weiche Butter
2 Eigelb, zimmerwarm
1 Messerspitze Vanille
125 g Zucker
1/8 l süße Sahne
½ TL Zimt
1 Handvoll Rosinen (nach Belieben auch mehr)

50 g Butter

Das Mehl in eine Schüssel geben, eine Vertiefung hineindrücken und einen Teil des Mehls mit der Milch und der zerbröckelten Hefe zum Ansatz verrühren. Wenn sich kleine Bläschen bilden, nach ca. 10–15 min, mit den anderen zimmerwarmen Zutaten mischen, zu einem glatten Teig verkneten, zu einer Kugel formen und eine halbe Stunde gehen lassen. Den jetzt schön lockeren Teig auf einem bemehlten Brett max. einen halben Zentimeter dick ausrollen zu einem runden Fladen von ca. 35 cm Durchmesser. Auf ein eingefettetes Backblech legen und rundherum 1–2 cm einschlagen, sodass sich ein etwas erhöhter Rand bildet.

Traditionell waren die »Käskuchn« zur Kirchweih ungefähr doppelt so groß und wurden von den Frauen zum Backen in den Dorfbackofen oder zum Bäcker gebracht – da das heute eher selten möglich ist, entspricht das Rezept den Größenverhältnissen unserer modernen Backöfen zu Hause.

Die Eigelb mit der weichen Butter, dem Zucker und der Vanille cremig rühren, den Magerquark, die süße Sahne und Zimt dazugeben und zum Schluss die Rosinen untermischen. Die Käsecreme auf den Teigfladen geben und in der Mitte des vorgeheizten Ofens bei 180 Grad ca. 20-25 min backen (aufpassen: jeder Backofen ist anders!). In einem Töpfchen die Butter bräunen und den noch warmen Kuchen (Teigrand wie Quarkbelag) damit einpinseln.

Man kann diesen Kuchen sofort nach dem Backen genießen – ich finde aber, er schmeckt nach einem Tag Ruhe an einem kühlen Ort noch besser.

Aus Beas exotischer Küche

Hawaiianischer Poke

Zutaten für vier Portionen:
500g *Fisch in Sushiqualität*
(statt der gefährdeten Art Thunfisch, wie traditionell
auf Hawaii üblich, kann man auch Makrele, Hering
oder Red Snapper nehmen)
1 kleine Zwiebel, sehr fein gehackt
Ingwer, 2-5 cm, je nach gewünschter Schärfe, gerie-
ben
100 ml Sojasauce
1–2 TL brauner Zucker
3 TL Sesamsaat
3 Lauchzwiebeln, in feine Ringe geschnitten

Um absolute Frische zu gewährleisten, muss der Fisch
am selben Tag gekauft und zubereitet werden. Den
Fisch in mundgerechte Stücke schneiden, Zwiebel
und Ingwer dazugeben. In die Sojasauce den Zucker
einrühren, bis er sich aufgelöst hat, und das Ganze
über den Fisch geben, Sesam zufügen, alles gut miteinander mischen und für zwei bis drei Stunden in
den Kühlschrank stellen. Ab und zu umrühren. Die
Lauchzwiebeln erst kurz vor dem Servieren darunterheben.

Poke ist sehr gut geeignet als Vorspeise oder als leichtes Hauptgericht an heißen Tagen. Wenn Sie einen guten Asia-Laden für die exotischen Zutaten in der Nähe haben, können Sie auch das Ur-Rezept anwenden:

500 g roher Fisch
1 kleine Zwiebel, sehr fein gehackt
1 EL gemahlene Kukuinuss/Candlenut
3 EL Ogo-Nori-Algen, klein gewürfelt
1 TL Meersalz
1 EL Sesamöl
1 Prise Chiliflocken
3 Lauchzwiebeln, in feine Ringe geschnitten

Zubereitung siehe S. 316.

Salat »Mauritius«

Auch wenn dieser Salat von seinen Zutaten her aus Nordeuropa stammen könnte, handelt es sich tatsächlich um eine echte Spezialität von der Trauminsel im Indischen Ozean. Ein wirklich einfaches Gericht, aber sehr schmackhaft sowohl als Bestandteil eines Buffets als auch als Vorspeise oder als Beilage zu gebratenem Fleisch oder Fisch.

Zutaten für vier bis sechs Personen:
2 mittelgroße Rote Beten
3 große Möhren
3 mittelgroße Kartoffeln
3 Eier, hartgekocht
1 Gemüsezwiebel
3 Lauchzwiebeln, in Ringe geschnitten

für das Dressing:
2 EL Essig
6 EL Öl
1 EL Senf
Kräutersalz
schwarzer Pfeffer, frisch aus der Mühle

brauner Zucker oder Ahornsirup – anstelle von Zucker das perfekte Süßungsmittel für Salatsoßen –,
1–2 EL, nach Geschmack

Rote Beten und Möhren waschen, schälen und in Salzwasser im Ganzen bissfest kochen, Kartoffeln in der Schale ebenfalls in Salzwasser gar kochen. Die Gemüse in dünne Scheiben schneiden, ebenfalls die gepellten Kartoffeln und die Eier, und in eine Salatschüssel geben. Die in dünne Scheiben geschnittene Gemüsezwiebel hinzufügen und vorsichtig alles gut vermischen. Aus den genannten Zutaten eine Vinaigrette herstellen, abschmecken und darunterheben. Den Salat kühl stellen und mindestens vier bis sechs Stunden durchziehen lassen. Vor dem Servieren noch einmal vorsichtig durchrühren und mit den Lauchzwiebeln bestreuen.

Croquettes de Crevettes – (mauritische Krabbenküchlein)

Zutaten für sechs Personen als Vorspeise:

250 g Mehl

2 Eier

1 TL Backpulver

½ TL Kurkumapulver

1 EL Öl

250-300 ml Sodawasser

3 grüne Chilischoten, entkernt, fein gehackt

1 Handvoll frische Korianderblättchen, fein gehackt

3 Lauchzwiebeln, in feine Ringe geschnitten

1 TL Salz

Pfeffer

300 g Garnelen, z.B. tiefgekühlte, geschälte, rohe Biogarnelen von Naturland zertifiziert

Erdnussöl zum Backen

Die Garnelen bei Zimmertemperatur auftauen lassen. Das Mehl mit den Eiern, dem Backpulver, Kurkuma und Öl mischen und so viel Wasser zufügen, dass ein zähflüssiger, glatter Teig entsteht. Chili, Koriander und Lauchzwiebeln unterrühren und mit Salz und Pfeffer abschmecken. Die aufgetauten Garnelen für eine Minute in kochendes Wasser geben, abtropfen und in 1–2 cm lange Stücke schneiden. Unter den Teig mischen.

In einer Pfanne eine Tasse Erdnussöl heiß werden lassen, gehäufte Esslöffel vom Teig abnehmen, in die Pfanne setzen, evtl. ein wenig flach drücken und auf beiden Seiten goldbraun frittieren. Anschließend auf Küchenpapier entfetten und dann heiß servieren, am besten mit der hier folgenden Soße.

Knoblauchsoße

Zutaten für ¼ l:
6 Knoblauchzehen, fein gehackt
2 EL weißer Essig
1 TL Salz
3 TL brauner Zucker
¼ l Wasser

Alle Zutaten gut miteinander vermischen, am besten in einem Schüttelgefäß, und im Kühlschrank aufbewahren.
Wer sich von der Soße bedient, sollte gut umrühren, um den Knoblauch immer wieder gleichmäßig zu verteilen. Man kann auch 2 TL frische, gehackte Korianderblättchen hinzufügen und, wenn man es scharf mag, noch zwei feingehackte Chilischoten.

Schmeckt z.B. auch zu gebratenen chinesischen Nudeln, Frühlingsrollen oder den creolischen Bouletten, deren Rezept hier folgt.

Anabelles kreolische Bouletten

Zutaten für 12–16 Stück:
  500 g Rinderhack
  125 g gekochte, zerkleinerte Kichererbsen
  1 mittelgroße Zwiebel, gehackt
  2 grüne Chilischoten, gehackt
  2 Knoblauchzehen, zerdrückt
  1 TL frischer Ingwer, gerieben
  2 TL Kumin, gemahlen
  ¼ TL Zimt, gemahlen
  ¼ TL Nelke, gemahlen
  1–2 EL Mehl
  Salz
  Pfeffer
  2 EL Zitronensaft
  1 Ei

zum Braten:
  Semmelbrösel
  1 Ei
  Erdnussöl

Aus allen Zutaten einen Teig mischen. Sollte er zu weich sein, kann man Semmelbrösel dazugeben. Kleine Bouletten formen. In einer Pfanne eine Tasse Erdnussöl heiß werden lassen. Das Ei mit wenig Wasser mit einer Gabel auf einem Teller verschlagen, Semmelbrösel auf einen zweiten Teller geben und die Bouletten mit Ei und Semmelbröseln panieren. Im heißen Öl gar braten.

Beas Spezialcurry

Es braucht dafür eine Menge Zutaten und ein wenig Zeit. Aber es ist nicht kompliziert und es schmeckt göttlich!

Zutaten für sechs Personen:
1 kg Lammfleisch (Keule o. Knochen oder Schulter)
in mundgerechten Stücken
1 großer Becher Joghurt
1 TL Kumin, ganz, in der Pfanne kurz geröstet
¼ TL getrocknete Chilis
¼ TL Nelke, gemahlen
½ TL Zimt, gemahlen
½ TL Kurkumapulver
2 Knoblauchzehen, zerdrückt
1 TL Ingwer, gerieben
Salz
Pfeffer
3 EL Öl

Aus den angegebenen Zutaten eine Marinade mischen und das gewürfelte Lammfleisch bedeckt über Nacht an einem kühlen Ort darin durchziehen lassen. Man kann anstelle von Lammfleisch auch Hammel oder Rind nehmen.

3 Kardamomkapseln (nur die kleinen Körnchen her-
ausholen)
2 TL Koriandersamen
2 TL Kumin, ganz
¼ TL schwarze Pfefferkörner
3 Nelken
2 EL Kokosraspel
6 süße Mandeln, geschält

Alles zusammen in einer Pfanne leicht anrösten und anschließend in einen Mörser oder Mixer geben.

2 Zwiebeln, in feine Ringe geschnitten
4 Knoblauchzehen, ganz
¼ TL Zimt, gemahlen
2 TL Kurkumapulver
300 g Tomatenpüree mit Stückchen (ungewürzt)
2 grüne Chilischoten, fein gehackt
Öl

Zwiebeln und Knoblauch in etwas heißem Öl goldbraun schmoren, abtropfen lassen. Zu der bereits gerösteten Gewürzmischung in den Mörser oder Mixer geben und zusammen mit Kurkuma und Zimt zur Currypaste pürieren.

Das Fleisch auf ein Sieb geben und die Marinade in einem Gefäß auffangen. 4–6 EL Öl in einem Topf erhitzen und das Fleisch darin scharf anbraten, bis es leicht bräunt. Dann die restliche Marinade und die Currypaste hinzufügen und ein paar Minuten unter Rühren bei mittlerer Hitze weiter schmoren. Ein wenig Wasser zugeben und mit dem Deckel bedeckt köcheln lassen. Kurz bevor das Fleisch ganz gar ist, das Tomatenpüree und die Chilis unterrühren und auf kleiner Flamme fertig kochen lassen.

Wer möchte, kann das Curry auch noch mit Gemüse verlängern, z.B. grüne Bohnen und Möhren, oder Erbsen und Blumenkohl mitköcheln lassen. Als Beilage reicht man Reis – sehr gut mit Safran und Rosinen. Oder aber auch ein indisches Fladenbrot nach dem folgenden Rezept.

Roti (kleine indische Fladenbrote)

Zutaten für ca. 20 Stück:
500 g Mehl
1 TL Trockenhefe
150 ml lauwarme Milch
1 EL Zucker
1 TL Salz
1 TL Backpulver
150 g Joghurt
30 g Ghee (geklärtes Butterfett, z.B. Bioladen) oder 2 EL Öl

*nach Belieben mit 1 TL Schwarzkümmel oder 2 TL
Mohn und ½ TL Kumin, ganz, oder jeweils 2 TL
Mohn und Fenchelsaat würzen
Erdnussöl zum Backen*

In das Mehl eine Vertiefung machen und darin die Trockenhefe und den Zucker mit einem Teil des Mehls und der Milch mischen. Sobald sich kleine Bläschen bilden, nach 10–15 min, die restlichen Zutaten zugeben und mit einem Rührlöffel oder in der Küchenmaschine zu einem glatten Teig verarbeiten. In Frischhaltefolie verpackt 4–5 Stunden ruhen lassen. Dann noch einmal kurz und kräftig durchkneten, 20 Teigbällchen formen und auf einem bemehlten Brett zu Fladen von 10 cm Durchmesser ausrollen.

Eine Tasse Erdnussöl in der Pfanne heiß werden lassen und die Fladen hineingeben. Auf jeder Seite unter Beobachtung goldbraun backen. Dabei gehen sie ein wenig auf, das macht sie schön luftig. Noch warm servieren.

Wenn Sie die Brote vorbacken, zum Aufbewahren einfach in Alufolie wickeln und vor dem Essen noch einmal mit der Folie im Ofen kurz erwärmen (200 Grad, 10 min).

Ella Danz
Geschmacksverwirrung
978-3-8392-1248-6

»Ein echter Gourmetkrimi – trotz der Themen industrielle Lebensmittelproduktion, Massentierhaltung und Lebensmittelskandale«

Kommissar Georg Angermüllers Stimmung passt zum grauen Novemberwetter in Lübeck. Erst vor kurzem zu Hause ausgezogen, fühlt er sich in den neuen vier Wänden noch ziemlich fremd. Und dann wird ausgerechnet in der Nachbarwohnung der Journalist Victor Hagebusch tot aufgefunden. Der Mann ist an Gänseleberpastete erstickt, die ihm mit einem Stopfrohr eingeführt wurde, und sitzt, nur mit einer Unterhose bekleidet, blutig rot beschmiert und weiß gefedert an seinem Schreibtisch. Alles sieht nach einer Tat militanter Tierschützer aus. Hatte der Journalist etwas mit der Szene zu tun? Angermüller folgt vielen Spuren, bis er auf eine überraschende Verbindung stößt ...

Wir machen's spannend

Ella Danz
Ballaststoff
978-3-8392-1112-0

»… Danz meidet alle Klischeefallen routiniert und ist eine einfühlsame Erzählerin …« *taz*

An einem traumhaften Sommertag in der Lübecker Bucht liegt Kurt Staroske tot auf dem Golfplatz. Sind die Rockmusiker Holger und Peggy deshalb so nervös? Was hat der Greenkeeper Rob Higgins damit zu tun? Will Ökobauer Henning vor seiner Frau Gesche etwas verbergen? Und sagt Kurts Chef, der Biomarktbesitzer Hauke Bohm, die ganze Wahrheit?

Bei ihren Nachforschungen stoßen der Lübecker Kommissar Angermüller und sein Kollege Jansen auf so manch einen, der ein Geheimnis mit sich herumschleppt. Und auch die unermüdlichen Ermittler haben privat so manches Päckchen zu tragen …

Wir machen's spannend

Unsere Lesermagazine
2 x jährlich das Neueste aus der Gmeiner-Bibliothek

Alle Lesermagazine erhalten Sie in Ihrer Buchhandlung oder unter www.gmeiner-verlag.de.

24 x 35 cm, 32 S., farbig; inkl. Büchermagazin »nicht nur« für Frauen

10 x 18 cm, 16 S., farbig

GmeinerNewsletter
Neues aus der Welt der Gmeiner-Romane

Haben Sie schon unsere GmeinerNewsletter abonniert?

Monatlich erhalten Sie per E-Mail aktuelle Informationen aus der Welt der Krimis, der historischen Romane und der Frauenromane: Buchtipps, Berichte über Autoren und ihre Arbeit, Veranstaltungshinweise, neue Literaturseiten im Internet und interessante Neuigkeiten.

Die Anmeldung zu den GmeinerNewslettern ist ganz einfach. Direkt auf der Homepage des Gmeiner-Verlags (www.gmeiner-verlag.de) finden Sie das entsprechende Anmeldeformular.

Ihre Meinung ist gefragt!
Mitmachen und gewinnen

Wir möchten Ihnen mit unseren Romanen immer beste Unterhaltung bieten. Sie können uns dabei unterstützen, indem Sie uns Ihre Meinung zu den Gmeiner-Romanen sagen! Senden Sie eine E-Mail an gewinnspiel@gmeiner-verlag.de und teilen Sie uns mit, welches Buch Sie gelesen haben und wie es Ihnen gefallen hat. Alle Einsendungen nehmen automatisch am großen Jahresgewinnspiel mit attraktiven Buchpreisen teil.

Wir machen's spannend